最狂輔助職業【話術士】世界最強戰團聽我號令

The most notorious "TALKER", run the world's greatest clan.

最狂
輔助職業〈話術士〉
世界最強戰團聽我號令

The most notorious "TALKER",
run the world's greatest clan.

4
jaki
Illust. fame
The most notorious “TALKER”,
run the world's greatest clan.
最狂
輔助職業【話術士】
世界最強戰團聽我號令

CONTENTS

KEYWORD

威爾南特帝國

由皇帝菲力克斯三世統治的帝國主義國家，首都為艾特萊，貨幣單位是菲爾，在幾十年前將三個被冥獄十王（valiant）第九界『銀鱗之悲歎川（Cocytus）』摧毀的國家收編後得以擴大版圖，不過皇室的威權於近年來逐漸衰退，國家經濟也停止成長，與鄰國羅達尼亞共和國的關係更是近乎降至冰點，國內政局也蒙上一層不安的陰影。

飛空艇

魔工文明最極致的產物，搭載以惡魔（beast）為素材製成的特殊飛行引擎，是一種能夠翱翔於天際的大型船艦，目前唯獨王公貴族以及七星才准許持有。飛行引擎的動力源是利用具備飛行能力的高階惡魔製成，不過所用能源必須花費莫大的成本，因此一般探索者根本無力負擔。

聖導十字架教會

威爾南特帝國多數子民皆為信徒的國內最大宗教團體，在探索者之間也存在著不少信徒，裡頭不乏有教皇直屬戰鬥團體『宿木』的成員。他們的任務是前往目標國家展現其武力，藉此來宣揚教會的威權。

渾沌之罪惡囊
士魂之至高天
貝娜黛妲・高汀

諾艾爾・修特廉
吉克・范斯達因
里奧・艾汀
就讓我們在這裡
——迎接全新的英雄吧。

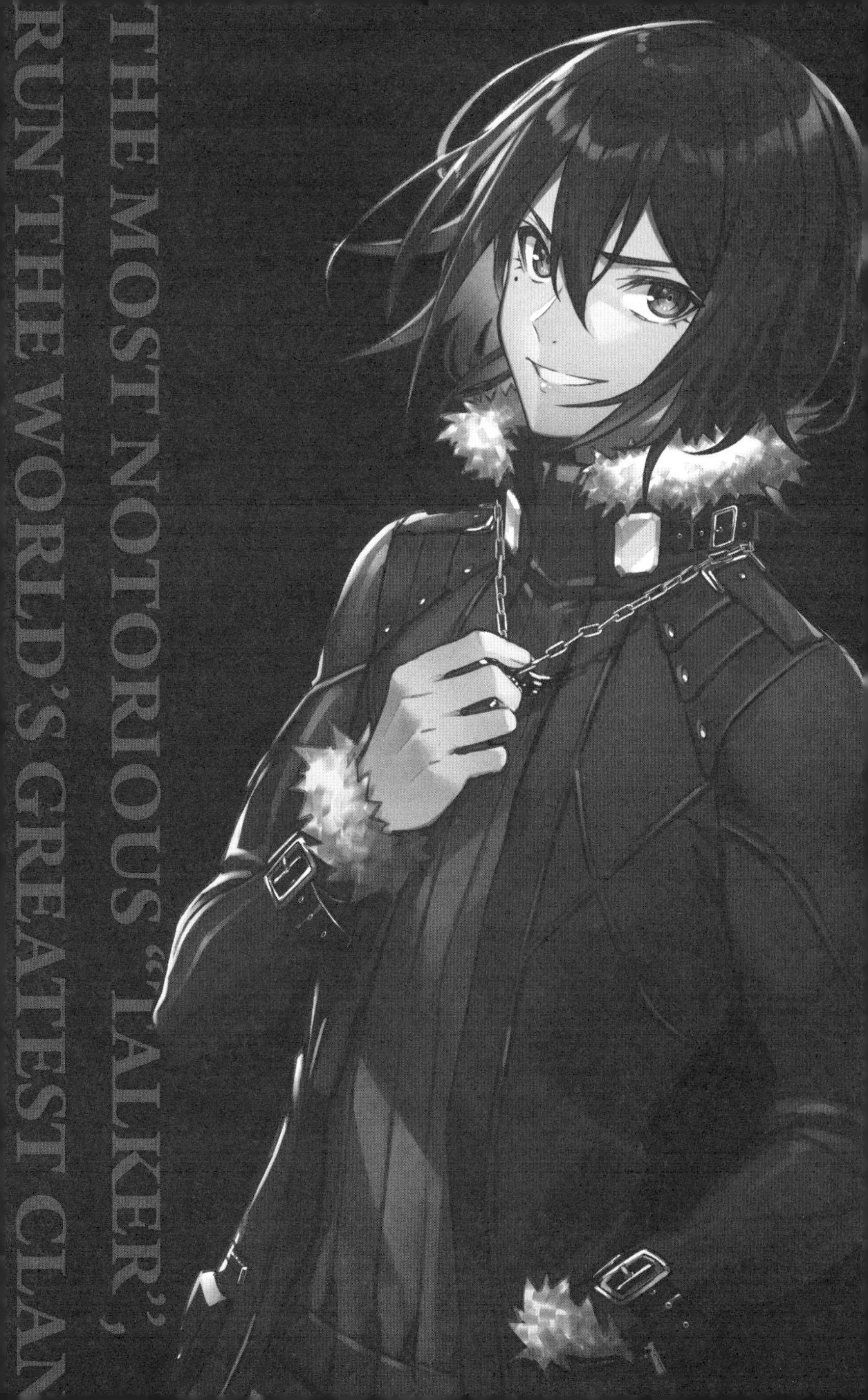
THE MOST NOTORIOUS "TALKER",
RUNS THE WORLD'S GREATEST CLAN

characters

登場人物

《嵐翼之蛇》(wild tempest)

充滿話題性的後起之秀，儘管才剛創立沒多久，卻已被評為最有機會擠入七星(regalia clan)的戰團。

亞兒瑪・尤迪卡雷　斥候

繼承傳說級暗殺者血統的女性，擁有出色的戰鬥天分。

昊牙・月島　刀劍士

出生於極東的前劍奴，憑藉優異的劍術擔任前鋒。

諾艾爾・修特廉　話術士

嵐翼之蛇的團長。繼承外祖父的遺志，立志成為最強的探索者(seeker)。

雷翁・弗雷德里克　騎士

前天翼騎士團的隊長，目前擔任嵐翼之蛇的副團長。

修格・柯貝流斯　傀儡師

曾淪為死刑犯的A階探索者，在諾艾爾的邀請下加入戰團。

《幻影三頭狼》(mirage triad)

紫電狼團、拳王會以及紅蓮猛火合併而成的戰團。

沃爾夫・雷曼　劍鬥士

幻影三頭狼的團長，是諾艾爾的朋友兼競爭對手。

麗莎・梅瑟戴斯　鷹眼

長壽的精靈族，對諾艾爾頗有好感。

伏拉卡夫・羅茲肯德　召喚士

前天翼騎士團的成員，是個身材高大且性格灑脫的狼獸人。

《黑幫》

掌控帝都地下社會的非法組織。

菲諾裘・巴爾基尼　斷罪者

身為巴爾基尼幫的幫主，對諾艾爾來說是良好的生意夥伴。

《探索者協會》(seeker guild)

管理所有探索者和戰團的組織。

哈洛德・詹金斯　槍手

探索者協會的監察官，也是負責嵐翼之蛇的窗口。

《百鬼夜行》

七星三等星戰團，儘管成員們的實力都相當不錯，但能保住當前排名全是多虧里奧的功績。

里奧・艾汀 武神

百鬼夜行的團長，EX 階的其中一人，相傳是帝都內最強的探索者。

澄香・紅江 劍豪

百鬼夜行的副團長，是名為迦樓羅這類罕見鳥人族的少數後裔。

《太清洞》

七星二等星戰團，多數成員皆來自異國的戰團。

智賢師 ???

太清洞的團長，是來自東部大陸「晃」的異國人。

《霸龍隊》

七星一等星戰團，也是帝國最強的戰團。

吉克・范斯達因 劍聖

霸龍隊的副團長，也是帝都內僅有三位的 EX 階探索者之一。

維克托爾・克勞薩 ???

霸龍隊的團長，EX 階的其中一人，稱號是「開闢猛將」。

夏蓉・華倫坦 槍手

霸龍隊的第三把交椅，是培育出吉克這名出色徒弟的佼佼者。

《黑山羊晚餐會》(goat dinner)

七星三等星戰團，負責搜查潛伏於帝都內的異界教團。

朵麗・賈德納 大天使

黑山羊晚餐會的團長，曾向諾艾爾提議聯手暗殺約翰。

《白眼虎》(khan)

七星二等星戰團，只由優秀血親組成的戰團。

梅斯・剛虎 ???

白眼虎的團長，是個氣質超然的武人。

《冥獄十王》(valiant)

深度達 13 的頂級惡魔們，其目的是毀滅人類。

第八界・渾沌之罪惡囊

藉由違反定律的方式現身於帝都內，暗中用計讓探索者們自相殘殺。

第九界・士魂之至高天

取代幾十年前遭討伐的銀鱗之悲嘆川，擠入『冥獄十王』之列。

《劍炫舞閃》

七星三等星戰團，麾下探索者大多都是【劍士】。

亞瑟・馬克貝因 鬥將

劍炫舞閃的團長，是劍鬥術・馬克貝因流的現任宗主。

《高汀家》

以金援的名義向諾艾爾提出婚約。

貝娜黛妲・高汀 ???

帝都內赫赫有名的富商・高汀家的獨生女，也是諾艾爾的相親對象。

World Map
金剛神國

帝國領土
威爾南特帝國
前阿爾基流
大公國
帝都：艾特萊
前梅迪歐拉王國
托梅基德
前自由都市
緬希
港灣都市：索狄蘭
晃
羅達尼亞
共和國
N
E

於威爾南特帝國境內，閃耀著七顆璀璨的守護星。

即便綜觀全世界仍是優秀探索者（seeker）雲集的威爾南特帝都裡，由其中的佼佼者們成立之組織・戰團（clan）所被賦予的稱號就是——七星（regalia）。

由皇帝欽賜的此稱號絕非虛有其名，這些戰團的營運費用可享有部分免稅優惠，能擁有王公貴族以外之人不得擅自建造的飛空艇，並且可以進出由探索者協會管理、一般人不得入內的禁區。

因此對帝國的探索者而言，七星是最具權威的稱號，至於席次則一如字面所述總共有七個，由下往上是四個三等星席次、兩個二等星席次，以及一個一等星席次。

名列三等星的戰團分別是——『劍炫舞閃』、『黑山羊晚餐會（goat dinner）』、『百鬼夜行』與『人魚鎮魂歌（Loreley）』，二等星是——『白眼虎（khan）』和『太清洞』，一等星是——『霸龍隊』。

現任七星就是由上述七個戰團所占據。

——不，這已經是過去式了。

三等星之一的『人魚鎮魂歌』被我率領的『嵐翼之蛇（wild tempest）』擊潰，該戰團在失去團長和副團長之後宣布瓦解，因此三等星現在空出了一個席次。

不過空缺期間沒有維持太久。冥獄十王（valiant）如今即將降世，身為帝國守護星的七星若缺了一席，可說是非常嚴重的緊急事態。正因為如此，帝國需要一個全新的守護星，而夠格擔此重任的戰團就只有一個。

一切發展全都如我所料——

此處是帝都艾特萊的中央特區・皇城。

這座在偌大的帝都內依然特別吸睛的巨型建築物，是統治帝國的皇帝與其一族所居住的莊嚴宮殿兼要塞。

城牆往兩側延伸組成凹字形的正面大門，是一座寬達五百公尺呈現左右對稱的巨大城門。深入市區的左右宅邸，其外觀彷彿一名將雙手往前伸去的巨人。宮殿周圍可以看見按照季節百花盛開的美麗庭園，以及專門舉辦國家級或皇室活動的設施。

我目前所在的白色禮拜堂就是其中之一。這間被皇族當成婚禮會場或舞會現場的禮拜堂一共有兩層樓，內部構造是天花板都被特地挑高的寬敞空間，另外天花板上有一幅描繪著天界風景的雄偉壁畫，而正面最深處則放有黃金祭壇和管風琴。

可說是裝潢極盡壯觀的一處空間。儘管平日我只會覺得這種地方讓人渾身不自在，但唯獨今天給我一股還不賴的感覺。

「那就是『蛇』嗎……」

其中一名參加者看著我如此低語。

熱鬧的新年活動已然過去，當街頭巷尾逐漸恢復正常生活的今天，赫赫有名的大人物們皆聚集於這間皇室禮拜堂內。

以皇帝菲力克斯三世為首的皇族、對各界具有莫大影響力的大貴族、聖島十字架教會的大主教，以及七星的團長們。

團長們是全副武裝地來到現場。

『劍炫舞閃』的團長亞瑟・馬克貝因身穿一套以暗金色和銀色為主的鎧甲，背上扛著兩柄長劍，是一位年約三十五歲、看似相當嚴格的男子。他留了一頭深褐色短髮，有著一雙醒目的犀利眼眸，那副以嚴肅目光睥睨周圍的模樣，彷彿一隻盯上獵物的猛禽。

『黑山羊晚餐會』的團長朵麗・賈德納是個狡猾的女人，過去曾向我提議一同對抗約翰。接近三十歲的她有著遠比實際年齡年輕美麗的容貌，那頭齊肩的秀髮如鮮血般呈現猩紅色。其膚色白皙無比，唯獨嘴唇類似頭髮般是血紅色。她穿著一套附有帽兜的黑色皮革禮服，手裡握著一根木杖。

『百鬼夜行』的團長里奧・艾汀——缺席沒來。明明皇帝已下令要求七星團長都必須到場，里奧竟膽大妄為地當成耳邊風，看來他果真是個一如傳聞的男子。

因此，擔任副團長的女性代替里奧來到現場，記得是叫做澄香・紅江。她是個擁有一頭及腰的烏黑秀髮，英氣煥發的年輕女性，此人以一套露出香肩和大腿的輕裝亮相。她身上最大的特徵是頭頂與腰間長著一對黑色翅膀，而這也是名為迦樓羅這種鳥人族的特色。迦樓羅屬於人族特徵比例較多的獸人，戰鬥能力遠高出其他獸人，不過代價是繁殖能力偏弱，該種族如今已近乎滅絕，是眾所周知的稀有人種。

『白眼虎』的團長梅斯・剛虎是個擁有小麥色皮膚的白髮壯漢，明明他的年紀高達五十歲，仍擁有一身緊實的肌肉。那張剽悍的臉龐上有一道觸目驚心的傷痕，再加上身穿威猛的皮革鎧甲，讓身為人族的他反倒更像是一頭猛獸。不過他散發出一股超然的氛圍，從那片大鬍子底下隱約能窺見的嘴巴，實際上是揚起嘴角露出如調皮孩童般的笑容。明明他將足以輕鬆把人打成肉醬的巨大戰鎚扛於肩上，卻擺出一副彷彿準備吹口哨的輕鬆模樣。

『太清洞』的團長智賢師，他是七星團長之中唯一的異邦人。儘管是東洋出身，卻不同於昊牙是來自東部大陸『晃』。智賢師是他在帝國的綽號，聽說本名叫做于浩然。此人身材高䠷纖瘦，有著一張十分中性的相貌，舉止宛如女性般非常優雅。那頭東洋人特有的黑中帶藍秀髮長達腰間，並於後頸處用髮圈綁住。他身上穿著光鮮亮麗的東洋風服裝——吳服。臉上的表情是雲淡風輕，手裡則拿著一把羽扇。

『霸龍隊』的團長維克托爾・克勞薩，是個率領帝國最強戰團的金髮壯漢。明明年紀在梅斯之上接近花甲，卻看不出一絲衰老的跡象，就算身穿純白色的鎧甲，站姿竟完全不會給人一種笨重的感覺。他那雙位於眼鏡底下的金色眼眸是炯炯有神，收於華麗劍鞘內的雙手劍如拐杖般向下插於地面，其模樣當真是威風凜凜。

撇開里奧，不得不前來見證我光榮一刻的人物們全員到齊。前七星之一的人魚鎮魂歌已經解散，取而代之是由嵐翼之蛇擠進七星之列。

雖然嵐翼之蛇自成立以來並沒有多少時日，麾下成員也不多，不過我們立下許多功績，以飛快的成長速度將其他大型戰團遠遠拋諸腦後。是個無論實力、財力以及知名度都夠格加入七星的戰團。

「諾艾爾・修特廉請出列。」

擔任司儀的大主教以裝腔作勢的嗓音喊出我的名字。在彷彿神殿的皇室禮拜堂之中，宣布嵐翼之蛇成為全新七星的受封典禮正式開始。

我走向站在祭壇前的皇帝菲力克斯三世。這位身穿宮廷禮服配上紅色披風的中年男子，露出略顯疲倦的眼神看著我。此人的長相跟印於金幣正面的肖像一模一樣，相信他年輕時是一名美男子。儘管臉型完美且五官深邃，但大概是長年忙於政務且煩惱不斷，給人一種比實際年齡更蒼老的感覺。事實上他已是滿臉皺紋，頭髮跟鬍子也半白了。

看來皇帝也不過爾爾——我暗自在心中如此批評。

今天是我首次親眼見到皇帝。其實我對於晉見統治帝國、主宰袞佛爾皇朝的首長是抱有一絲期待，但實際見過之後只覺得相當失望。

菲力克斯三世不是一名優秀的皇帝，別說是毫無耀眼的建樹，甚至曾在經濟方面犯下失誤。可是回顧歷代皇帝的事蹟，他並不能被歸類為無能，至少他有成功避免財政破產跟疫病蔓延，讓名為帝國的船艦得以避免沉沒持續航行。正因為如此，我本來對這位同為負責領導群眾——掌管組織之人抱有某種程度的共鳴和敬意，如今證明大概是我太高估他了。

這名男子身上沒有任何霸氣，模樣彷彿氣數已盡。照此情形看來，他恐怕是把政務全權委任下屬。換言之，是個僅憑皇帝威名才得以苟活的人偶——不對，是家畜才對。

難道非得向這種人下跪不可嗎？我暗自在心中發出一聲嘆息，於皇帝面前單膝跪下。畢竟總不能因為排斥這麼做，就在自己的受封典禮上鬧事。雖說我對此不覺得屈辱肯定是騙人的，不過這點程度還在容許範圍內，終究只是個儀式罷了。

「諾艾爾・修特廉，帝國全新的守護星啊。」

皇帝嗓音沙啞地說完後，位於一旁的大主教將洗禮用細劍遞了過來。收下細劍的皇帝，把劍輕輕交互放在我的雙肩上。

「汝在此宣誓，願成為引領弱者的光輝，切莫沉淪權力，切莫偏離正道，行善除惡直到永遠。」

在被催促立誓之後，我維持跪姿點頭以對。

「偉大的皇帝陛下，偉大的創造神埃米司，我願以外祖父之名和自身的靈魂發誓。」

皇帝低聲回應我的誓詞。

「誓言已經成立。從此時此刻起，汝率領的嵐翼之蛇正式成為七星三等星。七星一如字面乃是帝國至寶，務必將散發出的光輝照亮帝國所有角落。汝於今後務必謹記誓言，堅持自我的道路往前邁進。」

說穿了就是提醒我別忘記自身立場。我再次點頭後，皇帝把劍從我的肩膀上移開，然後交還給大主教。

「免禮，先起身吧。」

我遵從皇帝的聲音站起身來。皇帝在和我對視時，臉上浮現出自嘲般的笑容。

「卿身為全新七星的領導者，就趁此機會分享一下卿的抱負，來跟眾人說說今後想實現哪些不辱七星之名的作為。」

若是按照慣例，我必須遵循方才的誓言闡述抱負。換言之，我的職責就是以新人之姿發表一些得體的言論，讓這場受封典禮安然落幕。意即最適合的方式就是將誓言內容改寫得更有詩意——真要說來是改寫成長篇大論，然後受封典禮就會宣告結束。

可是，我打從一開始就不想遵循慣例。

「恕臣下僭越想提議一事——臣下欲以全新七星之名，提議舉辦一場帝國境內所有戰團都能報名參加的競技大賽。」

原本一片肅靜的禮拜堂裡突然開始躁動。

「……什麼？競技大賽？」

我笑著對略顯混亂的皇帝點了個頭。

「正是如此，陛下。臣下所建議舉辦的這場競技大賽，是一場鼓舞民心的盛典。因冥獄十王即將降世，導致無辜百姓人心惶惶。為此，臣下希望能讓七星為首的全國探索者們在國民面前展現實力，藉此一掃大家的不安。」

現場所有人都因為我的一席話而大感錯愕，禮拜堂內彷彿颳起風暴般亂成一團。

「針對探索者的競技大賽!?這簡直是豈有此理！即便是為了鼓舞人心，探索者之間一旦正面交鋒，那可不是受點小傷就能了事！就算有治療技能，終究無法讓人起死回生！倘若發生最糟糕的結果，有誰擔得起如此責任!?」

位居大貴族之列裡的其中一名高階政要國務卿指著我破口大罵。此人正是雷斯達．格拉海姆伯爵，也是現任的司法首長——沒錯，他就是我在修格一案裡得到的傀儡。我利用把柄暗中控制他，並透過各種手段讓他就任司法首長一職。

「您所言甚是，雷斯達．格拉海姆司法首長。」

我將目光飄向雷斯達。一般在這種正式場合裡，我必須尊稱他為司法首長閣下才符合禮數，偏偏我沒有使用敬稱，甚至冒犯地直呼他的全名。我之所以明知故犯，就是為了震懾住在場眾人。

而我正是想讓大家明白，不論是誰要跟我唱反調，我都無意改變立場，才偷偷唆使雷斯達對我提出異議。

雷斯達按照我的指示當場閉嘴之後，只見其他人都不敢繼續抗議。原因是這些人都抱著反駁我有可能會惹來一身腥，既然率先出頭的人是雷斯達，就讓他為此負責到最後一刻的龜縮心態。

「如若參賽者在場上受到無法康復的傷害，那的確是本末倒置。」

先前的騷動宛若從未發生過，所有與會者都默默聆聽我的話語。這麼一來，大家就只能看我表現了。

「不過我已找出能解決此問題的方法。至於其中的細節，我會在日後將相關資料寄給現場的每一個人。與其在此刻詳細解說，不如直接確認資料會更實際。若是對內容有疑慮，歡迎大家隨時聯絡我。」

現場出現些許騷動，可是我無意詳述此事導致典禮拖長。反正詳細內容請參照資料的場面話已為我省去白費唇舌的麻煩，又能讓人產生我是抱持十足把握的印象。畢竟除了七星的團長們以外，都是對戰鬥一竅不通的門外漢，向這群門外漢解釋太多只是對牛彈琴，而且只會導致眾人產生無謂的猜疑。想取信於那些無知之人，光是表明有確切的資料就相當足夠了。

「競技大賽不僅能鼓舞民心，又有益於實戰演練。為了戰勝冥獄十王，以七星為首的各個強大戰團勢必得要通力合作。我認為應該藉由競技大賽來模擬實戰，讓大家能掌握各戰團的戰鬥方式。」

我加深臉上的笑容，又再補上一句話。

「而且根據競技大賽的結果，也能充分證明我們之中，是誰才夠格擔任這場宿命之戰的總指揮官。」

原本在一旁看我表演的所有團長們全都臉色一變。關於與冥獄十王的一戰，實際上尚未選出由誰來擔任總指揮官。就算肯定會從七星之中挑選，但無奈能用來評斷的資訊相當不足。

也就是說，競技大賽對七星而言是有其益處的活動。

「陛下，恕臣下直言，懇請您批准舉辦競技大賽。」

皇帝面對我的請求仍是一臉困惑，不過身邊的臣子在此時上前一陣耳語，他便恢復冷靜。

「朕已明白卿的請求，過段時間就會給出答覆。」

聽完皇帝的回應，我恭敬地向他行禮。

根據旁人的反應，我的提議大概只有五成機會能通過。這個結果令我非常滿意，接下來我只要在背地裡動點手腳，此提議就必能過關。

一切發展全都如我所料——

一章：無主的明亮蛇星啊

受封典禮結束後，接下來就是參加記者會和宴會。既然我已成為代表帝國的顏面之一，於公開場合正式宣布此事與亮相自當是不可少。畢竟我都取得名為七星的廣告招牌，為了有效利用這個優勢，我打算認真盡責地逐步完成一切程序。

不過──

「等等，蛇──不對，諾艾爾·修特廉，我有事要跟你談談。」

當我準備離開宮殿時，突然被一道聲音喊住了。

儘管我未曾見過面前的美男子，但我一眼就認出他的身分。此人的容貌和皇帝菲力克斯三世頗為神似，但又有別於皇帝，臉上充滿活力和野心。那頭金色長髮便是代表皇族純正血統的特徵。這位穿著一身華麗的宮廷禮服、單單站姿就顯得既高雅又充滿威嚴的男子便是凱烏斯第二皇子。

「凱烏斯殿下，能見到您是我的榮幸。」

我行完禮後，凱烏斯用下巴指了指與正門反方向的走廊。

「這裡有太多閒雜人等，我們去那邊談。」

凱烏斯下令的同時，貼身護衛們迅速擋在我的身後。看來是由不得我拒絕。他大可不必多此一舉，反正我也沒打算開溜。

我先是雙肩一聳，然後就尾隨凱烏斯來到面朝二樓庭園的會客室。這間也是用來招待貴族當作宴會廳的會客室非常寬敞，牆上掛了多幅名畫，另外房間裡還站著一名狀似專門服侍凱烏斯的中年管家。

「坐吧。」

我聽從這簡短的指令坐於沙發上，凱烏斯也於對側的沙發就座。護衛們則是站在周圍，監視著我的一舉一動。

「你先看看這份文件。」

凱烏斯使了個眼神，管家便在桌面上放下一份厚重的文件。我拿起文件確認完內容後，忍不住笑了一聲。

「殿下，您這是什麼意思？」

「如你所見，裡頭都是你必須支付的損害賠償金，你必須為自己在去年年末引發的那場騷動負責。」

文件裡條列著無數的項目和數字，其共通點就是皆為我與約翰一戰所造成的損失。凱烏斯的意思是，無論是城鎮遭約翰襲擊的重建費用、經濟損失以及鐵路計畫推遲的損失，全都必須由我負責承擔。

「關於這些損失，理當已用人魚鎮魂歌解散後的資金來填補了吧？」

面對我的質疑，凱烏斯搖搖頭笑說：

「此話差矣，那些都只是暫時由國庫支出。畢竟人魚鎮魂歌的財產已被國庫接收，所有權自然是屬於國庫而非人魚鎮魂歌，更何況此番損失皆屬你和約翰造成的，因此由你們雙方平均分擔賠償金為此事負責才合情合理。可是身為其中一名當事者的約翰已成故人，所以我命令你必須全額賠償——總金額是三千五百億菲爾，麻煩你一文不少地把錢交出來。」

說起三千五百億菲爾這筆龐大的金額，恰好與我把鐵路計畫相關公司的股票賣空後獲利的數字完全一致。這筆錢大部分都被我拿去投資沃爾岡重工業當作事業援助金，按照當時簽下的契約，公司得回饋每年收入的百分之一——粗估的獲利金額大約是五百億菲爾。

簡言之，凱烏斯打算從我手中奪走上述權利，並非單純想拿錢了事。他想從經濟面來削弱我的實力，再把我收為自己飼養的狗。

既然如此，我的答覆只有一個。

「實在是非常抱歉，我不能服從這項命令。」

凱烏斯的眼神隨即變得相當銳利。

「你身為堂堂七星之一的團長，難道還想規避責任嗎？」

「責任？此事若要追根究柢——」

我從懷裡取出一根菸，含在嘴上並點火。

「哎呀，失敬，都忘了要先徵得殿下您的同意。我方便抽根菸嗎？殿下。」

「哼，你自便吧。」

「那我就恭敬不如從命了。」

我呼出一口煙，接續先前沒說完的話語。

「——關於約翰的那場襲擊，政府對外宣稱是神祕武裝集團所犯下的大規模破壞行動，但犯人其實是人魚鎮魂歌。而下令隱瞞真相的人正是您吧？凱烏斯殿下。」

「你想拿此事來威脅我嗎？那我可以告訴你這是在白費力氣，究竟世人會相信誰，想必你也很清楚吧。」

「這倒是未必吧？只要我方抵死不從，我相信是自己比較占優勢喔？倘若您想來一場互揭瘡疤的惡鬥，我很樂意奉陪到底，就讓我們來較量看看誰比較有毅力吧？」

凱烏斯的目的是想掐住我的脖子，逼我願意屈服於他，要不然沒必要像這樣找我當面談判。基於此因，其本意絕非是想與我正面開戰，況且當前正面臨冥獄十王的威脅，哪有餘力做這種蠢事。

縱使凱烏斯貴為帝國皇子，但由於我已看出其目的——以及他最不願見到的結果，也就有充足的籌碼可以與之談判。

凱烏斯見我沒有一絲屈服的意思，懊惱地眉頭深鎖。

「你覺得自己能辦到嗎？」

「這是自然，我一直以來就是用這種方法取勝的。」

我整個人躺靠在沙發上，揚起嘴角直視凱烏斯。

「臭小子，你再無禮也該有所限度！」

這聲怒斥並非出自凱烏斯的口中，而是來自一旁的管家。護衛們也即刻回應管家的怒氣，紛紛握住手邊的武器。

「即便身為七星，終究只是一般民眾，現在竟敢如此藐視殿下⁉憑你這等貨色，完全可以當場處決！」

「有種就來試試看啊，死老頭。」

我惡狠狠地瞪向管家。

「你說我藐視殿下？像你這種罔顧高貴殿下的用意，擅作主張出面叫囂的傢伙豈有資格說這種話。少在那邊自打嘴巴，臭老頭，還是你痴呆到誤以為自己才是殿下啊？」

「咦！你、你你你、你這傢伙！」

「假如你堅持自己是忠臣的話，就給我乖乖閉上嘴巴。我正在交談的對象可是凱烏斯殿下喔。」

管家氣得面紅耳赤，甚至憤怒到說不出話來。

「夠了，如蛇所言，這裡沒你插嘴的份。」

凱烏斯嘆了一口氣說完後，管家沮喪地低下頭，默默地退到後面。護衛們也效仿管家的動作往後退開。

「……你真是一如傳聞所言，難道你都將恐懼視為無物嗎？」

我聽完凱烏斯的話語放聲大笑。

「恕我冒昧，殿下，您的問題並不適當，畢竟會屈服於恐懼之人無法勝任探索者。正因為我們能憑藉自身的意志來支配恐懼，才得以具備不同於他人的非凡力量。」

說起探索者和一般士兵之間的差別，實際上是前者都比較容易擁有更高的戰鬥能力。原因就在於職能升階是必須憑藉自身的力量去突破瓶頸，反觀士兵受限於名為軍方的這個框架底下，也就難以達成此事。基於此因，國家會盡量尊重探索者的獨立性，而且經常錄用優秀的探索者擔任軍方要職。

凱烏斯之所以想在我的脖子上套項圈，到頭來也是因為渴望得到優秀的部下——十之八九是想用我來取代約翰。

「這場鬧劇是時候該結束了。殿下，我明白您想從我身上得到什麼，因此我只想說一句話，那就是我不需要項圈。」

「喔～」凱烏斯雙眼微眯。

「按照你不為人知的各種惡行，我認為比起項圈更需要一副腳鐐。不過這是我單方面的看法，就來聽聽你有何見解。」

「此事非常簡單。」我接著把話說下去。

「我的目的只有一個，就是我想證明自己是世上最優秀的探索者。為了達成此目的，自然不可缺少相對應的試煉——也就是所謂的敵手。這當然包含將於近期內降世的冥獄十王，甚至是鄰國的羅達尼亞共和國以及聖導十字架教會，我都非常樂意與之交手。」

「你……」

凱烏斯聽到這裡不禁倒吸一口氣。

「我們的敵人不只是惡魔（beast），就算順利擊敗冥獄十王，仍有許多人會趁機盯上陷入疲乏的帝國，想必殿下也為此感到擔憂吧。不過您請放心，只要有我在此，就會排除一切降臨於帝國的災禍，畢竟親手殺死約翰的我才是『最強』存在。」

凱烏斯肯定也對約翰真正的實力非常清楚，因此他會明白我這番話絕非虛張聲勢，而是一切屬實。

「你提議的競技大賽，就是為了向公眾證明這點嗎？」

我點頭回應凱烏斯的提問。

「如果競技大賽順利開辦，帝國上下便會明白我才是最強之人。」

「眾目睽睽之下可是無法耍小手段喔？」

「我並不需要耍手段，一旦時機成熟，殿下您自會明白。」

我如此斷言後，凱烏斯稍微停頓了一下才點頭回應。

「好，我就相信你的說詞。賠償金一事到此為止，至於召開競技大賽，我會改日向陛下建言。不僅如此，從人魚鎮魂歌那裡接收來的飛空艇也將轉讓於你。」

「殿下突然變得如此慷慨，究竟是什麼意思？」

面對如此質疑的我，凱烏斯的臉上浮現出傲慢的笑容。

「若你真是我國不可或缺的人才，提供這點資源並不足掛齒。不過你也明白吧？一旦我認定你已毫無利用價值，就會毫不留情地捨棄你。」

「這是當然，我也不打算成為別人養的狗。就讓我們以合夥人這種健全的關係來交流吧。」

「合夥人嗎？這的確是非常美妙的關係。」

凱烏斯看著我繼續說：

「那麼，我想提出一個條件。」

「什麼條件？」

「這條件並非對你不利，純粹是為了與你締結立場對等的合夥人關係，才想正式封你為貴族。」

我在千鈞一髮之際，才勉強將差點脫口發出的驚呼聲嚥了回去。

「……這我就不懂了。即使不必特地封我為貴族，單以七星這個立場就相當足夠，重點是您也不願讓外界察覺我們的關係吧。」

「這也僅限於目前。一旦冥獄十王降世，帝國內必將動盪不安。既然如此，趁現在提升你的權限，日後或許能帶來幫助也說不定。」

凱烏斯笑著說出的這番話，百分之百是有所企圖，就這麼答應會非常不妙。話雖如此，假如拒絕的理由欠缺說服力，凱烏斯也不會輕易作罷。

他到底有何用意？

當我陷入思緒仍在尋求答案之際，凱烏斯已將右手伸了過來。

「就讓我們成為彼此最佳的合夥人吧。」

既然身為堂堂皇子的凱烏斯主動想握手，我也不便輕易推辭。要是太不給他面子的話，今日一事必會成為彼此心中的芥蒂。

畢竟凱烏斯經此一事已將我視為威脅，依照手邊的訊息來判斷，我繼續堅持己見是弊大於利。一旦彼此的關係失衡，凱烏斯恐怕就會不擇手段來對付我。

——這下子也沒辦法了。

於是我正面回應凱烏斯，緊緊地握住他的手。

「殿下，這樣當真妥當嗎？」

諾艾爾離開後，管家憂心忡忡地向凱烏斯提問。

「您不光是選擇信賴此人，甚至答應封他為貴族，這等舉動已形同越權了。」

凱烏斯聽完反而開懷大笑。

「哈哈哈哈哈！情況其實恰恰相反！」

「……恰恰相反嗎？」

「沒錯，我並非有益於他才決定賦予他貴族的地位。」

凱烏斯邊笑邊說：

「確實正如蛇所言，我們的敵人不只是惡魔。打算擴張勢力的羅達尼亞共和國，以及本是宗教團體卻打算從內部支配帝國的聖導十字架教會，都在暗中不斷增強實力，虎視眈眈地等待機會。如今我已失去約翰，為了與之抗衡，如蛇那般狡猾又強悍的探索者對我而言是不可或缺。」

不過凱烏斯補上一句但書，神色猙獰地將目光飄向窗外。

「但是蛇太危險了，必須在與他合作之前先拔掉其獠牙。」

經由宴會與記者會，嵐翼之蛇躍升七星之列的消息已傳遍帝國。雖然讓創立才半年左右的戰團成為七星一事引來不少批判，卻有更多人對此表示讚賞，贊助商的數量同樣是與日俱增。原因是冥獄十王即將降世，民眾都在尋求一名全新的英雄。

再加上我是不滅惡鬼（over death）的外孫，是昔日打倒冥獄十王之一・銀鱗之悲嘆川的外祖父唯一的血親，因此有不少人認為我率領的戰團成為七星乃是命中註定。

就連堅信命運只能靠自己開創的我，都不由得從中感受到一股無形的力量在幫忙引導，更別提那些懵懂無知的一般民眾，他們簡直將此事視為神蹟。

不過這局勢正合我意，因為天底下沒有比這種輕信神鬼之說的愚民更容易操弄，此類傳聞將有助於實現我的野心。

可是，並非所有發展都如我所料。

「那個死皇子居然給我來這套。」

位於戰團基地內的我，將手中的報紙一把甩在桌上。

這篇報導是關於凱烏斯召開的記者會，他對我這位促使嵐翼之蛇升為七星的團長讚譽有加，為了獎勵此等偉業而公開宣布要將我封為貴族。

以上部分是沒問題。雖說我是百般不願，但這終究是當初談好的條件。問題是接下來的內容，竟然提到了連我也不知道的自身血脈。

『為了冊封爵位，經調查諾艾爾．修特廉的戶籍之後有了驚人發現，其外祖父布蘭頓．修特廉，這位家喻戶曉的大英雄．不滅惡鬼，其實是不幸意外身亡的大貴族賈斯帕爾．德．柯雷托爾的私生子。』

如此令人錯愕的真相，外祖父對我卻是隻字未提。

『由於布蘭頓是私生子，並未被登錄於柯雷托爾家的家譜內，但由於其父親賈斯帕爾的厚愛，根據戶籍記載是願意承認自己身為布蘭頓的生父。換言之，兩人有著正式的親子關係。賈斯帕爾將自身的高貴血統傳給布蘭頓，布蘭頓的血脈則由諾艾爾所繼承。』

關於戶籍部分，全是凱烏斯瞎說的。我曾基於好奇確認過自己的親屬關係，裡頭根本沒出現賈斯帕爾這個名字。由於外祖父是非婚生子女，因此我能肯定只有記載其母親——也就是外曾祖母的名字而已。

但外祖父是貴族的私生子一事恐怕不假，理由是我也多少有些頭緒。明明外祖父生性暴躁，行為舉止卻莫名高雅，從前的我並沒有將此事放在心上，不過加上凱烏斯的發表來推測，外祖父確實很可能是貴族的私生子。

『由於柯雷托爾領地目前沒有繼承人，因此暫時由周邊領主分擔管理，而這片土地如今終於能迎來真正的主人，諾艾爾・修特廉確實夠格成為當地的新領主。對於高貴的血統能成為全新七星一事，第二皇子是衷心給予祝福。』

居然說我是柯雷托爾領地的領主？我不清楚當年情況是怎樣，偏偏該處現在只是個乏人問津的窮鄉僻壤。成為這種地方的領主是一點甜頭都沒有，不難想像得倒貼錢才有辦法經營下去。

不對，這部分的問題不大，我打從一開始就不期待受封貴族能得到什麼好處。真正令我頭疼的事情，是凱烏斯將我的身分公諸於世。

「呵呵呵，這情況真叫人傷腦筋呢。」

站在我身旁的男子參雜著笑意說：

「真不愧是凱烏斯殿下，漂亮地讓事情演變成你最不樂見的情況。儘管現在這麼說只是放馬後炮，不過你當初應該處理得更圓融才對。」

我將視線移向男子身上。這位相貌英俊的銀髮男子，露出一張調侃的表情低頭俯視我。

「凱烏斯殿下的這一手，害你從『民眾的英雄』變成了『貴族的英雄』。若以平民身分表現優異晉升為貴族，對平民來說是一則為人津津樂道的英雄故事，不過本就擁有貴族身分的人再重新成為貴族，在民眾眼裡只是一齣鬧劇罷了。」

男子淡淡說出的這段話，我聽完是有苦難言地點頭以對。

「對外堅稱自己並不知情，民眾也不會領情。即使證實凱烏斯是信口開河，成效與付出的勞力也不成正比。況且凱烏斯在妨礙我的同時，仍守信地讓政府批准開辦競技大賽。」

我在昨天收到通知，並約好日後會和凱烏斯一同出席記者會。正因為如此，我以此事為由與凱烏斯發生衝突，對我而言並沒有好處。

「更何況這件事所言不假，你的外祖父確實是貴族的私生子。」

「……這我知道。」

面對局勢不佳的現況，我忍不住發出嘆息。

「你至今透過諸多胡來的手段，沿著最短捷徑爬向頂點，民眾將你譽為新世代的英雄，可是當你流有貴族的血脈時就得另當別論，因為會有許多人紛紛跳出來質疑你從一開始就是在貴族們的簇擁下平步青雲，再加上你至今做過許多容易引人非議的事情，反對聲浪自然也會居高不下。」

「一如既往那樣利用報社操控民意也非常危險。就算你之前是以金錢與暴力來控制這些人，但他們並非單純怕我才這麼聽話，而是內心期盼著同為平民的人能闖出一片天。如今我流有貴族血脈一事已廣為人知，他們就沒理由繼續順著我。換言之，天曉得他們何時會翻臉不認人。」

對手僅憑一招就讓局面徹底翻盤，接下來恐怕會碰上許多阻礙，偏偏我除了得應對上述阻礙以外，還要做好競技大賽和冥獄十王一役的準備，想想還真是給自己挖了一個天大的坑呢。

「我看你倒是挺樂在其中呢。」

男子一語道破我的心思。

「我樂在其中？聽你在胡說。」

「不對，你的確是樂在其中，因為你早就看出凱烏斯殿下會成為你的阻礙。而且你自己也說過，你渴望找到一個能令自己滿意的對手。」

「我承認凱烏斯在狡詐上是頗有一套，但他終究不是我的對手，誰叫他需要如我這般的人才，所以才想透過打壓來迫使我乖乖聽話。」

男子見我搖頭以對，就這麼加深臉上的笑意，探頭窺視著我的表情。

「你真是個孤獨的人，只懂得透過鬥爭來證明自身的價值。」

「這句話也能套用在你的身上吧？」

我回嘴後，男子愉悅地放聲大笑。

「哈哈哈哈哈，沒錯！我跟你是同類！所以——」

接著他突然換上一道憐憫的眼神望向我。

「關於你夢寐以求的『絕境』，我是衷心期盼能夠成真。」

「哼，無須你在那邊雞婆。」

在我輕笑出聲的同時，恰好傳來一陣敲門聲。

「我是雷翁，現在方便進去嗎？」

「嗯，進來吧。」

在得到我的同意後，副團長雷翁推門走了進來。當他一走入室內，卻是神色困惑地觀察周圍。

「諾艾爾，房間裡就只有你一個人嗎？」

「是啊，這裡除了我以外沒有其他人，而且你也沒聽見交談聲吧？」

「是、是沒錯啦，不過我明明有感受到其他人的存在……」

面對歪著頭喃喃自語的雷翁，我不禁笑道：

「難道你忘了這裡以前是個怎樣的地方嗎？」

雷翁聽完我的提醒嚇得臉色發青。

「你、你別開這種玩笑啦。」

他先是嘆了一口氣，便重新把目光對準我。

「所有成員都已至會議室集合，現在只缺你一人。」

「明白了，那我就趕緊去宣布接下來的方針。」

我從座位上起身，在雷翁的陪同下步出辦公室。

「——以上就是戰團的現況。」

關於嵐翼之蛇所面臨的局面，我簡單明瞭地對身處於會議室內的戰團成員們解釋一遍。諸如已正式獲准開辦競技大賽，以及凱烏斯造成的妨礙。亞兒瑪、昊牙、雷翁和修格在聽完我的說明後，紛紛露出五味雜陳的表情。

「看來凱烏斯殿下對團長是情有獨鍾呢。」

語畢，修格以中指推了一下臉上的眼鏡。

「而且是真的被他套上一條項圈。」

我面露苦笑的同時，替自己點上一根菸。

「此人比我想像得更為棘手。」

「受歡迎的男人還真辛苦呢。」

從旁插話的亞兒瑪，臉上掛著一張揶揄的笑容。

「雖說我早就知道諾艾爾是個充滿魔性到連男人都能吸引的美少年，但你擁有貴族身分就很令人震驚了。畢竟你的言行舉止並沒有給人這種感覺，反倒更像是黑幫老大呢。」

「「「就是說啊。」」」

另外三人點頭同意亞兒瑪的話語。

「我說你們啊～……」

我發出嘆息並順勢呼出一口煙。

「這可不是在開玩笑喔？眼下的情況被凱烏斯這麼一鬧是有些嚴峻。為了解決這個問題，我們無論如何都必須讓競技大賽如期舉辦。」

「這我知道啦，不過……」

亞兒瑪用食指抵著下巴，歪著頭說：

「這不像是諾艾爾你會犯下的失誤……難不成這也是後遺症？」

其餘三人一聽見亞兒瑪的提問，全都顯得有些緊張。

「沒那回事，單純是凱烏斯相當優秀。」

即便我開口否認，在場眾人依然沒有因此放心。

與約翰一戰的結果，就是我失去大量的壽命，粗估只能再活十年。當然我並沒有對此感到後悔，理由是我除了這麼做以外完全無法打倒約翰，幸虧最終順利取勝才有了現在的局面。縱使付出龐大的代價，但也獲得與之相符的成果。一切情況都在我的預測範圍內。

「難道我說的話這麼不可信嗎？放心，自從升上A階之後，我的身體狀態遠比以往好上許多，相信看在你們眼裡也是如此吧。」

我並沒有撒謊，自身的健康狀態確實非常好。多虧升階，我的身體素質有得到提升，進而降低大腦的負擔。亞兒瑪、雷翁以及修格都點頭接受我的說詞，但唯獨昊牙是神色痛苦地臭著一張臉。

「昊牙，你若是有意見的話就儘管說。」

「……沒有啊。」

昊牙狀似相當不悅地甩下這句話，隨即將臉撇向旁邊。自先前一戰結束後，他就一直是這副調調，似乎是對我不惜犧牲壽命應戰一事感到相當不滿。雖然他這種態度令我有些惱怒，不過我並未多加理會，繼續把話說下去。

「總而言之，不必擔心我的身體狀況，眼下的重點是競技大賽。關於這方面的準備，目前是交由菲諾袞來監督。至於警戒和現場作業人員，也是由巴爾基尼幫負責調派。」

「全權交由瘋狂小丑（mad pierrot）處理真的不要緊嗎？」

我點頭回應雷翁的提問。

「嗯，其實巴爾基尼幫所隸屬的路基亞諾幫，本就是與皇室掛鉤的黑幫。相信他們不會事到如今才跑來抱怨，而且這種工作也算是黑幫的本業。」

「這方面我可以理解，不過我是擔心——」

雷翁摸著下巴露出沉思的神情。

「路基亞諾幫的權力平衡。一旦這次的競技大賽籌辦成功，擔任執行委員的菲諾袞不只會獲得龐大收益，更能以功臣之姿提升他在黑幫內的地位。身為直屬幫主之一的他，有機會就這麼直接成為總帥的繼承人，意思是其他的直屬幫主有可能會從中作梗吧？」

「你有這樣的擔憂是非常合理。」

我點頭認同雷翁的說法。

「關於這件事，老實說我也並非完全放心。儘管那個人妖誇口說無須借用我的力量就能完成任務，但若是其他的直屬幫主在打歪主意，他將會陷入相當艱難的局面，而這也絕非我所樂見的。」

我並非對菲諾裘沒有信心，反倒是十分看好他的能力，所以才表示願意相信他。問題在於菲諾裘太過優秀，他就是因為這樣才會四處樹敵。一如雷翁所擔憂的情況，假如競技大賽安然落幕，他在黑幫裡的地位將堅若磐石，可說是會把其他競爭對手遠遠拋諸腦後，呈現一枝獨秀的局面。

也就是說，其他對手能阻止菲諾裘獨占鰲頭的機會就只剩現在。

「路基亞諾幫將於近日召開幹部大會，到時就能確認其他直屬幫主的想法。無論是安分地待在菲諾裘之下或選擇抗爭到底，一切答案都會揭曉。我是有委託情報販子幫忙打聽，但終究很難掌握一個人的心思。」

「倘若有人選擇抗爭，就由我們負責處理嗎？」

聽完雷翁的提問，我不禁睜大雙眼。

「我真意外你會想介入與黑幫有關的事情，難不成你跟他們有仇嗎？」

「沒那回事！我與他們無冤無仇！」

尷尬一笑的雷翁矢口否認。

「不過事已至此，總不能任由他人來妨礙我們的計畫吧？雖然我是很排斥介入黑幫之間的鬥爭，可是我已做好在必要時得弄髒雙手的覺悟了。」

「喔～看來你是真的轉性了呢。」

我直視雷翁的同時，也在菸灰缸內捻熄吸完的香菸。生性認真到近乎死板的雷翁，如今居然主動請纓願意弄髒雙手。

老實說我不覺得這種態度能稱之為成長。現在的雷翁並非當真懂得變通，而是歷經人魚鎮魂歌一戰和就任七星之後，心態變得十分躁進。如果他沒能冷靜下來，甚至會有迷失方向的風險。

偏偏我一直以來都是採取不太正派的戰鬥方式，由我提醒他恐怕會造成反效果，因此我只能在內心吐槽這次之所以會陷入死局，一切都怪自己平日素行不良。

「若是當真介入這場鬥爭，就會需要借用你們的力量。我之前也以言語激勵過菲諾裘，要他做好覺悟。可是因為凱烏斯使出的陰招，我現在其實是不太想做出太招搖的舉動。」

「說得也是，恐怕難以像之前那樣息事寧人……」

「因此以暴力來解決是最終手段。儘管多少會比較麻煩，但最好是透過交涉來避免爭鬥。我的目標是讓菲諾裘成為路基亞諾幫的下任總帥，想盡可能避免容易在日後留下隱患的暴力手段，除非是可以一口氣剷除所有的礙事者。畢竟那傢伙成為總帥之後，要是導致內部分裂的話也就毫無意義了。」

「這真有訴諸暴力以外的解決方式嗎？」

「有，簡言之就是讓其他直屬幫主願意承認，夠格成為下任總帥的人就只有菲諾裘即可。至於實現上述理想的劇本，已經存於我的腦中了。」

我如此斷言後，雷翁點頭同意。

「好的，這部分的決斷就交給你了。」

「接下來我會相當忙碌，偏偏又有來自探索者協會的討伐委託得處理，所以我應該無法坐鎮指揮，這件事就交給你了，雷翁。」

「嗯，包在我身上。」

由於嵐翼之蛇成為七星，從此之後便會接到比以往還多的討伐委託，反之就是承擔的責任也會越重，假如討伐數量無法達標，處罰就是被褫奪稱號。不過亞兒瑪經過人魚鎮魂歌一戰晉升A階，依照她目前的戰力是撇開我也能獵殺高階惡魔才對。就算光靠他們無法戰勝魔王（Lord），重點是魔王也不會如此頻繁地降臨於人界。

「話題回到競技大賽上。關於細部規則，剛剛發給各位的資料裡都有寫到。」

我用指頭敲了敲放在桌上的書面資料。

●賽者僅限於帝國公認的戰團成員，並且一個戰團最多只准兩位成員報名。

●可以使用的技能上限為兩種，並且需要提前申請。

●參賽者能夠攜帶武器，不過武器尺寸是以單人可以揮動為限。

●競技大賽採淘汰制，不會有影響戰鬥的裁判出現於場上。

●參賽者宣布認輸、倒地後無法於十秒內起身、無法繼續戰鬥或出界時就算落敗。

●參賽者若在對手無法戰鬥的狀態下繼續追擊，將直接失去參賽資格。

「大賽規則基本上就是這六項。規則的目的是為了防堵他國特務，而且在限制報名人數之後，也能夠徹查參賽者的來歷。目前獲得帝國承認的戰團，包含七星一共是七十二個，意思是最多會有一百四十四名參賽者。大賽分成預賽跟複賽，預賽是七星以外的參賽者都得參加。」

「以戰鬥次數來看，這對七星以外的參賽者很不利吧？」

我搖頭回應修格的質問。

「沒那回事，畢竟他們有更多機會可以大顯身手，真要說來反而是賺到了。」

「此話怎說？」

「這場競技大賽並非單純讓人一較高下，也是進行與冥獄十王一戰的軍事演習。當然上場次數越多會越疲憊，又會將自身技能暴露在其他對手面前，可是順利留下成果的選手就算於中途淘汰，依舊能在冥獄十王一戰裡獲得重要的職務。原因是戰場上需要的戰力並非仰賴好運晉級的贏家，而是身處在任何情況下都有能力一戰、名副其實的探索者。」

「原來如此，這的確很有道理。至於規則限制所有人都只准使用兩種技能，也是基於這個理由吧。」

「正是如此。」我點頭回應。

「這條規則可以用來確認選手在有限的技能下如何應戰的適應力，以及推測對手會使用何種技能的洞察力。當然另一個目的也是為了維持比賽的公平性。」

「公平性……雖說至今有許多人都想促成這場賽事，但實際上是你首開先例。說起促成競技大賽的頭號關鍵『能代為承受傷害的裝置』，你在開發上肯定花費莫大的資金吧？」

「是啊，不過這是必要的投資。」

至今之所以無人舉辦探索者的競技大賽，就是因為大家都擔心選手會在比賽中受傷。畢竟本業是與惡魔戰鬥，豈能在跟人切磋時遭受無法執行討伐委託的傷害，因此才遲遲沒能開辦。

讓這個問題迎刃而解的關鍵，就是我投入大量資金讓賽事得以實現的特殊裝置——『方尖柱（Megalith）』。

以惡魔為素材製成的方尖柱會設置於擂臺附近，替連線的選手承受所有傷害。儘管仍有承受極限，不過選手和柱子連線的期間是近乎無敵。

若是達到柱子所能承受之傷害上限的八成，與之連線的選手就會無法動彈，也就是所謂的無法戰鬥狀態。之所以限制在八成就中止比賽，是為了避免選手在無法戰鬥後又遭受追擊而負傷。

萬一柱子達到極限時，不只是與該柱連線的選手，包含對手也會被強制變得無法行動，而這實際上就是裁判喊停機制。

「這本是基於軍事目的開發的裝置。我在黑市買下這東西，然後委託菲諾裘將此物修改成能運用在競技大賽上。」

「這東西不能活用於與惡魔之間的戰鬥嗎？」

「不能。」我直接給出答案。

「裝置本體並不是柱子，而是整座擂臺，柱子就只是一次性的消耗品。此裝置過於巨大，而且與其龐大的體積恰恰相反，有效範圍和傷害承受上限都很差。換言之，除了類似這次比賽的利用方式以外沒有任何用途。」

「原來如此，怪不得此研究會受挫，最終經由黑市落入你的手中。」

「正是如此。另外為了把此裝置打造成競賽專用，我有加入多個特殊設定。那就是即使能代替選手承受傷害，不過產生的痛覺和衝擊卻會保留。倘若手腕被劍砍中，就會感受到相應的疼痛，並且產生局部的麻痺效果。上述情況將持續到與柱子中斷連線為止。如果內臟受損就會產生更嚴重的影響，但這些都將落在不會對生命活動造成影響的範圍內。基於此因，就算柱子還可以承受傷害，但選手若是自知無法繼續戰鬥，最好還是直接認輸。」

「中毒呢？」

這次提問的人是亞兒瑪。

「中毒造成的影響也會反映出來。儘管無法類似實戰那樣直接注入人體，不過柱子在感應到毒素之後，仍會引發相對應的不適感。」

亞兒瑪在聽完我的回答後，開心地握起拳頭。

「太好了！那我將會是最強的囉！」

亞兒瑪的職能(job)是【斥候(scout)】系A階的【死徒(death)】，此乃具備其他職能難以並駕齊驅的高機動力，擅長以下毒為首等各種即死攻擊的戰鬥型職能。基於競技大賽的性質，身為

【死徒】的亞兒瑪可以運用壓倒性的速度玩弄並擊潰對手，的確稱得上是最強選手之一。

但我回以苦笑搖搖頭說：

「妳別自作多情，我不打算讓妳參賽。」

「咦!?為什麼!?」

「因為妳的戰鬥能力太不穩定了。」

「不穩定是什麼意思!?」

「就是妳除了在面臨生死關頭以外，都無法全力發揮。」

關於亞兒瑪是如何在單挑中戰勝龍化的傑洛，我已聽雷翁轉述過了。她就是成功在那場死鬥中取勝才升為A階。儘管我打從一開始就知道這女人具備非常傑出的才華，不過這等戰果仍出乎我的意料。

與此同時，也間接突顯出亞兒瑪的弱點。

「亞兒瑪，妳在戰鬥方面屬於慢熱型，直到置身生死交關之際才得以發揮出真本事。換言之，妳並不適合參加這種不會攸關生死的競技大賽，一旦妳碰上更強的人就毫無勝算。」

「唔、唔～……」

大概是被我一語道破的緣故，亞兒瑪只能緊咬下脣發出呻吟。

「那、那你打算派雷翁跟修格上場嗎？」

雷翁在與約翰的單挑裡表現得極為出色。他歷經那場死鬥之後，戰鬥能力相較於過去是有了飛躍性的成長。而他在該戰鬥裡學會的《天帝之理》是與賽事性質完全相符的強力技能，即使碰上比自己強悍的對手也很有機會獲勝。

至於身為嵐翼之蛇最強戰力的修格，其實力依然遠在才華開竅的雷翁之上。即便受限於狹窄的擂臺令他無法大量部署人偶兵，不過他憑著豐富的戰鬥經驗和應變能力，相信能輾壓絕大部分的對手。

可是我搖頭否定亞兒瑪。

「沒那回事，我也不會讓雷翁和修格參賽。」

我先是輪流看著一個個目瞪口呆的同伴們，然後語氣清晰地宣布說：

「參加這場競技大賽的人是我與昊牙。」

「咦咦!?」

同伴們的驚呼聲響遍整間會議室。

「你們有必要那麼吃驚嗎？」

我將十指交錯的雙手靠在桌上，露出苦笑看著徹底驚呆的同伴們。

「這叫我們怎能不吃驚。」

修格搖搖頭發出嘆息。

「諾艾爾，我明白你很擅長對人戰鬥，競技大賽的規則也有利於你，但身為【話術士】的你還是難以脫穎而出吧？」

「是啊，不過身為提案者的我必須參賽，要不然無法對其他七星團長有個交代。」

「你有勝算嗎？畢竟你不能再用與約翰戰鬥的那招吧？」

我點頭回應神色僵硬的雷翁。

「這是自然，我沒有餘力再那麼做了。」

我在對抗約翰當時，使用了能暫時獲得魔王之力，代價卻是大幅縮減壽命的祕藥。原理是在充滿魔力的體內建構深淵(abyss)，只讓魔王的能力來到世間。

我多虧這個祕藥才得以戰勝約翰，不過代價是自己只剩下十年的壽命。原因是自身的存在歷經極為劇烈的變化，導致我的靈魂受到重創。

所謂的靈魂等同於個人情報，也是創造生命的設計圖，精神與肉體就是根據這張設計圖所組成。當設計圖出問題時，精神和肉體自然會快速崩解。

我經過與約翰的一戰升為A階，多虧體能的提升和醫生提供的藥物才勉強延緩崩解，不過這些仍有限度，最多只能讓我再活十年。

憑我現在的壽命是不能再使用那個祕藥，一旦服用就會導致身體立刻崩解。更何況會煉製該祕藥的理岳已經死了，是我親手殺掉的，而且沒有留下備份，因此我絕無可能再取得這個東西。

「就算沒有祕藥，我也不覺得自己會打輸比賽，再加上我還為此挑了一個全新的職能。」

說起我升階後取得的職能，其實是非常有利於對人戰鬥。

其名為——

「【真言師】，這就是我取得的新職能，在特定條件下堪稱最強。」

【話術士】系A階職能【真言師】依舊是輔助職能(buffer)，但除了增益(buff)技能以外，還可以學習減益(debuff)技能。

從【話術士】升階為【戰術家】的我，原本預計是成為【軍師】。

【話術士】系A階職能【軍師】是【戰術家】的標準進階職能，它不僅能提升增益技能的效果，還可以擴大有效範圍。單就對抗惡魔來說，【軍師】比【真言師】更能派上用場。

但我還是選了【真言師】。理由非常單純，綜觀整個職能歷史，覺醒後取得【真言師】而非【軍師】的人就只有我一個。

恐怕是我曾暫時化成非人的存在，並歷經過死亡的緣故。因為沒有先例，我必須先設法釐清自身能力，不過換個角度來看，優點是可以避免外人知曉我的能力。

對於受託來協助釐清能力的鑑定士協會，我也有提供封口費要求他們別洩漏消息。當然身為公家機關的鑑定士協會是不可能永遠幫忙隱瞞，因此我們訂下的契約是當我死後即可公開【真言師】的相關訊息。

正如之前對凱烏斯說過的那樣，我的對手不只有惡魔。一旦冥獄十王之戰結束後，勢必會有各路邪門歪道趁勢盯上國力轉弱的帝國。為了排除這些傢伙，無論如何都需要【真言師】的力量。

「無論對手是誰，我都不會打輸比賽。」

亞兒瑪見我如此斷言後，神色顯得相當複雜。

「諾艾爾你想參賽是可以理解，問題是昊牙呢？他是這個戰團裡最渣的成員喔！就算上場也只會被更強的對手直接秒殺！」

昊牙聽完亞兒瑪的批評眉頭一皺，卻遲遲沒有開口回嘴。其實他並不弱，但終究是嵐翼之蛇裡唯一的B階探索者。

「昊牙曾是一名劍奴，參加競技場的經驗比我們豐富多了，再加上他是東洋出身，戰鬥方式有別於帝國內的探索者。而且【刀劍士】這個職能是就算碰上比自身強大的敵人也有辦法與之一戰，所以他仍有很高的機率能打贏比賽。」

實際上與昊牙交手時，我也被迫陷入苦戰，即便最終是由我取勝，不過他若真心想殺死我的話，我早就已經死透了。

「我能理解諾艾爾你的考量，可是讓昊牙以B階之姿參戰終究難以勝出，所以還是希望他能在上場前升階，況且憑他的才華理當沒問題。話說這場競技大賽是何時召開？」

我將視線移向發問的修格。

「預賽將在三週後開始，複賽則預計於四週後。我與凱烏斯會在這週內召開記者會，並在現場公布此事。」

「意思是只有一個月的時間……」

修格皺眉發出沉吟。

「這縱使是如昊牙這般的天資也有些勉強。」

「嗯，因此你也去幫昊牙吧。不光是與惡魔交手，只要加上你的人偶兵幫忙訓練，我相信他能升階的。」

「話雖如此，尋常的訓練也毫無意義，倘若不是多次經歷瀕臨極限的戰鬥，就無法推開那道通往全新可能性的大門。」

「但你肯定有辦法拿捏得當吧？」

修格見我對他露出微笑後，當場深深地發出一聲嘆息。

「唉～我家團長就是很會使喚人，看來我暫時無法製作人偶了。」

「抱歉啊，我會額外提供獎金給你——昊牙，你也沒問題吧？雖說訓練過程苛刻無比，可是獲得的回饋也會很多，你就全力以赴吧。」

被點名的昊牙大大地點了個頭。

「沒問題，老子本來就打算豁出去了。」

我對躍躍欲試的昊牙點頭以對，然後將目光對準一臉不滿的亞兒瑪。

「亞兒瑪，妳也去幫忙鍛鍊昊牙。」

「啥!?別開玩笑了!!為何本大小姐要這麼做!?」

「妳也同樣得克服弱點，依妳現在這種程度實在太不像話了。」

「那我情願一個人修練！打死我都不要去當昊牙的練習沙包！」

「──住口。」

我以平穩的語氣喝止亞兒瑪。

「這是命令，妳無權拒絕，如果妳不肯乖乖聽話──」

「好、好好好好、好啦好啦！我會去幫忙的！」

看著一臉蒼白連忙倒退的亞兒瑪，準備起身的我重新就座。

「給我牢牢記好，再有下次就饒不了妳。」

「……唔、是………你動怒的表情未免也太嚇人了吧。」

我沒有理會在一旁碎碎唸大表不滿的亞兒瑪，替自己點了一根菸。

「以上就是今後的方針。總之我會專注在競技大賽的準備事宜上，這段期間的惡魔討伐委託就交由雷翁指揮，在戰場上要全面服從雷翁的命令。至於餘下三人在沒有委託的期間，就以幫助昊牙升階為第一要務進行訓練。」

遵命──同伴們同時點頭應允。會議至此宣告結束，在我準備宣布散會之際，雷翁露出若有所思的表情喊住我。

「請等一下，諾艾爾。關於你在這場競技大賽中的真正目標，是想證明自己最有資格在冥獄十王一役裡擔任總指揮官吧？雖然我並非對你和昊牙沒信心，但我認為你們仍會面臨相當嚴峻的挑戰，所以我想先確認一下當你們兩人都遭到淘汰時的備案。」

雷翁很清楚我在執行某項計畫時，往往都會制訂多個備案，現在才會像這樣希望我能開誠布公解釋所有細節。

不過我搖搖頭道：

「唯獨這次沒有備案，就算有也只會礙事。所謂的備案很容易讓自己留下破綻，進而導致被人抓住把柄。既然有個完美的第一計畫，也就不必再找退路了。理由是我絕對能夠實現此次的目標，以西洋棋來比喻等於是已經將死這盤棋了。」

「將死這盤棋？明明大賽都還沒召開喔？」

「你這句話是什麼意思？」當我準備替雷翁的這個問題解惑時，修格提前一步開口。

「諾艾爾，我已看出你真正的意圖了。」

「喲～那就來核對一下答案吧。」

我愉悅地揚起嘴角，交給修格來揭曉答案。

「你說過自己不會打輸比賽，但也沒有想拿下優勝吧？」

「沒錯，然後呢？」

「倘若我沒猜錯，你真正的用意是——」

關於修格接下來說出的內容，確實正如我所安排的計畫。我為他獻上掌聲，其他同伴們則是錯愕到啞口無言。

「你表現得非常好，給出的答案完全正確。」

「儘管我們的交情不長，但我自認為可以理解你的想法——話說回來，真虧你能想出如此破天荒的計畫，最強探索者果然是你才對。」

修格以傻眼的語氣說完後，扭頭望向雷翁。

「此計畫的關鍵在你身上，若有異議只能趁現在提出喔？」

「……無妨，沒這個必要。」

雷翁臉上浮現一張十分僵硬的笑容，搖搖頭接著說：

「你依舊不改本色制定出這種瘋狂的計畫，不過聽完說明之後我就釋懷了。這盤棋確實已被你將死，我幾乎能篤定你會成為總指揮官。」

「對啊，簡直就是喪心病狂，我看你的腦子是每根筋都接壞了。」

亞兒瑪同樣露出傷透腦筋的笑容，能看出她十分明白無論如何抗議都阻止不了我。

沒錯，誰來勸我都是白費唇舌，因為我早就做好覺悟，而同伴們也非常清楚我是個什麼樣的男子。

唯獨昊牙卻給出截然不同的反應——

「你這個笨蛋!!真不明白你到底在想些什麼!?」

昊牙的怒吼響徹整間會議室。

「明明你在對抗約翰時已失去大量壽命，現在又拿自己的命去賭！難保這次你真的會喪命喔！」

昊牙嗓音洪亮地吼完之後，大概是過於憤怒的緣故，只見他不斷大口喘氣。我呼出一口煙，直視昊牙說：

「這算不上是賭，而是勝算極高的計畫。」

「但也算不上是萬無一失啊！你還是有可能沒命！身為你的同伴，老子絕不同意這項計畫！」

面對態度激昂的昊牙，我不由得噴笑出聲。

「事到如今你在說些什麼？難道你覺得目標成為最強探索者的我會怕死不成？」

「……沒錯，畢竟我們歷經過風風雨雨，老子豈會不明白這點，現在卻還有機會回頭不是嗎!?諾艾爾，你只剩下十年的壽命喔!?就只能再活十年而已！既然如此，你就該好好珍惜自己的性命不是嗎!?到時縱使你成為最強，丟了小命也沒有意義！」

拚死勸阻我的昊牙，雙眼甚至微微泛淚。

「老子可不是為了害死你才答應成為同伴……」

昊牙緊握雙拳，默默地低下頭去，現場再無一人開口說話。在這片足以讓人產生耳鳴的沉寂之中，我緩緩地張開嘴巴。

「我就是我，所以沒打算接受你的意見。」

「為何你就是這麼執迷不悟……」

「執迷不悟的人是你，昊牙。若我是個貪生怕死之人，你會願意成為我的同伴嗎？正因為我就是我，你才肯追隨我一路奮戰至今不是嗎……？回答我，昊牙。」

我怒眼瞪視昊牙，壓低嗓音放聲大喝。

「我叫你回答我！昊牙!!」

昊牙被我這麼一吼，狀似萌生怯意地倒退一步，可是他隨即怒目相視，並將臉湊近到幾乎快抵住彼此的額頭。

「你說得沒錯，老子就是看上你那鐵血男兒般的氣概，這是不爭的事實。不過老子也有老子的考量，無論你說再多，老子還是堅決反對這項計畫，諾艾爾。」

「那你想怎麼做？要如何為此事做個了斷？」

「方法很簡單。」

昊牙依舊瞪視著我，並伸手握住腰間上的刀。

「老子會成為這場競技大賽的冠軍，到時就算你沒有執行計畫，身為老子雇主的你仍然會是眾所公認的最強存在。」

面對昊牙目光犀利地誇下海口，我毫不給面子地嗤之以鼻。

「你說你會拿下冠軍？這笑話真是一點都不好笑。老實說你只要取得別給戰團蒙羞的成績即可，現場可沒有一個人認為你能奪冠喔。」

「隨你怎樣數落都行，總之老子是絕不食言。」

昊牙在撂下這段彷彿說給自己聽的話語便轉身背對我。

「諾艾爾，老子會一刀斬斷你的計畫——而且是說到做到。」

面對步出會議室的昊牙，沒有一人能出聲叫住他。

會議結束後，房間裡只剩下我跟雷翁。不光是昊牙，亞兒瑪與修格也已經離開戰團基地。

「你對昊牙的一席話有何看法？」

看著略顯猶豫拋出問題的雷翁，我雙肩一聳。

「我能有什麼看法，就算昊牙再如何賭氣，打不贏的比賽就是打不贏。」

我對昊牙的實力很有信心，相信他會在競技大賽裡留下漂亮的成績，無奈此次的參賽者有許多是昊牙完全無法抗衡的怪物。

其中最難纏的對手，莫過於當今威爾南特帝國裡的兩名最強探索者。

也就是——

霸龍隊副團長，稱號為玲瓏神劍（innocent blade）的吉克・范斯達因。

百鬼夜行團長，稱號為噬王金獅子（king slayer）的里奧・艾汀。

只要有這兩位最強探索者阻擋在前，憑現在的昊牙就算是天塌下來也毫無勝算。

「那小子只是暫時情緒失控，等他冷靜下來之後，就會明白自己的發言是何等愚昧無知。」

「但這股心情也很重要不是嗎？唯有憑藉堅定意志超越自身極限之人，才能夠得到勝利女神的青睞，相信你是對此感觸最深的人才對。」

「你這是想把我跟昊牙混為一談嗎？」

「我並沒有這個意思。」

雷翁笑著搖搖頭。

「我很清楚你意志之堅定是無人能及，不過昊牙確實也抱有無比強烈的信念。我認為他剛剛的宣言是發自內心，絕非一時的情緒失控，他是打從心底想要保護你。」

「所以你要我顧及他的感受嗎？」

「沒錯，可以這麼說。想想我也有失平常心，聽完昊牙的一席話才醒悟過來。諾艾爾，我也認為你是必須活下去的人。就算你生性狂妄且手段毒辣，另外我對你導致天翼騎士團解散一事仍懷恨在心，可是你那堅定不移的人生觀也令我打從心底十分欽佩，所以我不想見到你死去，相信亞兒瑪和修格也抱有同樣的感受。」

面對雷翁動之以情的開導，即便我想反駁也說不出半句話來。

「……我就是我，事到如今無意改變自己的人生觀。」

我一路走來犧牲了不少事物，但是我不曾對此感到後悔，能夠坦然接受一切且沒有任何迷惘。我呼出一口煙說完之後，雷翁露出有些失落的表情。

「這些我都明白，你就是你，不必特別改變自己的人生觀。」

不過雷翁語氣溫和地補上一句但書，接著把話說下去。

「希望你也能接受我們想支持你的那份心情。」

「我很相信且仰賴你們，這個戰團若是少了你們也無法運作下去。」

「我不是這個意思。」雷翁搖頭以對。

「我們並非只是戰團的一分子，而是想以友人的身分從旁支持你。」

我因為雷翁的這句話不禁倒吸一口氣。雷翁見我遲遲沒有回應，忍不住笑了出來。

「其實我也對此感到有些意外，但這是我的肺腑之言。」

雷翁解釋完便正色道：

「那我先走了，畢竟還有許多資料等著我批准。」

待雷翁離開會議室後，現場就只剩我一個人。

「看來你有一群很棒的同伴──不，是一群好朋友。」

在毫無徵兆之下，突然傳來一股平靜的男性嗓音。

「你比自己想像中更受人愛戴喔。」

「……也許吧。」

語畢，我將那已經變得很短，不知是抽到第幾根的香菸捻熄於菸灰缸內。

「斬斷我的計畫……嗎……」

我在回憶昊牙立下的誓言之際，雙肩忽然開始晃動，確切來說是雙肩隨著我發出的笑聲上下起伏。

「哼哼哼，昊牙這小子變得很敢說嘛。那個笨蛋究竟能做到何種程度，我就拭目以待吧。」

此刻心中冒出一股認定這種事絕無可能發生，以及期待昊牙或許能引發奇蹟的矛盾情緒，但其中又以這兩種情緒之間所產生出來的愉悅心情，著實令我無比憐愛。

「我已經不再是負責你們的窗口，協會新指派的窗口將於日後來到戰團基地向各位打招呼。」

走在我身邊的哈洛爾略顯沮喪地說著。在此季節難得出現和煦陽光的下午時分，我和哈洛爾來到帝都郊外，走在四周有銀雪堆積的林間步道。

「這全是凱烏斯殿下的陰謀所致。儘管並非殿下直接動手，但諾艾爾先生你流有貴族血統一事在公開之後，你已失去不少民眾的支持。這導致你無法再採取以往那種以民意為武器的作戰方式，取而代之是現在已有其他人像你那樣以民意為後盾，要求探索者協會必須匡正綱紀。而我確實在各方面都特別優待你，眼下若是被人質疑這點將會非常不妙。協會為了彰顯其公正性，勢必得拔掉我現在的職務。」

正如哈洛德所言，之前多虧這個老爺子，我們才有辦法接到超越自身評價的各種委託，其中最關鍵的就是討伐身為魔王的『真祖（noble blood）』。對於創立不足一年的戰團而言，其實根本無法接取討伐魔王的委託。不過多虧哈洛德的相助，我們嵐翼之蛇才成功爭取到這項委託。至於完成討伐的績效，也成了促使我們就任七星的助力。

當然批判的聲浪從那時就已經出現，但我又成為幫修格洗刷冤屈、解決監獄爆破事件的平民英雄。就算我在該事件裡形同做賊的喊抓賊，可是民眾並不知情。於是帝國內有無數人將我視為英雄，那些少數的批判聲浪自然是很簡單就能夠壓下來。以上就是我使用的手段。

「這算得上是你濫用民意的報應吧。」

語畢，哈洛爾點了根菸含在嘴上，開始吞雲吐霧。

「你並沒有完全失去民心，現在仍有許多支持你的粉絲，不過人數已沒有像從前那般誇張。身世曝光對於以民意為武器的你而言，是個相當致命的事態。民眾原本也喜歡貴族後裔顛沛於民間的勵志故事，無奈凱烏斯殿下從中作梗，以民眾最反感的方式揭露。就算民眾仍會尊敬貴族血統，但若是整件事隱約給人一種你是靠關係走後門的感覺，就只會適得其反。明明殿下這麼做也會導致自己聲譽受損，不過此舉實在是很有膽識。恐怕凱烏斯殿下就是如此忌憚你吧。」

面對哈洛德那質疑的眼神，我也只能雙肩一聳。

「明明我是以禮相待，殿下卻似乎認為我不可信。大概是擔心我會慫恿民眾掀起革命也說不定。」

「這只能怪你平日素行不良。換作我是殿下，也會抱持相同的擔憂。話雖如此，殿下仍將你視為帝國今後不可或缺的人才。聽說殿下為了取得舉辦競技大賽的認可，似乎費了不少苦心。」

「殿下這麼做很正常，要不然我就虧大了。」

「你真是個可怕的人，沒想到帝國的皇子在你眼中也只是一枚棋子。話說見你還能如此從容不迫，我也就放心了。我本以為你被殿下玩弄於股掌間，現在是意志消沉呢。」

我皺眉看著露出訕笑的哈洛德。

「你別瞧扁人喔，臭老頭。確實凱烏斯殿下的膽識頗令我意外，不過這點問題以大局來說是不值一提，我的計畫根本沒被打亂。」

「所以我不再是你們的窗口，也都在計畫之中嗎？」

「關於此事，我反倒是樂見其成。」

我止步看著哈洛德，哈洛德也同樣停下腳步。

「此話怎說？」

「我聽說你無法擔任我們的窗口之後，是被調去托梅基德吧。」

「……你還是一樣如此消息靈通。」

帝國領土．托梅基德曾是梅迪歐拉王國的領土，也是毀滅梅迪歐拉王國、阿爾基流大公國以及自由都市緬希的惡魔，冥獄十王之一．銀鱗之悲嘆川的降世地點。

托梅基德是個具有多道地脈交會的超大型能量場，倘若探索者的調查屬實，預估當地將在近期內——也就是半年內會發生地脈大噴發。

結果就是引發全新的空前災厄．冥獄十王降世。

「如今的多梅基德，實際上等同於一枚足以摧毀世界的定時炸彈。當然我們也不打算坐以待斃，不過應對冥獄十王的事前準備仍需要一段時間才能夠完成。倘若降世時間比預估更早的話，我方將在無力抵抗的情況下迎向毀滅。」

「換言之……」我露出苦笑。

「為了避免那塊區域被敵人動手腳，得由一名可以信賴之人來管理才行。即使我竭盡所能，終究是鞭長莫及。至於我目前在探索者協會裡最信賴的人是非你莫屬，哈洛德。」

「你過獎了，我愧不敢當……不過敵人真的會來嗎？」

「雖然我無法斷言，但可能性依然很高，誰叫帝國樹敵無數。我有委託千變萬化(face less)去打探羅達尼亞共和國，結果不出我所料，對方頻頻有小動作。」

「千變萬化……那位情報販子呀。既然如此，你掌握到的情報肯定是千真萬確。」

哈洛德一臉疲倦地嘆了口氣。

「真是的，我這把年紀已禁不起打打殺殺了。話雖如此，假如羅達尼亞當真打算毀滅帝國，我也只能鞭策這身老骨頭披掛上陣了。明明這場危機造成的威脅不光只有帝國，而是關乎世界存亡，結果大家別說是團結一致，甚至還想從背後捅刀，想想人類還真是愚昧到無藥可救。」

「興許是羅達尼亞藏了一張能夠對抗冥獄十王的底牌，因此他們決定讓冥獄十王摧毀礙眼的帝國，之後再由他們打倒冥獄十王就好……哼，不難猜出他們是打著這種如意算盤。」

我以冷若冰霜的語氣吐出這句話之後，哈洛德忽然歪著頭提問。

「……諾艾爾先生，你的身體還好嗎？」

「我沒事。雖然壽命上有點問題，至少身體狀況是非常好。」

「這、這樣啊，那就好……」

「走吧，差不多快開始了。」

哈洛德見我往前邁開步伐，便用指頭將香菸掐熄，從後方跟了上來。

「帝國的探索者們正渴望著革新。」

我邊走邊把話說下去。

「就算戰勝冥獄十王，帝國的國力仍免不了一時衰退。雖然周邊各國在上次也自顧不暇，無奈這次有別於當年。一旦唯獨帝國式微，他們絕對會毫不留情地展開侵略。為了防堵此事，探索者們非得變強不可，而且要不同於以往，渴望找出一種全新的存在方式。」

至今是只要精神、技術、體能以及財力優於他人就好。當然為了從競爭中脫穎而出就要懂得運籌帷幄，不過以往皆僅限於小打小鬧。至於將以上風氣徹底改寫的始作俑者，就是我跟約翰。

「探索者的本分是對抗惡魔，正統做法就是為此鍛鍊身體並累積功績，因此著重於造勢宣傳，以民意為武器的戰鬥方式，還有與國家或企業合作來實現有別於尋常探索者的豐功偉業，可說是任誰都從沒想過。不，就算有人想到過，卻沒人敢扛下付諸實行時必須承擔的成本和風險，導致大家不得不繼續採取正統做法。」

「可是你成功辦到了。」

「沒錯。」我點頭以對。

「若是沒有我，約翰將以帝國最強探索者之姿打響名聲。儘管他最終敗給我，但他只差一步就能夠完成鐵路計畫的功績仍是不容小覷。說起帝國內所有的探索者們，只要不是蠢到沒救的笨蛋，理當都明白這方面的重要性。」

「也就是說，帝國內的探索者們都會開始仿效你與約翰的手法嗎？」

「總之這條路已展示於世人眼前，受感化的人絕非少數，所以你才會被調職。利用市民對我的反感，唆使協會這麼做的伎倆，簡直與我的手法如出一轍。其實我是覺得很開心，畢竟模仿者的出現對先驅者來說堪稱是無上的光榮。如今已成為七星的我不再是追趕於他人後頭，而是成為被追趕的一方了。」

身為先驅者絕不能掉以輕心，就算採取相同手法的人變多，若是輕易落馬的話就太不像話了。唯有守住地位還能繼續勇往直前之人，其能耐才算得上是貨真價實。

「你說你很開心嗎？你感到高興是很好，但可別忘了慘遭波及而被踢去邊疆的我。」

聽完哈洛德心有不甘的抱怨，我不由得放聲大笑。

「哈哈哈，想想你是土生土長的帝都人，肯定不想葬身在窮鄉僻壤吧。」

「這可不是什麼好笑的事情。即便我也算是功成身退，卻還是請你設法盡早讓我返回帝都。」

「這我明白，就算你已是一把老骨頭，依舊是帝國不可或缺的人才。縱然到時冥獄十王一役順利落幕，需要你處理的工作可不會就此結束，因此我一定會將你調回帝都的。」

「一切就仰賴你了。倘若你沒有履行承諾，我死了就會變鬼來找你。」

在與哈洛德說笑之際，我們剛好來到能看見目標地點的位置。在我們的眼前，有一座外形呈現穹頂狀的巨型建築物。

「真壯觀呢，那就是競技大賽的會場嗎？」

「沒錯，此建築全由巴爾基尼幫負責施工，可容納的觀眾數量約莫五萬人。該處於三年前是被當成新興產業預定地，之後才改建成競技場。話雖如此，該建築其實已近乎完工，只剩下搭建方尖柱等競技大賽需要的設備而已。現在這部分也全數完成，目前僅需布置會場罷了。」

「真叫人嘆為觀止。在目睹實物之後，即使自己已一把年紀仍感到相當興奮。」

看著哈洛德臉上浮現出如少年般的笑容，我笑著點頭認同。

「這可是有史以來第一場專為探索者設計的競技大賽，任誰聽了都會心懷雀躍。」

「時代將發生變化。大家在這場競技大賽裡不僅會仿效你，也會學習其他強者們的戰鬥方式，通過競賽蛻變成更加優秀的探索者。」

「黃金時代已揭開序幕了，哈洛德。」

我以吟詩般的語調繼續說：

「帝國即將迎向探索者的黃金時代。至於領頭者並非他人，而是我，我將會登上頂點，號令這群從古至今最優秀的探索者們，至於人們將會把我歌頌為無上的最強探索者流傳於後世。」

哈洛德見我這麼斷言後，一臉認真地點頭說：

「我願意在此保證，你已是個比不滅惡鬼更加優秀的探索者了。」

「或許吧。如果外祖父仍在世，應該也會同意這句話。」

我暫時停下腳步，仰望天際接著把話說下去。

「但我相信他絕不會稱讚我。」

明明正值隆冬，天氣卻反常地晴空萬里，外公是否就在這片天空的上面？假如他當真在天上，此刻又是露出何種表情看著我？

「諾艾爾先生……」

哈洛德本想開口，卻欲言又止地將目光撇開。

「閒聊就到此為止，我帶你去參觀內部。」

我收回視線，邁開腳步往前走。

這條專屬於我一人的道路，事到如今已由不得我回頭了——

競技場內有許多工作人員正忙著各司其職。外觀呈現白色穹頂狀的建築物內部非常遼闊，有許多緊緊相連的攤位能供餐飲業等商人租用。所有攤位都已經租出去，等到競技大賽召開當天就會正式營業。

我和哈洛德沿著階梯，來到位於最高層的貴賓包廂。從設有玻璃窗的室內看出去，可以將會場內的四座擂臺一覽無遺。

「預賽是預計四座擂臺同時進行。為了避免比賽過度激烈傷及無辜，包含觀眾席在內，所有擂臺都有加設堅固的防護罩裝置。其規格和設置於帝都城牆內的裝置是同等水準。」

「原來如此。像這樣稍作巡視後，各方面的安全措施都有符合標準，我會如實向協會報告的。」

哈洛德造訪競技場的理由，就是將會場的狀況呈報給協會。儘管他不再是負責嵐翼之蛇的監察官，但他還在帝都的這段期間仍是我們的窗口。就連我召開的競技大賽是否有問題，也是由他來調查。

「既然視察已經結束，我就先告辭了。你在競技大賽裡將如何大殺四方，我會拭目以待的。」

哈洛德離去後，我繼續待在競技場裡。

我來回穿梭於會場內，重新檢查是否有疏漏。為了以防他國特務於活動當天進行破壞行動，我是有安排滴水不漏的維安措施，但仍有必要再三檢查。我還把容易安裝炸彈和引爆後會對設施造成重創的地點整理成資料，交給維安主任去處理。

我結束巡視後，決定在踏上歸途前稍微抽根菸。為了避免打擾到還在工作的其他人員，我走到會場外頭抽菸，忽然看見一道熟悉的身影。

「哎呀，這不是小艾艾嗎？」

來者是巴爾基尼幫幫主，喜歡濃妝豔抹的人妖菲諾裘・巴爾基尼。他發現我之後，踏著優雅的腳步走了過來。

「難道你是來確認工程進度嗎？你還是老樣子這麼討人厭。工程方面一切順利，完全沒有任何問題，人家不是在貓頭鷹信件裡這麼說過了？」

「我自然知道進度上毫無問題，單純是我的監察官必須前來確認，我也正準備離開。」

「記得你家的監察官是名叫哈洛德的瀟灑老紳士吧？這位老紳士完全是人家的天菜，既帥氣又成熟，真可惜沒能見到他。」

「我相信對方很慶幸沒見到你。」

「唉唷！你這話是什麼意思!?」

菲諾裘氣得橫眉豎眼，我笑著回答。

「哈哈哈，我說笑的，反正你總有機會見到他啦。」

我邊說邊用手捻熄香菸，然後就近扔進垃圾桶裡。

「你也是來現場視察嗎？」

「是啊，畢竟人家可不想事後被個愛嘮叨的小姑碎碎唸，因此都會定期親自前來視察。你可要好好感謝人家喔，哼。」

「你有這份心的確值得讚許。這場競技大賽堪稱是帝國史上規模最大的活動，不只是一般市民，就連王公貴族和有頭有臉的資產家也會蒞臨，反過來說就是被他國特務盯上的風險居高不下，因此設施的檢查與維安務必確實。我剛剛已將哪些地點容易被安裝爆裂物的資料交給維安主任，你之後也過目一下。」

「好啦好啦，明白了。你這傢伙每次過來就給人家增加工作，真叫人頭疼呢。話說你工作成癮也該有所節制，要不然哪天過勞死該怎麼辦？」

菲諾袞以傻眼的語氣叮嚀完後，淡淡一笑說：

「不過現在正值關鍵時期，你會如此神經質也是理所當然。老實說當初見到你時，人家從沒想過你能達到目前的境界，更別提你已是帝國的守護星，簡直是嚇死寶寶了。若將此事講給當時的自己聽，打死人家也絕不會相信的。」

「你別像個準備退休的老頭那樣說話啦。另外七星對我來說只是個中繼點，根本不是終點。你也一樣，接下來才是你的重頭戲喔？」

「人家知道啦……你是指那件事吧？」

菲諾袞確認周圍沒有第三者後，壓低音量道：

「抗爭事宜皆已備妥，隨時都能夠動手殺人。」

「關於這件事——」

我直視菲諾袞接著說：

「不能動手殺人，麻煩你以談判的方式解決吧。」

「啥⁉你再說一次⁉」

「都怪那個該死的皇子導致情況生變，我現在不方便惹出事端。」

「那是你個人的問題啊，與人家無關。」

菲諾裘雙手環胸，冷笑道：

「人家知道你被凱烏斯殿下擺了一道，說來這真不像是你會犯下的失誤。人家可以理解你想在競技大賽開始之前安分點的心情，但無法行動的人只有你，人家可就不同囉。」

由於冬季的白天較短，橘紅色的夕陽在菲諾裘臉上留下有些複雜的陰影。

「有人對人家負責籌辦競技大賽一事心生不滿，若是置之不理，一旦這幫人聯手起來就會非常難搞，天曉得原先保持中立的幹部們是否會倒戈，因此眼下只能訴諸暴力來擺平。」

「這我知道，問題是僅憑你們自身的戰力不太可靠。」

「此事輪不到你來雞婆，人家麾下可是高手雲集，打從一開始就沒把你的協助納入考量。」

菲諾裘怒目瞪著我。

「更何況當初是你唆使人家動手除掉礙事的幹部們吧？結果在準備動手前卻心生怯意，未免也太不像話了。拜託你別讓人家失望喔，蛇。」

「所以我才說情況有變。你帶我一塊去參加路基亞諾幫的幹部大會，由我負責跟他們談判。」

「帶你去參加幹部大會!?這是哪門子的玩笑話!?」

我對著驚呆的菲諾裘搖搖頭說：

「我沒在開玩笑，而且說詞也已經準備好了。」

「說詞……確實你是個【話術士】，以你的天賦異稟，人家知道無論多有地位的黑幫大老，你都能光憑一張嘴去控制對方。既然你說得那麼有把握，結果就肯定會如你所言。傷腦筋耶，是人家輸了，接下來再也沒有人家表現的機會了，真不愧是大名鼎鼎的七星團長——你以為本大爺會這麼說嗎!?死小鬼!!」

菲諾裘破口大罵，粗暴地伸手揪住我的衣領。

「本大爺可不是你的提線人偶！你的失誤與本大爺是一點屁關係都沒有！本大爺想殺人就殺人！絕不會任憑你擺布！」

動怒到散發出殺氣的菲諾裘，措辭舉止都狂傲不羈，但我沒有產生一絲懼怕，神情淡然地揚起嘴角。

「別發飆嘛，菲諾裘，這樣只會累到自己喔。」

「你說什麼!?別以為你當上七星之後就能囂張喔！」

「沒那回事，我之所以不怕你，並非因為我成了七星，而是你已被我迷得神魂顛倒。」

「……咦？啥啊啊啊啊啊啊啊——!?」

菲諾裘驚聲尖叫，在鬆手放開我之後，搖搖晃晃地倒退好幾步。

「你是笨、笨笨笨笨、笨蛋嗎!?人、人人人人、人家怎麼可能被你這樣的小鬼迷得神魂顛倒!簡、簡直是莫名其妙!這種話完全沒有說服力,瞧你在那邊胡言亂語!你這個笨蛋!笨蛋!!笨蛋——!!」

不停大罵笨蛋二字的菲諾裘,臉頰染上與夕陽相同的顏色。我維持著臉上的笑容,大步流星地走向他。

「菲諾裘,拜託你嘛,這是我一生的請求,唯獨這次就聽我的吧。」

「唔!可、可是人家現在突然改變命令,這要如何成為小弟們的榜樣……」

「弟兄們都很清楚你我的關係,他們會理解的。」

「唔、唔~~~~可、可是可是~~!」

「菲諾裘,你不肯聽從我是嗎?」

「好、好好好好、好啦好啦!總之你別擺出那種風流倜儻的表情把臉湊過來啦!」

菲諾裘一口氣與我拉開距離,連忙用雙手遮住自己的臉。

「只、只有這次而已喔!下不為例!」

於是乎,菲諾裘如脫兔般飛快地奔離現場。目送他離開的我,不禁重重地嘆了一口氣。

「這傢伙明明很有才華,唯獨個性方面是無藥可救。」

明天準備和凱烏斯舉辦記者會的我，來到之前舉辦研討會的飯店裡。而我受召集得要前往的地點，就是位於此處最高樓層的會議室。

†

看著眼前那扇厚實的門扉，我能感受到已有好幾個人在房間裡，房間內的那群人也察覺到我了。我推開厚實的門扉，立刻有好幾道目光鎖定住我。

「哼，沒想到各位是如此熱烈地歡迎我呢。」

我笑著低語後，順手把門帶上。會議參加者已全員到齊，能看見一個個大英雄圍著圓桌坐在椅子上，而這些人正是七星的戰團團長們。

劍炫舞閃團長亞瑟・馬克貝因。

黑山羊晚餐會團長朵麗・賈德納。

白眼虎團長梅斯・剛虎。

太清洞團長智賢師。

霸龍隊團長維克托爾・克勞薩。

唯獨百鬼夜行團長依舊和我的七星受封典禮當時一樣，是由副團長澄香・紅江代理出席。

看來里奧・艾汀再度缺席。此人還是老樣子這麼自由奔放。

七星與其他戰團或隊伍一樣，每個月都會舉辦一場分享彼此活動內容的會議——我就是基於上述理由才來到這裡。

雖說並非強制參加，不過七星乃是皇室公認的頭銜，無故缺席將嚴重影響日後的審核結果，假如過度為所欲為就會被褫奪七星封號，到時就算戰團如何抗議也無濟於事。

話說里奧繼受封典禮之後還不來參加定期會議，難道他對七星這個頭銜不感興趣嗎？儘管頗令人在意，不過眼下繼續思考這部分並沒有多少意義。

比起此事，現場給我一股無法忽視的異樣感。

所有參加者都已在會議室內集合。由於還有十分鐘才到約定時間，因此大家都很守時的話，全員到齊也就不足為奇。問題就出在瀰漫於空氣中的塵埃量。包含我進房間時掀起的灰塵，總量實在是太少了。現場的空氣之所以如此通暢，足以證明其他人是比我提早更多時間就已經來到這裡。

是我記錯集合時間嗎？不，不是這樣——原來是這麼回事。

「哎呀哎呀，各位這麼早就集合啦。身為新人的我如此姍姍來遲，真的是非常抱歉，虧我還特地提早來到這裡呢。」

我笑著說完後，直接拉開最靠近入口的椅子坐下。圓桌有分上下座，三等星的團長們坐在下座，一等星和二等星的團長則依序坐於上座。

「真不愧是七星的諸位前輩，大家不光是非常準時，甚至還特地保留時間讓互有交情的各位能私下喬事情，真羨慕你們的行程這麼空閒。難道這就是所謂的搞小圈圈聊八卦嗎？」

我擠出淺笑歪頭提問之後，位於房間最深處——也就是坐在圓桌上座的霸龍隊團長維克托爾先是一愣，接著露出苦笑說：

「我們之所以提早集合，並不是想要排擠你，諾艾爾先生，但要是這令你不悅的話，我願意在此致歉。提議這麼做的人是我，真是非常抱歉。」

維克托爾坦率承認他傳達給我錯誤的集合時間。照此情況看來，除了我以外的參加者都是提前抵達，並互相討論該如何對付我。基於這個原因，其他人才會比我更早就來到會議室入座。

「說我對此感到不悅那就真的是誤會大了。我反而覺得相當榮幸，諸位偉大的前輩們居然這麼提防我。各位可是大名鼎鼎的七星，如今卻對一個戰團才成立不足半年的小毛頭戒慎恐懼，想想還真叫人直呼過癮。需要我唱首歌來抒發心中的感動嗎？」

「奉勸你規矩點，小鬼。」

位於左側座位上的劍炫舞閃團長亞瑟，神色平靜地隱隱散發出怒意。

「既然你名列七星末位，何不展現出堅毅的態度？」

「展現出堅毅的態度嗎？此話真是太有道理了！」

我將目光對準亞瑟，粗魯地將雙腿翹到桌上，然後替自己點了一根菸。

「這樣就行了嗎？亞瑟前輩。」

「你！」

亞瑟氣得準備起身之際，維克托爾厲聲喝止。

「到此為止。」

面對維克托爾的訓斥，亞瑟不甘不願地坐回椅子上。

「好勇鬥狠是年輕人的特權，但仍須顧慮一下時間和場合。」

維克托爾發出一聲嘆息，接著將目光對準我。

「諾艾爾先生，首先再度恭喜你受封為七星，我是衷心祝福全新守護星的誕生，並歡迎你來參加七星會議。相信你已經知道我是誰，我叫做維克托爾，身為霸龍隊的團長，恕我厚著臉皮擔任此會議的議長一職。」

「那麼，維克托爾議長，能否解釋一下你將七星會議私有化的理由？此會議本該是讓我們互相共享各戰團活動結果的場合，就算你貴為議長，也理當不被允許為了構陷特定人物而公器私用。」

「這是十分正當的意見，我自會向你說明，不過在此之前──」

忽然有一陣風吹過，我手中的香菸便消失了。

「此會議廳是全面禁菸。」

明顯是發動某種技能奪走我手中香菸的維克托爾，就這麼用手握熄香菸──速度好快，明明我已提高警覺，但直到香菸被奪走之前都沒能看出他發動技能。錯不了，維克托爾具備與雷翁相同的體質。由於體內的魔力流動天生就比常人更順暢，因此成為能高速發動技能的『天翼』使用者。

就算他已年老體衰，卻依舊是神域抵達者，也不辱開闢猛將這個稱號。

「事實上原因就出在你身上，諾艾爾先生。」

維克托爾將兩手的手肘抵在桌上，十指交錯說：

「你提議的競技大賽是個非常出色的企劃，可是你不覺得有點操之過急嗎？這消息對我們來說當真是極為震撼。」

「競技大賽是我成為七星時便想提出的企劃，除非有預知能力者在場，要不然你們是絕對無法提前知曉，更何況你們也沒有正面看待此事。」

「你誤會了，我想表達的是太快獲准了。記得你和凱烏斯殿下的記者會就在明天吧？」

維克托爾的目光變銳利——原來如此，我已明白現場狀況與維克托爾的用意了。

「換言之，你們懷疑我和凱烏斯殿下暗中聯手，打算做出對你們不利的舉動是嗎？」

「正是如此，諾艾爾先生。我們並未輕信街頭巷尾的傳聞，但你沒有值得讓人信賴的依據也是事實。你曾在受封典禮上說過，競技大賽有助於決定冥獄十王一戰的總指揮官是吧？沒錯，你說的完全正確。倘若全面相信你送來的相關資料，我們確實可以在既安全又公平的條件之中一較高下，不過最終做出決策的是協會和政府。他們在批准時不曾質疑過你，這要如何讓我們相信你？」

面對這個直言不諱的提問，我當場嗤之以鼻。

「這句話完全不像是出自堂堂七星一等星的團長之口。你現在不光是針對我，甚至還懷疑協會與政府，難道你對陰謀論很感興趣？」

「麻煩你別轉移話題，小弟弟。」

坐在右側的黑山羊晚餐會團長朵麗從旁插話。

「你再裝傻也沒用，你和凱烏斯殿下聯手一事已是再明顯不過，你首先應該解釋這件事才對吧？」

「以聯手二字來形容其實並不恰當，賈德納小姐。畢竟這個競技大賽是帝國規模最大的一場盛宴，選擇與國家高層合作實屬正常。」

「我想質疑的是合作達到何種程度，假如身為主辦者的你為所欲為會很令人頭疼，因此你有義務證明自身清白不是嗎？」

「當然不是，我完全沒有這個義務。」

我把腳從桌上放下來，注視著朵麗斷然回應。

「名為七星的這項特權，是包含皇室在內由政府與協會賦予我們的。假如妳堅稱這樣仍不可信的話也無妨，那大家就該將七星的特權全數奉還給政府。」

「這番話未免也扯太遠了吧？我只是想要你給個真相罷了。」

「這就是所謂的不打自招，妳口口聲聲說我和凱烏斯殿下聯手，並且所有針對我的指控都是以此為根據。既然如此，只要求我一人開誠布公就說不過去了。如果妳不去向凱烏斯殿下──進一步來說就是對政府和協會究責的話，妳自己就等於間接證明了我的清白──足以證實我與凱烏斯殿下並未聯手不是嗎？」

朵麗本想立刻反駁，不過她稍微停頓一下才開口。

「這是自然，不光是你，我們也會向凱烏斯殿下確認事情的真偽。」

「此等覺悟著實令人欽佩，這表示妳願意交還七星的特權嗎？」

「確實七星是政府跟協會所賦予的特權，但這並不表示我該放棄探索者組織原有的獨立性。正因為是獨立組織，才更有義務阻止政府與協會的失控，所以我的要求並未違背七星的理念。」

「這只不過是狡辯罷了。如若妳真心標榜自己是憂國志士，那就應該擺脫既有的權利。既然妳做不到這點，所說的話語都欠缺說服力與強制力。」

朵麗被雲淡風輕的我堵得啞口無言，只能懊惱地咬緊牙根。她太嫩了，也不想想我豈會任由他人單方面站在安全的立場上，無須承受任何風險與代價地向我發動攻勢。

「賈德納小姐，妳的主張終究無法跳脫雞蛋裡挑骨頭的範疇，毫無一絲的正當性。我好心奉勸妳一句，妳就別再對抗那些不存在的敵人好嗎？」

「妳……」

「不過，我也支持妳這種追求正義的態度，而這同樣是身為七星的義務。正因為如此，我決定舉發一件事。賈德納小姐，妳曾向我提議聯手暗殺約翰先生，此等作為早已違背七星的理念，妳才不配成為七星。」

能感受出在場所有的人都因為我的發言而相當錯愕。尤其是朵麗的表情最值得一看。相信她作夢都沒料到我會在這時揭穿此事，只見臉色刷白的她脣瓣不停微微顫抖。

朵麗之所以能表現得如此強勢，純粹是因為我在這場會議裡孤立無援，畢竟這群人趁著我還沒來以前先召開小組會議。在身邊全是敵人的情況下，就算我揭穿朵麗的惡行也無法取信於任何人，而且此舉很可能只會令自己的立場惡化——沒錯，她就是如此自以為是地認定我基於警戒，就只敢當個龜孫子。

不過以上認知是錯得離譜，遭孤立的並非只有我，而是現場的每一個人。其他人只不過是為了施壓於我才暫時聯手，要不然他們大可不必選在會議開始前才私下協商，而是該在更早以前就在檯面下取得共識。他們之所以沒這麼做，就是因為彼此之間沒有多少信賴。在這種分不清誰會偷跑的情況下，眾人絕無可能一致砲口對外。換言之，既然彼此毫無信賴可言，我的舉發自然是非常有效。

在我的舉發下，所有人都冷眼看向朵麗。雖然朵麗的判斷出錯，但這並不表示她笨，為了避免立場繼續惡化，她就只是默默地坐在椅子上，沒有提出任何辯駁。原因是她非常清楚，光靠我的舉發並不會被褫奪七星封號。

「諾艾爾先生，我已明白你的意思。」

儘管維克托爾不動聲色，我卻能感受出他的內心有些焦慮。畢竟再細微的表情變化我都能看出來，無論對手的心境有何改變，都絕對逃不過我的法眼。

「但我們同樣有話要說，就是我們終究無法相信現在的你。如此一來，我們就無法參加你召開的競技大賽——話雖如此，我們對你的質疑沒有任何確切證據也是事實。撇開你不提，我們終究不能只基於揣測就令凱烏斯殿下蒙羞。」

維克托爾此時端正坐姿，繼續把話說下去。

「所以我們準備一個妥協方案。」

「妥協方案？那是什麼？」

「就是讓我們成為競技大賽的主辦方之一。只要你同意，我們就相信你。」

面對維克托爾的提議，我當場啞然失笑。

「啊哈哈哈，此話當真？現在是要我把一部分的主辦方權限，轉讓給完全沒有任何貢獻的你們嗎？簡直是豈有此理！」

「若是你答應，我們會提供相應的資金。籌辦這場競技大賽的花費應該非常龐大，相信這條件對你而言並不壞吧？」

「這點我是不否認，不過你們若要在活動營收裡抽成的話，結果終究還是一樣，因此我無法答應。」

「我們不需要抽成，全部營收都歸你所有。」

維克托爾露出一臉淺笑，直接如此表態。

「首開先例成功舉辦以探索者為主的競技大賽，這的確是你一人的功勞。像那種搶功的下三濫行徑，我們不屑為之。」

明顯能聽出此話的言外之意，就是在嘲諷我與約翰的糾紛。我當時強搶並搗毀約翰在鐵路計畫裡的權利，多虧此事才得以踏上七星之路。看來不光是維克托爾，其他人也對這段過去非常清楚。

「此提議對你而言是有利無害吧。」

「這確實是個不錯的提議。」

事實上籌辦競技大賽是一筆莫大的開銷，就算巴爾基尼幫有提供協助，但我這位提案人所需負擔的金額比例自然是高出許多，因此維克托爾的提議確實很吸引人。

「但我的答案是ＮＯ。」

我改以譏諷的態度斷然道：

「這根本沒啥好談的。雖然你們擔心我會在比賽裡動手腳，但問題是一旦因錢接受你們加入主辦方，最終只會讓其他戰團覺得不公平而引發眾怒，到時我這個主辦人就會成為眾矢之的，可說是得不償失。」

「我們並沒有打算將競技大賽私有化，也對你訂下的規則沒有異議。只要沒有明顯的問題，我們就不會介入營運。而我們就只是想確認所有參賽者能否得到公正的評價，才決定站上跟你相同的位置。」

「你還真敢說耶，像你們這種聯手起來想逼我就範的傢伙，是拿什麼臉說不會介入營運？想說夢話就給我去夢裡說啦，死老頭。」

「別把我們與你混為一談，蛇。」

出聲的是位於維克托旁邊座位的太清洞團長・智賢師。

「若是有其他戰團抗議的話，我們願意首當其衝負責說明。當然我們在用詞上是絕不會令你或凱烏斯殿下蒙羞，畢竟我們不屑採用任何貶低他人來自抬身價的手段。」

「這種事口說無憑吧？」

「所謂的公平性，實際上並不是指任何人都能受到平等對待，而是提供一個大家都能接受的妥協方式。既然如此，眼下符合大眾需求的妥協方式是什麼？那就是負責制衡的存在。有個可以制衡你失控時的正當存在，將能有效取得外界的信賴。所以你的說法純粹是杞人憂天，而這也是社會的基本架構。」

「雖然乍聽之下合情合理，可是這論點已偏離主題，我想表達的意思是你們全都不可信。像你這樣模糊焦點高談闊論，完全是詐欺犯的慣用手法。我看你比起探索者，更適合往這方面發展吧？」

「呵呵呵，你還真是品格低劣之人的典範，在你汙衊他人為詐欺犯之前，何不反省一下自己平日的行徑？你這種說法簡直就跟仰頭對天吐口水一樣愚昧至極。」

智賢師用羽扇遮著嘴巴發出笑聲，我見狀後雙肩一聳。

「我吐口水的對象是你而非上蒼，智賢師。我本以為這麼做能讓你那張髒臉稍微乾淨點，但事實證明是我錯了。抱歉啊，如今只能勞煩你自己搞定囉。」

智賢師見我道歉後，雙眼圓睜且頭冒青筋。誰叫這男人一看就知道是個自戀狂，而他最自豪的容貌在遭人貶低豈會不動怒。我將視線從氣到說不出話來的智賢師身上移開，再次對準維克托爾。

「可惜啊，我還是只能婉拒你們的提議。」

「是嗎？既然這是你的答覆也就沒辦法了。那我們在此宣布全都不會參加競技大賽。其他七星全數缺席的競技大賽究竟還剩下多少價值，目光短淺的我儘管難以想像，卻能肯定其價值將會一落千丈。無論是停辦所造成的損失，以及你會被如何究責，我光是想像就感到悲痛萬分啊。」

「呵呵呵，奉勸你少說那種違心論。」

「我是真心在為你擔憂。」

「我指的不是這個。」

我回以苦笑，接著目光犀利地瞪向維克托爾。

「就憑你這種只對小鬼管用的虛張聲勢，真以為有辦法唬住我嗎？無論你們浪費多少唇舌，最終也只能乖乖參加競技大賽。」

「喔～你憑什麼這麼篤定？」

「理由很簡單，因為除了競技大賽以外，沒有其他更適合的場合可以選拔冥獄十王一役的總指揮官。要大家約個時間坐下來討論？這肯定行不通，要不然你們早就拍板定案了。那就大家硬碰硬殺個死去活來？這自然也不可行，撇開倫理道德層面的問題，單靠暴力取得總指揮官一職，結果就是造成沒有足夠的戰力與冥獄十王開戰，因此這麼做是毫無意義。最終手段是採取跟我相同的做法？這還是一樣不管用，畢竟現在才開始籌辦競技大賽，時間上根本來不及，就算強行舉辦也不可能有辦法正常比賽。」

「換言之……」我從懷裡取出一根菸，點了火便含在嘴上。即使現場全面禁菸，依舊吞雲吐霧的我接續說下去。

「決定誰才適合擔任總指揮官的公開場合，除了競技大賽以外別無他法。而眼下能提供場地的人只有我一個，所以我就是規則。」

維克托爾等人被堵得百口莫辯，臉色極為難看。

「我就趁此機會把話說清楚，即使沒有競技大賽，終究是我會成為總指揮官。相信你們也很清楚，我一路走來都是透過這種方式在戰鬥，不過你們肯定無法接受對吧？勢必沒辦法在冥獄十王一戰裡，乖乖成為我的棋子聽從指揮。」

我加深臉上的笑意。

「所以啊，就讓我們藉由這場競技大賽來比個高下吧。」

會議廳內所有人在聽完我的這番話後，都發出低吟陷入沉思。

「既然你都這麼說了——」

眉頭深鎖雙手環胸的亞瑟，緩緩地開口提問。

「表示你自己也有報名參賽是嗎？各個戰團最多只能派出兩名選手，而你如此囂張地下完戰帖，我豈能容許你把最麻煩的戰鬥交給同伴們，而自己則是躲在場外隔岸觀虎鬥。蛇，我要你現在就給出答覆。」

我稍微吐出一口氣，接著深深地點頭說：

「這是自然，我會報名參加比賽。」

下個瞬間，會議廳內陷入一片騷動。

「喂喂，此話當真!?你這個【話術士】也會報名參賽嗎!?」

白眼虎梅斯嚇得高聲確認。

「喂，小不點！你想哭著道歉只能趁現在喔！相信你也不想在成千上萬的觀眾面前丟人現眼吧？」

「少像條發情小狗那樣興奮亂叫，老頭子，要是你心臟病發翹辮子的話可別怨我喔。」

「喲～你很敢講嘛。好，我就當作你絕不會食言！那我們白眼虎也會參加競技大賽！究竟最弱職能會如何表現，我不找個頭等席觀戰就太吃虧了！」

梅斯以大嗓門宣布參戰後，扭頭環視其他人。

「你們打算怎麼做？都已經被小不點嗆到快掛不住面子了，你們還想繼續當縮頭烏龜嗎？」

「我——劍炫舞閃也同意參賽。」

亞瑟點頭答應後，其他人也紛紛出聲。

「黑山羊晚餐會同意參賽。」

「真沒辦法，太清洞也會參賽。」

「……百鬼夜行附議。」

在澄香允諾之後，就只剩下維克托爾尚未表態。

「真是一群血氣方剛的傢伙。既然其他人都已經答應，唯獨我堅持己見只會亂了秩序。好吧，霸龍隊也會參賽。」

維克托爾露出潔白的牙齒笑道：

「諾艾爾先生，為了對你的勇氣表示敬意，就讓我們好好打上一場吧。」

那張笑容乍看之下十分溫和，卻又像頭齜牙咧嘴的野獸般相當猙獰。

事情發展完全如我所料。

這群傢伙到底打著什麼如意算盤，如今已是不言而喻。他們的目的就是讓我當場做出會參加競技大賽的保證。

一旦不適合戰鬥的我同意參戰，不僅是浪費掉戰團的其中一個名額，還能更容易給世人留下我不夠格擔任總指揮官的印象。這些人想加入營運的主張，說穿了就是個幌子。他們打從一開始就不覺得這種威脅能迫使我屈服，至於挑釁的態度則是為了截斷我其他退路才逢場作戲。這群人採取的計策是先運用舌戰以防我扛不住威脅，藉此得到他們所想要的結果。可說是依照我的個性來制定計畫。

可是他們全會錯意了，我打從一開始就決定報名參賽，現場沒有任何人識破我真正的用意。他們肯定認為是我中計了，但真正上當的一方是他們。一旦這幫人同意參加競技大賽，我的勝利就會化為定局。

恐怕在場的每個人都抱持著和我一樣的念頭，而且此念頭是無比強烈。

那就是——

最強的寶座，非我莫屬——

†

在諾艾爾出席七星會議的同一時刻，修格、昊牙以及亞兒瑪群聚於由帝都經營的地下訓練所內。

這間寬廣的訓練設施裡可以模擬各種地理環境，三人目前所在的區域是山岳地形。雖然並非真的位於高山上，卻如實重現地面崎嶇和氧氣稀薄的環境。修格獨自一人站在寒風蕭蕭的荒地上，身旁則有十尊人偶兵。

「這樣就結束了嗎？」

修格對著趴倒在腳邊的昊牙提問。昊牙此刻一如字面是遍體鱗傷，他的鎧甲已經半毀，渾身上下不只有著令人怵目驚心的傷痕，四肢還拗往違反常理的方向。儘管表面上看不出來，但他的內臟同樣受到重創。可是不論昊牙傷得再重，依舊沒放開手中的刀。

——這幕光景粗估已出現過十五次了。

「……還，還沒結束，老子……還……能……打！」

雖然嗓音細如蚊蚋，昊牙的眼中仍燃燒著鬥志之火，無奈肉體已達極限，就算他

拚死想起身，也只是用裂開的指甲不斷撥起沙塵。

修格見狀後，以嚴肅的表情點點頭。

「ＯＫ，那就繼續吧。」

離修格最近的人偶兵對這句話產生反應，屬於格鬥型的它直接抓起昊牙，並以一記剛拳轟向昊牙的心窩。

「咳呃！」

昊牙因這毫不留情的拳擊重摔於地面，在吐出一大口血之後毫無反應。看得出他已失去意識，而且是陷入氣若游絲的瀕死狀態。修格確認完昊牙的狀況，就對另一尊人偶兵下達指示。

「治療。」

手持法杖的人偶兵聽從命令，朝昊牙射出一道溫暖的光芒。恢復型人偶兵施加的治療效果十足，只見昊牙身上的傷口迅速復原。不過肉體承受的傷害並未消失，即使傷口全數癒合，他在一時半刻內仍難以起身才對。決定稍作休息的修格，就這麼直接坐在地上。

修格的身體並沒有累積多少疲倦。若把諾艾爾硬塞給他幫忙鍛鍊昊牙的課程依序分級，目前就只停留在等級一的階段。修格創造的人偶兵僅有十尊，這程度根本難不倒他，偏偏精神上卻是異常疲倦。原因是他並沒有凌虐人的特殊癖好，卻又不得不將同伴逼入絕境。就算修格加入戰團的時間不長，可是像這樣多次把同甘共苦的昊牙打得半死不活，已對他內心造成無比負擔。

但昊牙若是無法克服眼前的難關，就不可能在短期內完成升階。

「這小子真是廢到不行。」

不遠處傳來一陣語帶嘲諷的嗓音。在隆起至一定高度的柱狀岩石上，只見亞兒瑪露出取笑人的表情盤坐於該處。

「簡直是太不像話了，只不過是十尊人偶兵——啊、除去恢復型只剩九尊，這樣就被打得難以招架，昊牙果真是個廢渣。」

修格對著聳聳肩的亞兒瑪嘆了一口氣。

「別那麼說，鍛鍊才剛開始而已。」

「我指的是潛力，他這部分是一無可取。」

「單論潛力的話，昊牙可是在我之上。」

修格的這段評語並非為了偏袒同伴才隨口瞎掰，昊牙在身為探索者的資質上，確實比修格更有才華。

儘管修格具有被評為最強職能的【傀儡師】，並在無數的戰鬥裡為勝利帶來貢獻，但他在很久以前就看出自身的極限。在他十八歲那年，也就是六年前便察覺自己已迎向身為探索者的顛峰期，換言之就是無法進一步變得更強。

雖說刻苦鍛鍊是可以持續變強，卻永遠無法與最頂尖的強者並駕齊驅。而修格之所以如此篤定，就是因為自身的能力值明顯已停滯不前。

說起修格的個性是不好暴力，成為探索者就只是為了賺錢，等存到足夠的資金之後，他就會辭去探索者的工作，追求原本的夢想去當一名人偶製作師，而他的確一度這麼做過。基於上述理由，他對此並沒有受到太大的打擊。事實上也可能是因為個性的緣故，他才會無法成為神域抵達者的一員。

所謂的職能升階，等同於單一生命體獲得進化。進化本是必須歷經多個世代才得以實現，為了適應環境而獲得的全新能力，絕非單一生命體能夠體現的現象，而人類多虧【鑑定士】的力量，成功實現上述這種不可能發生於自然界的現象。

不過【鑑定士】的力量並非萬能，能夠升階之人就只有極少數的天之驕子。無論從C至B，從B至A，最終從A至神域（EX），達成人數是隨著階級以幾何級數的方式大幅銳減。

而且縱使天賦異稟，若是沒能達成條件也無法升階。以戰鬥職能為例，當事者必須多次面臨近乎全身所有細胞都完成進化才能夠存活的致命險境之中取得勝利，才得以具備升階所需的體魄。

若將才華形容為通往下個境界的大門，堅定的意志便是開啟大門的鑰匙。在修格的探索者之路裡並沒有通往神域的那扇門，同時沒有開啟門扉的鑰匙。雖然修格的頂頭上司諾艾爾是強行打造出那扇門，並將鑰匙變成衝車硬是把門撬開，但這是特例中的特例，絕非任何人都有辦法效仿的。

修格見識過無數的探索者，依照自身的觀察結果可以大膽斷言，昊牙確實具備踏入神域的才華，有朝一日能夠成為神域抵達者，而且他也擁有想要繼續變強，名為意志的那把鑰匙。

問題就出在昊牙憑藉他那出眾的才華，想於競技大賽的複賽開始前升上A階仍是難如登天。

「亞兒瑪，妳也來協助昊牙進行訓練。」

修格起身抬頭望向亞兒瑪。

「但我實在看不出這個階段有需要我的幫忙喔？」

「由我們輪流擔任昊牙的練習對手。比起老是與同一個人戰鬥，這麼做能更快提升昊牙的戰鬥能力。」

就算尚未達到能夠升階的階段，只要戰鬥能力獲得成長就可以提升練習強度，以上便是經由嚴苛修行來完成升階的鍛鍊計畫。面對修格的提案，雙手交叉於胸前的亞兒瑪歪過頭說：

「嗯～我是覺得最好別這麼做啦。」

「為什麼？妳不來幫忙會令我很困擾的。」

「因為——」

亞兒瑪忽然目露凶光。

「我覺得自己會殺了昊牙。」

那是純粹到令人毛骨悚然的殺意。修格以理性克制住反射性想進入警戒狀態的心情，直視著臉上掛著詭異笑容的亞兒瑪。

「這我就不懂了，妳為何對昊牙抱持著如此強烈的敵意？」

「因為我很火大。」

「我明白妳和昊牙一見面就吵架，但就算這樣——」

「難道修格你不生氣嗎？」

「……我嗎？」

被問題打斷話語的修格不解地歪過頭去，亞兒瑪點點頭繼續說：

「你也有聽見昊牙在會議上說的那番話吧？講得好像只有他一人在擔心諾艾爾，這麼一來不就顯得好像我們希望諾艾爾死掉對吧？」

「……我能明白妳想表達的意思，可是昊牙並沒有這麼想才對。」

「這也未必吧。總之我對此很生氣，整件事就是這樣。無論當事人有何理由，有些話終究不能隨便亂講吧？」

修格被堵得啞口無言，原因是昊牙的確顧慮不周。現場沒有任何人希望諾艾爾死去，只不過是尊重諾艾爾的意見罷了。倘若有方法能讓他不必以身犯險的話，所有同伴自然是樂見其成。

「我打從一開始就看不慣昊牙。」

亞兒瑪輕聲把話說下去。

「但我有把他當成同伴，也試著這麼去想，希望自己終有一天能接受他，偏偏這傢伙滿腦子只想著自己。」

「妳這麼說就不對了，亞兒瑪。單純是昊牙將諾艾爾看得最重，才會沒顧慮到我們的感受，相信妳也能理解這種心情吧？」

「是啊，我能理解，但老實說我是希望昊牙能有自知之明。確實昊牙具有優秀的潛力，不過可能性終究是可能性，明明實力不如人卻誇下海口，然後還得拜託我們陪他鍛鍊，這也未免太自以為是了吧？」

「妳這段話還真嗆呢。」

修格只能苦笑以對，意思是講再多也說服不了亞兒瑪。

「好吧，那就隨妳高興，我也不會向諾艾爾報告此事。」

「謝啦，話說回來，你可以順便擔任我的陪練對象嗎？」

修格搖頭拒絕了亞兒瑪的請求。

「我無法滿足妳的需求，畢竟妳現在是想找個比自己厲害的人來練手吧？」

「修格你太謙虛了，明明目前還是你稍微比我厲害一點。」

修格無法肯定亞兒瑪口中的稍微究竟是相差多少。明明亞兒瑪才剛升為A階沒多久，不過她的戰鬥能力已緊追在修格之後。

這一切都是才華所造就的結果。亞兒瑪的才華徹底凌駕於昊牙之上，甚至讓諾艾爾也另眼相看。若將昊牙比喻為或許有機會抵達神域的優秀之人，亞兒瑪就是肯定能成為神域抵達者的天縱之才。

「我只差一點……就差那麼一點就能抵達自己的最深處。我有把握現在的自己能跟魔王、吉克以及約翰分庭抗禮。不對，甚至是有機會取勝。就算可能性微乎其微，我也會抓住那一絲機會。」

亞兒瑪悄然無息地從石柱頂端跳下來，然後將手貼在巨大的石柱上，稍微用力推了一下。

「不管對手是誰，我絕不會輸。」

亞兒瑪轉身離去，直到再也看不見她背影的瞬間，巨型石柱突然化成一片散沙，迅速將周圍淹沒。眼前除了砂礫還是砂礫，修格站在如今已沙漠化的地面，深深地發出一聲嘆息。

「所謂的才華還真是無比殘酷……」

修格面露苦笑待在原地一陣子之後，注意到昊牙緩緩從地上起身。

「……這、這是怎麼回事？」

剛清醒的昊牙有些腳步不穩，露出一張困惑的表情。

「場地已改成沙漠，我們就繼續訓練囉，你沒問題吧？」

「嗯，沒問題，拜託你繼續吧。」

多虧傀儡技能《損傷修復(repair)》，昊牙的裝備在他身體恢復之際也一併修復——儘管他的狀態算不上是完好如初，但至少落在可以繼續接受鍛鍊的範圍內。

「來吧，昊牙，如果你真心想變強的話，就要更加拚死以對。」

「好！」

旲牙發出的刀光劍影與人偶兵們正面衝突，戰鬥的激烈程度是無所限制地不斷暴增，蘊含著熾熱鬥志的一招一式，確實隨著時間愈漸犀利——

✝

召開記者會宣布競技大賽將如期舉行的這天終於到來，地點位於飯店交誼廳的記者會已準備就緒，只見場內擠滿大批記者。

直到記者會開始之前，我和凱烏斯都待在休息室內。另外還有凱烏斯的護衛們為了保護我們，也位於房間內外嚴陣以待。這些護衛皆身手不凡，之前在宮殿裡見到的士兵們完全無法相提並論。其中最吸引我目光的護衛，就是穿著立領祭司服的小麥膚色男子，光是從他的站姿就能看出此人的實力極為蠻橫……

「不同於之前，今日挑選的貼身護衛高手雲集。殿下，難道您還不相信我嗎？其實您大可放心，我又不會把您生吞活剝。」

我對凱烏斯露出一抹嘲諷的笑容後，只見他皺起眉頭。

「你這句話毫無說服力。我的確很看好你，所以才不遺餘力地促成這場競技大賽，但這並不表示我相信你。」

「殿下您真是謹慎呢。我本以為您成功擺我一道之後會志得意滿，看來單純是我多慮了。幸好您沒有讓我失望。」

「此話怎說？我對此是一點頭緒都沒有。」

凱烏斯裝蒜完後，優雅地啜了一口紅茶。

「你如今也是貴族了，日後就別老是搞那些權力鬥爭，也該好好履行身為領主的責任。」

「殿下無須擔心，我已將收下的領土交給專家處理了。」

在這個時代裡鮮少有貴族會親自經營領地，絕大多數都會指派人代為管理，至於貴族本人則住於帝都。他們的主要工作是出席在帝都內舉辦的各種奢華社交場合，在那裡與合夥人們打好關係，或是尋找願意投資自己開創事業的人們，窩在偏鄉就只會等著被時代淘汰。我自然是效仿這種做法，將領地委託給代管業者去處理。

「我本想直接轉售，不過顧慮到這是殿下送我的大禮，若是我以近乎免費奉送的價格售出，似乎會愧對殿下的一片美意，因此我沒有這麼做。」

凱烏斯氣得臉頰微微抽搐，卻還是沒有多說什麼，就只是閉上嘴巴將視線撇開，而我同樣沒有想與他分享的話題。雖然被凱烏斯陷害一事仍令我懷恨在心，但也沒有嚴重到需要直接跟他撕破臉。我喝了一口紅茶，斜眼觀察穿著白色祭司服的男子。

此人是何方神聖？既然身懷如此驚人的實力，我理當聽過與他有關的傳聞，無奈我怎麼想都毫無頭緒……不，等等，純粹是我無法將自己腦海中的情報與此人串聯起來吧？快回想那些會迫使我必須全力警戒，又肯來保護皇族安全的高手。

『現任教團長曾經說過，雖然暗殺者教團一直以來都是獨立的地下組織，但在近期內將轉型加入帝國麾下，而且工作以諜報活動為主而非殺人。儘管他們似乎還是會幫忙殺人，可是組織的經營方式會大幅改變。』

我想起來了，根據亞兒瑪之前透露的消息，再按照眼下情況來推理，此人的真實身分就只有一個。錯不了了，他是暗殺者教團的教團長。

「話說現在無論何處都嚴重缺乏人才，即便某些特定人士再優秀，在被指派去負責有別於原先職務的工作，有朝一日仍會碰上瓶頸，身為執政者的殿下您不這麼認為嗎？」

凱烏斯被我這麼一問，臉上的表情瞬間僵住。縱使教團長不動聲色，我仍以眼角餘光確認凱烏斯的反應了。

這樣就足夠了，我的推理果然完全正確。

「你——」

當凱烏斯準備對我開口說話之際，房門傳來一陣敲門聲並被推開。

「殿下，時間到了，請您移駕會場。」

來者是凱烏斯的管家。現在已是召開記者會的時間。

「知道了。喂，你也過來吧。」

凱烏斯如此催促後，我們在護衛們的團團包圍下前往會場。途中，凱烏斯以只有我能聽見的音量竊竊私語。

「你果真是個棘手的傢伙。」

「很可靠對吧？」

「呵，希望當真如你所言。」

凱烏斯輕笑一聲，其側臉隱約顯露出滿意的氛圍。

「各位先生女士，非常感謝大家蒞臨現場。」

位於臺上的凱烏斯對著記者們侃侃而談。

「本日的記者會將公布一件相當重大的消息，相信各位都已經翻閱過提前分發的資料了。」

此刻從記者座位區不斷傳來難以壓抑的興奮和緊張感。

「相信大家都非常清楚，有個危機正逐漸逼近帝國，那就是冥獄十王的降世。時間預計是在半年後，因此我等必須事先做好保護諸位國民的準備。帝國非常強大，帝國麾下的探索者們亦是如此，我等絕對會保障大家的安全。不過空前的致命威脅就近在眼前，恐怕是難以徹底消弭大家心中的不安。」

「正因為如此——」凱烏斯此時加重語氣。

「為了振奮民心，政府決定實施有史以來頭一次的嘗試。接下來有請此企劃的提案人兼最大功臣，七星三等星嵐翼之蛇的年輕團長，諾艾爾・修特廉上臺來為各位說明。」

我取代凱烏斯站在記者們的面前。

「此企劃的目的有三。第一，就是再次確認帝國探索者們的強大之處，以此抹去民眾們的不安。第二，這是一場探索者之間的實戰演習。至於第三，便是藉此選出適合擔任總指揮官的人物，以備決戰之日的到來。我所籌辦的這場大賽，就是為了實現以上三項目的。今日能趁此機會公布這項好消息，我是打從心底感到非常高興。」

來自記者座位區的興奮與緊張感已迎向高峰，會場內的每一個人都等待著我把話說下去。為了回應這份期待，我扯開嗓門大喊：

「我在此時此刻正式宣布！就此舉行爭霸帝國最強探索者之位的競技大賽『七星杯』！」

二章：愚者們的美學

記者會結束的三天後，除去七星前來競技大賽營運處報名的戰團已超過六十個。帝國內總共有七十二個戰團，這數字可說是相當驚人。儘管七星確定都會出場，但我沒料到其他戰團竟會如此踴躍。

探索者的本行是討伐惡魔。戰團在接受協會的委託後，就得日以繼夜地對抗惡魔。七星跟接近七星的大型戰團是有餘力為了參加競技大賽而調整行程，反觀一般戰團就相當困難了。

話雖如此，公布消息至今僅僅三天，大多數的戰團就已經確定參加，表示大家都明白七星杯的重要性。除了遠渡羅達尼亞共和國蒐集情報的洛基以外，根據其他情報販子捎來的調查報告，尚未表態的戰團最終都會報名參加。這是非常明智的抉擇。意思是在這個帝國裡，沒有那種短視近利而誤判局勢的戰團存在。

可是一旦帝國所有的戰團都決定參加競技大賽，將導致國內的惡魔討伐率下降。高階惡魔是由七星與大型戰團負責，原則上是毫無問題，至於低階惡魔則應該會外包給並未隸屬戰團的探索者隊伍。問題就出在介於兩者之間的中階惡魔。關於這部分，我已向協會請示過，嵐翼之蛇將在盡可能的範圍內代為處理。反正我現在無暇參與討伐，能夠處理的委託難度自然會下降，就乾脆趁此機會賣協會一個人情。

雖然這下子就得同時處理多項委託，必須跑遍帝國各處，但幸好我們現在已擁有『翱翔天際的翅膀』。

此處是位於帝都郊區的飛空艇起降場，一艘與其他飛空艇並排而立，船身呈現優美流線型的黑色代步工具，在耀眼的陽光之下展現出其神聖威嚴的尊容。

「這艘飛船名叫漆黑千金（Black odile），是以人魚鎮魂歌擁有的白皙千金（White odile）改造而成，全長五十公尺，最高速度為二馬赫，最大乘載人數是兩百名，具備空戰與護盾機能。儘管如同其他飛空艇一樣需要鉅額的燃料費，但它也是集結現有飛空艇最新技術打造出來的結晶。」

我站在飛船前解說完後，同伴們皆雙眼發亮地發出讚嘆。

「太壯觀了，這艘飛船好美喔……」

亞兒瑪痴痴望著漆黑千金說出以上感想，雷翁則贊同地點了個頭。

「以黑色為底加上金色裝飾，就算船體搭載各種武裝仍維持其優美的流線型，完全不會讓人覺得俗氣，這真是一艘完美的飛空艇。聽說改裝後的造型是交由修格設計嗎？」

修格點頭肯定，臉上浮現心滿意足的笑容。

「沒錯，是諾艾爾委託我的。其實原本的白皙千金就是一艘優美的飛船，我起先很擔心是否會毀了原有的美感，幸好成果非常完美，沒有一絲會引人詬病的缺點。」

「喔、老子發現船首底部畫有本戰團的徽章耶。」

昊牙興奮所指的船體該處，畫有一條長了金色翅膀的蛇。飛空艇如字面所述是能夠飛於天空的船艦，因此位於地面的人們在看見船底徽章之後，就會明白這艘飛船是屬於何人。

「可是從他人手中收下這麼出色的飛船，不免讓人感到後怕。」

面對雷翁那道質問的眼神，我苦笑以對。

「安啦，這意味著殿下也拚命想留住我。他失去約翰後，為了對抗鄰國，眼下能依靠的只有我。要是我落馬的話，最困擾的人莫過於殿下。」

「但願如此。撇開殿下的事情不提，當前最大的問題是這個。」

雷翁臉色難看地拍了拍手中的資料。

「我稍微看了一下這位千金的細部規格，它簡直就是個大胃王。我們這次接下的委託深度是五至八，即便把所有報酬都加起來還是大虧。財務科的人可是為此在發飆，他們表示動用飛空艇去討伐深度不足十的惡魔根本是入不敷出。」

飛空艇的動力源是具有飛行能力的高階惡魔。做法是將惡魔徹底溶成液體，再以特殊方法使其結晶化，再拿它做為專用魔導引擎的燃料，飛空艇才得以發揮出驚人的飛行能力。這樣的結晶能源自然是貴得嚇人。

「這趟遠征的首要考量是賣人情給協會，所以我早就做好虧錢的覺悟了。」

由於籌辦競技大賽已花費甚鉅，因此原本財力雄厚的嵐翼之蛇在資金方面也快要見底。話雖如此，畢竟冥獄十王降世在即，設法省錢完全是下下之策。帝國這場空前的危機也等同於轉機，若是沒有抱持為此耗盡家當的覺悟，就絕無可能成為最強的探索者。

「那麼，接下來的指揮就拜託你了。」

為了籌辦競技大賽，我無法抽身離開王都，因此沒有參加這趟遠征。

「如果出了什麼狀況，就用船內的通訊器聯絡我。」

「好的，後面的事情交給我就好。至於昊牙的特訓，我也會盡可能幫忙的。」

「你不必為此勉強自己，即使昊牙沒能升上A階，也不會對我的計畫造成多少影響。」

「我這麼做並非只是為了計畫喔？」

我聽完不由得發出沉吟。雷翁見我陷入沉默，先是露出有些傷腦筋的笑容，接著將目光移向漆黑千金。

「那我們就出發吧！畢竟行程相當緊迫！」

在雷翁的號令之下，同伴們紛紛登上漆黑千金。雖然昊牙在站上艙門時有與我對視，但我們完全沒有交談。事到如今已無需言語，就只能拿出成果。昊牙將視線從我身上移開，就這麼走進船艦內。

魔導引擎點火，飛船伴隨轟鳴聲開始在起降跑道上滑行。即便它的軀體龐大無比，其漆黑羽翼振翅高飛的英姿，仍宛若羽毛般輕盈無比。

在我仰望之際，已爬升至一定高度的漆黑千金是輕鬆突破音障一口氣加速，直到再也看不見它的身影，隨之產生的強風與巨響才朝我迎面撲來。

我用手撥了撥被風吹亂的頭髮，露出笑容喃喃自語。

「希望他們別因此暈船嘔吐才好。」

我返回辦公室就一直在確認情報販子捎來的選手資料。畢竟競技大賽開始以後，若有他國特務或思想激進的反政府組織成員混入選手裡將會非常麻煩，所以不只是參賽者的經歷，包含對方的政治思想、宗教觀、出生地、親戚以及至今的交友狀況都必須徹底釐清才行。

畢竟我是競技大賽的最高負責人，因此絕不能有一絲紕漏。

乍看之下並未發現有問題的選手。以現階段來說，是可以肯定所有的參賽者都沒問題。當然我還是不能大意，理由是仍有可能發生特務在開賽前綁架選手的親友當作人質，要脅對方參與破壞行動。

縱使目前不要緊，我也不能掉以輕心，直到開賽前都得命人繼續追蹤選手們的動向。這部分的人手是由巴爾基尼幫負責提供，預計是讓幫眾根據情報販子的消息分頭監控。

巴爾基尼幫的幫眾早已滲透至街頭巷尾，不僅是妓院，就連餐廳、理髮廳、醫院以及服飾店等日常的消費場所都有安插人手。一旦有任何風吹草動，就會立刻向我通風報信。

確認完選手資料的我，著手重新研擬競技大賽的比賽規則。規則本身是毫無問題，也有秉持大賽的宗旨。至於技能只准使用兩種的限制，不只可以考驗選手們的應變力和觀察力，也能避免被他國特務摸清底細。事實上這規定在選手之間獲得一致好評，我設立於戰團基地內的臨時窗口，也並未收到任何相關的質疑和申訴。

以結論而言，這部分完全有辦法控管，方法是只需在選手上場前測量好體內的魔素(mana)濃度即可。一旦選手發動技能，魔素的濃度必定會隨之上升，而且此現象是使用任何技能或魔具都無法掩飾。儘管仍有類似【話術士】這種無須消耗魔力就可以發動技能的其他職能，不過發揮功效之後，目標的魔素濃度仍會增加，完全逃不過偵測器的法眼。

老實說想在競技大賽裡舞弊，實行上很有難度。原因是會場內除了選手以外，也有許多並未參賽的探索者會來欣賞賽事。即便選手事前申請的兩項技能是除了我以外的營運成員們才會知曉，不過一般探索者都能夠輕鬆看穿選手有無發動技能，也就表示絕對會被人識破。

話雖如此，營運方若是沒有針對遭人質疑的部分提出具體對策，終究有損選手對大會的信賴，因此我修改一部分的規則，就是同意讓各選手帶一名輔助員參賽。

輔助員有權利對比賽提出異議，時機分別是比賽開始前與結束後各一次。為了避免有人濫用此權利妨礙比賽進行，比賽期間是全面禁止。當輔助員抗議生效時，犯規的對手將直接取消參賽資格。

不難想像有人會質疑說『如果輔助員沒能識破對手犯規時該怎麼辦？』，我是沒打算再去顧慮這點，堅稱這是選手自己的問題。

七星杯乃是爭霸最強探索者的巔峰賽事，當事人身邊是否有著能夠信賴的優秀輔助員——也就是所謂的同伴，同樣屬於不可欠缺的條件之一，所以不能拿這點來當成藉口。

關於添加的新規則，為了確保公平性，不僅是已報名參加的戰團，包含尚未表態的戰團在內，主辦方都必須直接以書信通知賽事的相關人士。在我把名單寫到便條上的時候，室內響起一陣敲門聲。

「團長，請問您在嗎？」

來者是祕書。我出聲同意後，祕書便推開房門走進來。

「不好意思打擾到您辦公，這邊有多份署名給您的郵件，請您確認一下。」

祕書將大小各異的信封置於桌上。

「我馬上過目。另外我需要發函給許多人，儘管內容都一樣，還是得麻煩你處理。內文與收件人就參照這張便條。」

祕書點頭收下我已摘記待辦事項的便條紙。

「遵命，屬下這就馬上去辦。」

我本以為祕書會立刻離開房間，可是他依舊待在原地，一臉尷尬地望著我。

「怎麼了？還有其他事情要報告嗎？」

「其實還有一封信要交給團長您……」

「那你快放下吧。」

「就是這封……」

祕書將夾於腋下的信封放在我面前。我歪著頭拿起信確認完內容後，忍不住重重地嘆了一口氣。

「又來了……」

「沒錯，又是這封信……屬下一看寄件人的住址就猜到了……」

信封裡裝著寄給我的信，以及一幅裱框的少女照片。寄件人是嵐翼之蛇的贊助商之一，名為勞夫・高汀，也是帝都內赫赫有名的富商，他的生意跨足證券交易所、航空運輸業、惡魔素材研究所等各行各業。至於這位商界巨頭之所以寄信給我，僅是為了一個單方面的要求。

就是請我與他的獨生女相親。

「這已是第五封了……」

自我創立嵐翼之蛇以來，不時就會收到這類信件。

而這正是所謂的政治聯姻。

在鼓勵人們成為探索者的帝國裡，和優秀探索者締結更深一層的關係——成為對方的贊助商將得以提升自我價值，於商業方面也能夠請對方把討伐獲得的惡魔素材優先販售給自己，因此貴族跟富商們都會積極成為探索者的贊助商，以七星為首的大型戰團自然是有許多人搶著贊助。而用來壓過其他贊助商的手法之一，就是讓對方與自己的兒女成婚。

至今已有許多貴族與富商提議相親，我和同伴們自然是全數婉拒。原因是大家都非常清楚，這類政治聯姻對戰團來說是百害而無一利。由於完全給對方吃閉門羹也有失禮數，因此我曾強迫昊牙參加過一次相親，不過該次是對方主動拒絕了。依照我的猜測，對方看上的對象其實是我。

計畫政治聯姻的那些人，主要還是希望能搶下身為戰團首長的我，接下來則是副團長雷翁，而我跟雷翁自然是對政治聯姻敬謝不敏。對方也明白態度過度強硬導致雙方交惡將會得不償失，所以只要我方慎重婉拒，絕大多數的人都會知難而退。

可是，唯獨勞夫・高汀屬於例外……

「真是個難纏的大叔……」

自從在魔王討伐慶功宴上結識勞夫以後，他就非常執著於我，無論如何都希望我和他的掌上明珠結婚。雖說對方截至目前都沒有採取強硬手段，但被我一再婉拒仍寄照片來提議相親，搞得我相當頭大。

祕書見我抱頭苦惱，在一陣猶豫後便開口提議。

「團長，恕屬下冒昧，能否請您答應與對方相親呢？」

「啥？你真以為我在如此關鍵的時期，還有閒工夫跟人相親嗎？」

「不過勞夫・高汀是本戰團非常重要的贊助商，繼續婉拒似乎有些不妥……」

「反正我們還有其他的贊助商啊。」

「團長所言甚是，但除了籌備競技大賽，本次遠征令戰團的資金幾乎見底，而且大賽營收已答應和巴爾基尼幫平分，再加上預計當成獎金的部分，本戰團在此次活動裡形同是做白工。」

既然七星杯是競技大賽，自然就要提供獎金。關於宣告的金額，冠軍為三百億菲爾，亞軍為兩百億菲爾，至於在準決賽遭淘汰的兩人則並列季軍，皆可獲得五十億菲爾，因此總獎金是六百億菲爾，而這部分全由嵐翼之蛇負擔。

「因為鐵路的股利還得再等一段時間才能夠收到，所以跟高汀先生打好關係仍是有利無害……」

祕書的說詞十分正確，反正又不是真的結婚，暫且和高汀打好關係，也能讓對方保住面子。一旦他願意慷慨解囊，理當會追加對我們的投資。

若是單純想熬過這段期間，找銀行融資不失為一個有效的手段，但此舉將會讓外界知曉我們的資金陷入匱乏。對於大型戰團的情報網而言，這點小事一下就能夠查出來了。如今競技大賽開辦在即，我又想成為冥獄十王一戰的總指揮官，無論如何都不能有任何破綻。

「……好吧，我答應去相親。」

「咦？這、這是真的嗎？」

我對著目瞪口呆的祕書點頭說：

「沒錯，你快去幫我回信。」

「遵、遵命！屬下這就去處理！」

目送趕忙離開的祕書退出房間後，為了舒緩心中的鬱悶，我將一根菸含在嘴上。點火吸了一口，便低頭看向桌上的相親照片。

「真是個陰沉的女人……」

這位女性絕非醜陋，她姣好的容貌近乎完美無瑕，那雙宛如黎明天空的深藍色眼眸具有難以言喻的魅力，那頭如絲綢般光滑柔順且銀中帶藍的秀髮，更是突顯出其高貴氣質。

可是不管我重複看幾次，她都有種死氣沉沉的感覺。臉上的表情是皮笑肉不笑，令人產生一種陰沉而非冰冷的印象。或許是基於職業關係，我身邊的女性全都非常堅強，才會這麼讓我看不慣也說不定。總之，光從照片並沒有給我留下好印象。

「……話說她叫什麼名字？」

我含著菸重看一次勞夫寄來的信，裡頭有提到此人的名字。

「原來如此，她叫做貝娜黛妲・高汀。」

✝

人類就是如此愚蠢。

明明具有比其他生物更高的智慧，卻只會不斷重蹈覆轍，最終自取滅亡，根本就是一群嬰兒。所謂的人世，就是許多巨嬰自相殘殺的地獄。

「簡直是太美妙了。」

穿扮高貴的黑髮男子低頭望著眼前光景喃喃自語。此處是位於帝都某處，天花板有挑高的地下神殿。佇立於二樓廳室的三道人影，俯視著陰暗的一樓正在進行的儀式。

現場有五十名左右的男女負責執行儀式，他們頭戴各式各樣的動物皮，頸部以下則一絲不掛。在迴盪著原始鼓聲的神殿之中，這群人彷彿渴望占有彼此的肉體般陶醉於淫穢下流的行為。

由於儀式前所注射的藥物，這些人都陷入精神恍惚的狀態，恐怕已經分不清自己是人類還是野獸了。

他們信奉的對象就位於祭壇上，那是一尊上半身長有翅膀的女性軀體，下半身則伸出噁心觸手的詭異雕像。雕像前有一張石桌，一名渾身赤裸的年輕女性就仰躺在石桌上。她雙眼圓睜，眼神失焦，不停地自言自語。能看出她同樣已陷入恍惚狀態。此時有一名戴著山羊頭骨的男子登上祭壇，他高高舉起手中的黑曜石短刀大吼。

「異界之神啊！請收下我等提供的祭品！」

男子將銳利的短刀朝女性的雙峰正中央揮下去。短刀刺入體內後，女性因為藥劑的關係完全沒有抵抗，口吐鮮血當場斃命。不過她猶如一條擱淺的魚，身體就這麼不斷痙攣。

男子一拔起短刀，鮮血立刻如泉水般從傷口噴湧而出。他毫不在意濺滿全身的血液，粗暴地用短刀切開女性的胸部，從中挖出心臟，然後把心臟置於雕像腳邊。現場眾人因男子異常的行徑陷入狂喜，紛紛發瘋似地發出歡呼。狂信徒們為了詭異的雕像——異界之神所舉辦的這場儀式，就此迎向最高潮。

「很有趣的表演對吧？」

有三個人從二樓觀望這場駭人的儀式，其中一名妖豔性感的年輕女性臉上浮現出殘酷的笑容。她身穿非常暴露的東洋風連身裙，不吝展現其前凸後翹的姣好身材，頭頂上則長出一對與狐狸十分相似的耳朵，這也是她身為獸人的證明。

「這是異界教團，是一群蠢人將存在於魔界的高階惡魔（void）信奉為真神所組成的團體。雖然他們很蠢，卻對教祖百依百順，甚至不畏懼死亡。」

「這真是太棒了，完全符合我們的要求，看來妳被譽為帝都內最棒的仲介商人確實是所言不假。這筆生意就算是談成了，蕾仙。」

男子興奮地說著。名為蕾仙的女子滿意地點頭說：

「我與異界教團的教祖關係密切，他們全是無政府主義者，只要肯付錢，就算你們是羅達尼亞的特務仍會唯命是從。至於仲介方面請交給我即可。」

與蕾仙交談的這名男子，其身分正是羅達尼亞共和國的特務。他被該國派來收拾前一名特務失手所留下的殘局，自此之後就一直在帝都內從事諜報活動。就在幾天前，該國高層將一項新任務指派給他。

「那就麻煩妳了，異界教團對我等的計畫而言是不可或缺的存在。我等的使命是利用他們去暗殺觀賞七星杯的帝國政要，而且絕不能失手。這一切就仰賴妳了。」

「請交給我吧。你們在執行計畫時，這群人肯定能派上用場。」

蕾仙望向身旁的黑衣怪人。由於此人將戴在頭上的黑色帽兜壓得很低，令人無法看清其表情。

怪人在黑社會裡的外號叫做『蒼蠅王』，是食腐者(scavenger)——任務再危險都肯承接的萬事屋之中，被評為最優秀且最危險的怪人。

「請拭目以待，來自羅達尼亞的客人，我一定會實現你們的願望。」

蒼蠅王以揶揄的語氣打包票後，男子神情嚴肅地點頭回應。

「蒼蠅王，我早已聽聞過您的大名。若能得到您的協助，等於是給我們打了一劑強心針。那麼——我來解釋這次的計畫。」

三人沒有理會一樓那充滿血腥味的騷動繼續密談，在分享完計畫之後，男子便靜靜地離開地下神殿。餘下兩人將目光移向一樓，只見癲狂的儀式已宣告結束，精疲力盡的信徒們就這麼昏睡在地。

「他居然如此輕易就相信我們耶，罪惡囊。」

蒼蠅王語帶嘲諷地說完後，蕾仙——罪惡囊愉悅地輕笑著。仲介商人蕾仙只不過是掩人耳目的假身分，其真名為罪惡囊，更是人類公敵冥獄十王之一的渾沌之罪惡囊。

「關於妳並非人類而是惡魔一事，我想他是始料未及吧。」

「這也只能說是彼此彼此。雖然那男人裝得很有紳士風度，骨子裡卻藏有冷若冰霜的殺意。等這筆交易結束之後，他就會殺了我們湮滅證據。唉，所以我才怎樣都喜歡不了羅達尼亞人。」

蒼蠅王對著雙肩一聳的罪惡囊點頭說：

「我同意，那就在被人暗算之前先下手為強。」

「這就不必了，把他交給帝都的探索者料理便是。我們只需一如既往地隔岸觀虎鬥，等待最佳時機到來即可。」

「這麼做不要緊嗎？黑山羊晚餐會的朵麗・賈德納不是已經在懷疑妳了？像這樣隨意利用探索者，難保不會被人抓住把柄吧？」

罪惡囊與朵麗曾經見過面，儘管朵麗只知道仲介商人蕾仙這個假身分，但或許是基於探索者的直覺，朵麗已對罪惡囊起了疑心，還聘僱情報販子打探罪惡囊的底細。即使目前相安無事，不過身分被拆穿恐怕是遲早的事。

「妳特地建立的異界教團，再這樣下去可能會付之一炬。」

罪惡囊正是異界教團的幕後黑手。為了在必然之日進行大規模的破壞行動，她集結了一群對現有體制抱持不滿的人們。雖然大多都是無知的狂信徒，但幹部們全是打算推翻袞佛爾皇朝的叛亂分子。這幫人除了此處以外還有許多分部，勤於從事各種非法行動。

「不會發生那種事的。」

罪惡囊以讓人捉摸不定的態度說：

「我會反過來利用黑山羊晚餐會對我的疑慮，把目光轉嫁至羅達尼亞的特務身上。以戰力來說，黑山羊晚餐會是必勝無疑，可是那幫人也不會讓對手好過，之後我再偷襲無力抵抗的黑山羊晚餐會即可。」

「黑山羊晚餐會可是七星喔，這麼做真能扳倒他們嗎？」

「沒必要扳倒他們，只要這群人沒有餘力追捕我們就會主動收手。正因為黑山羊晚餐會是七星，一旦無力維持組織的營運，就會面臨遭受其他戰團併吞的風險，所以直到重整態勢之前都會安分許多。」

「而且——」罪惡囊揚起嘴角露出邪笑。

「即便同為七星，他們仍得應付虎視眈眈的毒蛇呀。」

「毒蛇——諾艾爾・修特廉啊……」

新就任的七星・嵐翼之蛇的團長諾艾爾，就是擊敗前七星・人魚鎮魂歌的團長約翰才取得今日的地位，是帝國首屈一指的激進派探索者。若有任何人稍微露出破綻，他就一定會咬住敵人不放，是個絕不能掉以輕心的對手。

「假如朵麗和諾艾爾聯手該如何是好？這兩人的共通點就是都屬於不擇手段的激進派。」

「這是不可能的，原因是諾艾爾忙著準備七星杯，沒有餘力協助朵麗。倘若朵麗前去求援，也只會跟上次一樣吃閉門羹。」

「這猜測會不會太樂觀了？如果朵麗查出妳的真實身分，我相信諾艾爾會答應幫忙的，畢竟妳其實是冥獄十王。」

「那就到時候再說囉。」

罪惡囊語氣輕佻地回應。

「我不同於妳，擁有永無止境的時間，搞砸了只需從頭來過就好。」

看著發出沉吟的蒼蠅王，罪惡囊發出鈴音般的清脆笑聲。

「啊哈哈哈，妳別動怒嘛，我也沒在鬧著玩。總之這次我會趁著七星杯期間發動大規模的破壞行動，藉此摧毀帝國的指揮系統。如此一來，必然之日的勝利將十拿九穩。到時候，無論是蛇或黑山羊皆不值一提。」

「假如真是這樣就好了……」

「反倒是妳才該當心點，與蛇結下梁子的是妳而非我，愛記仇的蛇未必不會將毒牙對準妳。」

蒼蠅王陷入沉默，畢竟她是在諾艾爾的面前，將諾艾爾打算收為棋子的大富豪，身為弗卡商會代表的安東拉斯・弗卡當場殺死。

「決戰之日將至，妳我在行動時都可別掉以輕心。」

面對正色地如此叮囑的罪惡囊，蒼蠅王點頭回應。

「說得也是，世界之命運的分水嶺已近在眼前，不管得付出何等犧牲，我們都必須達成目的。」

為的是拯救全人類——

重新堅定決心的蒼蠅王轉過身去。

「那我先走了，有什麼事再聯絡吧。」

語畢，蒼蠅王的身體瞬間化成無數蒼蠅。站在這裡的蒼蠅王是本尊以蒼蠅使魔組成，而這一大群蒼蠅隨即如黑霧般飛離地下神殿。

等所有蒼蠅都離開視野時，一名身穿白色長大衣的男子悄然無聲地站在罪惡囊的身後。

「妳要利用那東西到何時？」

「直到壞掉為止。」

罪惡囊以毫無情緒波動的嗓音給出答覆後，男子——士魂之至高天嫌惡地板起臉來。

「我果然還是看不慣妳。」

「我現身於此也不是為了讓你接受我，至高天。」

「那我就不必跟妳客氣，等一切都結束時，我絕對會宰了妳。」

至高天殺氣騰騰地撂下狠話後，如同現身當時一樣不聲不響地離去，沒有留下一絲痕跡。

「絕對會宰了我……嗎……這句話還真迷人呢。」

罪惡囊如歌唱般低語著，其眼神則彷彿暗夜般漆黑無比。

貝娜黛妲切斷與使魔的連結，從床上撐起身體的時候，胸口突然傳來一陣劇痛。

「唔、唔～……」

貝娜黛妲用兩手壓住自己稍稍隆起的胸部，強忍著幾乎快奪去自身意識的痛楚，不斷大口深呼吸。經過一段時間，疼痛才漸漸消去。儘管身體舒服多了，卻又感到無比疲倦。她再也承受不住地躺在床上，等待症狀得到舒緩。

以前不曾出現這種情況。即使發動技能會消耗魔力，卻不可能導致身體難受到不聽使喚。

追根究柢便是之前約翰所使出的攻擊。就因為那一招，導致貝娜黛妲的靈魂受到傷害。幸虧傷得不重，再加上罪惡囊的治療有恢復不少，但這不表示受到的傷害會隨之消失，其後遺症就是當她長時間發動技能，身體就會出狀況。

主要症狀是全身劇痛，進而導致自己失去意識。一旦技能的使用時間過長，恐怕會導致內臟暫停運作而喪命。依照估算，上限大約是一個小時。

貝娜黛妲並未將此事告知罪惡囊，而是謊稱自己已完全康復。倘若讓那個惡魔得知真相，自己可能會被認定為沒有利用價值而慘死。罪惡囊只是合作對象，絕不能對她掉以輕心。那女人是名副其實的惡魔，除此之外還有一個尚未釐清的疑點。

總而言之，貝娜黛妲確實需要罪惡囊的協助，所以目前還不能跟她斷絕往來。不過，兩人勢必終有一天會反目成仇，因此必須先擬定好剷除罪惡囊的計畫。貝娜黛妲非常清楚罪惡囊絕不是能夠輕易殺死的對手，一定要做好周全的對策，把她趕盡殺絕斬草除根。

「光靠我一人太勉強了，得要有幫手才行。」

貝娜黛妲已想好計畫，卻需要一名幫手才能夠實行。再加上自己的身體狀況，實在沒有轉圜的餘地。眼下局勢已是迫在眉睫，要是她無法在有限的時間裡執行這項計畫的話，至今的努力都將付諸流水。

貝娜黛妲躺在柔軟的天篷床上反覆思索之際，突然聽見雨滴打在窗戶上的聲響。外頭下雨了，而且雨勢越來越大。她被惱人的雨聲吵得心煩意亂，當她再次起身時，戶外傳來一陣馬匹的嘶鳴聲——是馬車，它停於家門前，並且能感受到有人從車裡走出來。

「……是他回來了。」

稍微側耳聆聽，隨即傳來大門敞開的聲響，以及家僕們迎接主人歸來的招呼聲。貝娜黛妲這下可不能繼續躺著了，於是她在睡衣外多披上一條毯子，穿上整齊擺放於床邊的拖鞋步出臥室，沿著階梯下樓走向玄關。

能看見玄關處有一名中年男子正將被雨淋溼的外套遞給僕人，中年男子注意到貝娜黛妲之後，隨即露出一張笑容。

「我回來了，貝娜黛妲。」

「歡迎回來，父親大人。」

男子名叫勞夫．高汀，是貝娜黛妲的生父。

「外頭雨勢真大，幸好我有提早回來。」

「就是說呀，如果路面積水的話，難保容易發生意外。」

勞夫點點頭，接著伸手指向餐廳。

「我已命人備妥晚飯，我們一塊吃吧。」

「好的，想想已許久沒和父親大人您同桌用膳了。」

「抱歉啊，因為近來工作繁多。」

貝娜黛妲對著神情愧疚的勞夫溫柔一笑。

「父親大人請不必道歉，我相信慈祥的父親大人肯定有幫我準備很棒的禮物做為補償，所以我有乖乖聽話喔。」

「哈哈哈，妳這孩子真是懂得如何掌握人心，不愧是本人勞夫．高汀的獨生女。人在天國的媽媽一定也以妳為榮。」

勞夫開懷大笑。關於貝娜黛妲的生母，其實在她小時候就已經病逝了。儘管她有許多親戚，但唯一稱得上是直系血親的就只有勞夫而已。

「其實我是有幫妳準備一份禮物。」

「是嗎？但我瞧父親大人您是兩手空空喔？」

勞夫對歪過頭去的貝娜黛妲露出一張別有深意的笑容。

「禮物並不在這裡，可是我相信妳會喜歡的。」

兩人至餐桌就座後，僕人們隨即將餐點端上桌。因為難得像這樣享受天倫之樂，現場的笑聲不絕於耳。

「妳的身體不要緊了嗎？」

面對勞夫的關切，貝娜黛妲點頭回應。

「是的，我已經不要緊了。醫生也說我的身體逐漸康復。」

自從被約翰打傷以後，貝娜黛妲在前陣子連出門走動都有困難。身體狀況不佳時，甚至得一連躺在床上好幾天，幸好目前已好轉到能夠下床。此傷勢說白了就是靈魂受損，這輩子都無法痊癒。勞夫對此並不知情，就連貝娜黛妲私下的種種作為也一無所知。

「當初聽妳病倒時真叫我擔心死了，幸好現在已無大礙。」

勞夫安心地露出笑容，接著喝了一口紅酒。

「對了，下個月就是妳的生日吧。」

「是的，我在下個月就會年滿二十了。」

「妳已經二十歲啦。想想時間過得真快。昔日那個嬌小到我單手就能抱起的心肝寶貝，如今已是一位亭亭玉立的淑女。怪不得我的白頭髮也變多了。」

勞夫感慨良深地說完後，便挺直身子接著講下去。

「貝娜黛妲，為父今日有一件大事要告訴妳。自妳成年已有五年，妳這個年紀即使與人成婚也不足為奇，所以妳要不要去跟人相親？」

貝娜黛妲注視著父親的臉龐，開始思考父親怎麼會突然改變態度。

對女兒過度保護的勞夫，至今完全不讓男性接近貝娜黛妲。別說是社交場合，就連合夥人提出的婚約，他也全都拒於門外。

勞夫給出的解釋是『我會親自幫女兒挑選夫婿』。說起遭拒絕的對象，其中不乏王公貴族的子嗣，因此外界都認為這是父親不願女兒出嫁的藉口。事實上包含貝娜黛妲自己也這麼認為。

可是，勞夫此時此刻一臉認真地談起相親事宜。換言之，他終於找到自己能看上眼的合適人選了。

「瞧父親大人提得這麼突然，難不成您說的禮物就是相親對象嗎？」

「沒錯，只要我說出對方的名字，相信妳也會很高興的。」

勞夫信心滿滿地點了個頭。看來相親對象是個頗有名氣的大人物，要不然勞夫是不會興奮到像這樣往前探出身子。

看這情況似乎很難推託——貝娜黛妲不由得在心中發出咂嘴聲。

勞夫是個慈祥和藹的父親，但他終究是年紀輕輕就成為財經界的一方之霸，其意志之堅定是一旦做出決定就會貫徹始終。即使貝娜黛妲表達拒絕之意，倘若沒能想出一個足以說服勞夫的理由，勞夫絕不會輕易退讓。

這麼一來，倒不如別進行無謂的掙扎，乖乖答應參加相親還比較省事。反正就只是相親，之後再以個性不合為由拒絕，勞夫也只能乖乖接受。儘管像這樣欺瞞父親令貝娜黛妲多少有些罪惡感，但她明白這是最有效的解決辦法。

「既然父親大人如此打包票，相信對方肯定是一位非常出色的男子。女兒明白，願意接受您的安排與對方相親。」

「喔～這樣啊！為父很高興妳能這麼懂事。」

「那麼，請問相親對象是什麼人呢？」

貝娜黛妲提問後，隨即喝了一口紅酒。現在的她莫名口渴，不知是因為疲倦所致，還是對父親的罪惡感在作祟。

沒能看穿女兒心思的勞夫，笑容滿面地說出對方的名字。

「妳相親的對象叫做諾艾爾・修特廉，就是堂堂七星之一・嵐翼之蛇的團長。」

「噗呼!?咳咳！咳咳!?」

貝娜黛妲在聽到名字的瞬間，只見她盛大地從嘴裡噴出一口呈現霧狀的紅酒，而且因為嗆到的緣故，害得她不停咳嗽。

「妳、妳怎麼了!?不要緊吧!?」

勞夫連忙上前關切，貝娜黛妲邊咳嗽邊點頭回答。

「咳咳，咳咳……我、我沒事，咳咳……父、父親大人。」

「是、是嗎？如果妳身體還不太舒服，就改天——」

「父親大人放心，我的身體完全沒問題！請您繼續把話說下去！」

貝娜黛妲以宏亮的嗓音催促父親給個解釋。

（要我與蛇相親？這到底是怎麼一回事？）

由於事情發生得太突然，貝娜黛妲完全無法進入狀況，不過她肯定會全權交由勞夫處理，而後續發展將徹底超出她的預料。

眼下得先釐清現狀，然後再決定自己要走的路。

「既然妳這麼說了，那就應該沒問題吧……」

神色困惑的勞夫接著把話說下去。

「我是基於非常深遠的理由，才挑選諾艾爾・修特廉當妳的結婚對象。簡言之，我確信他今後將是帝國不可或缺的棟梁。當冥獄十王即將降世的消息一出，他就馬上舉辦研討會，展現出完全不輸其他大型戰團的出色才華。至於結果如何，想必妳也很清楚吧？」

「他揭露司法省的不公，證明修格・柯貝流斯是被冤枉的。」

「沒錯，年紀輕輕的他不只影響諸多權貴，更是成功顛覆國家的決定，這可不是想做就能夠辦到的，恐怕他在很早以前就已經做好準備，然後看準冥獄十王的降世是翻身的大好機會，於是付諸實行，足見此人不光是具備智慧和行動力，還懂得判斷局勢。」

語氣有些激動的勞夫，眼神恍如少年般炯炯有神。

「他在那之後仍繼續往上爬，甚至成功討伐魔王，如今更是成為名震天下的七星之一，因此他當真是位非常出色的男子。」

「但他是個探索者，無法繼承父親大人的工作吧？」

「不對，任何工作都難不倒他。根據我對他的身家調查，他在成為探索者之前曾經營過釀酒廠，而且還賺了不少錢。當然我並不會因為他有才華，就強迫他成為繼承人。他已是事業有成之人，我相信他對繼承別人的地位不感興趣，而我也認為這是一種很好的想法。」

勞夫狀似口渴地將紅酒一飲而盡，接著從外套內袋裡取出一張老舊的紙片。

「貝娜黛妲，妳知道這是什麼嗎？」

貝娜黛妲搖搖頭。

「不知道，那張紙片是什麼？」

「這東西是名叫紙幣的金錢。」

貝娜黛妲有聽說過這東西。紙幣不同於硬幣，本身沒有任何價值，卻是得到政府公認能用來當成交易手段的一種貨幣。因為材料是紙，在保管與運送上都比硬幣簡便，而且不同於硬幣能避免受限於金、銀、銅等原料而影響發行數量，將有助於活絡經濟。

「帝國欲將硬幣改成紙幣，原因是此舉能促進經濟，外加上無論是對於人或國家而言，硬幣都十分不方便。」

「那麼，這紙幣是帝國發行的嗎？」

「不，這紙幣並非由帝國政府發行，而是源自於曾經存在過的自由都市緬希。」

「自由都市緬希……」

這個國家在數十年前遭冥獄十王之一——銀鱗之悲嘆川所摧毀，自從被帝國併吞之後，街頭巷尾已鮮少聽人提起這個名字。

「自由都市緬希擁有非常先進的經濟觀念，他們之所以能領先各國導入紙幣經濟，就是拜長年的智慧、經驗以及信賴所賜，事實上其他國家皆已預定承認自由都市緬希發行的紙幣。」

不過勞夫露出冷笑補上一句但書。

「結果如同妳從歷史書裡看到的那樣，自由都市緬希在正式發行紙幣前就亡國了。儘管這麼說很缺德，但幸好這個國家在發行紙幣前就已經毀滅。一旦紙幣發行之後，與自由都市緬希貿易的所有國家在經濟上都會受到重創，理由在於紙幣並非貴金屬而是紙。發行國在被毀之後，這種貨幣便毫無任何價值，就只是一張沒用的紙片，甚至還不適合拿來擦鼻涕。」

的確紙幣能被當成貨幣使用得端看發行國，並非因為紙幣本身的價值拿來使用，而是靠著紙幣發行國的信用進行交易。要是國家沒有信用的話，紙幣的交易就無法成立。

「於是紙幣在國際上的信用一落千丈，原因是這東西有可能會變成一張廢紙，自然沒人敢拿來交易，導致情況陷入兩難。其實各國都想導入紙幣經濟，偏偏沒人忘得了自由都市緬希的慘劇。」

貝娜黛妲點頭後，又忍不住歪過頭去。

「紙幣的事情我明白了，不過此事與我有何關係呢？」

「我認為人就跟紙幣一樣。」

「……人跟紙幣一樣……嗎？」

「沒錯，完全一致。無論是紙幣或人，兩者本身皆沒有任何價值，全都多虧名為信用的外界評價才首度具備價值。」

語畢，勞夫露出眺望遠方般的眼神。

「世人皆稱我為經濟界的巨人。畢竟我年賺二十兆菲爾，此成就確實夠格得到這個外號，我也為此感到自豪，但我除了賺錢以外一無用處也是不爭的事實，原因是我就連明天要穿的襪子都不知道放在哪裡。」

貝娜黛妲因父親的一番話而面露苦笑。

「父親大人是非常出色的人，請不要這樣妄自菲薄。」

「我並沒有妄自菲薄，這是事實。如果端看我自身的價值，大概就只剩下有妳這麼一位出色的女兒吧。」

勞夫露出慈祥的笑容，但隨即正色繼續說：

「我真正的價值是源自於帝國本身。當冥獄十王降世之後，即便探索者們順利取勝，我也不清楚帝國將會何去何從，因此我一直在思考，最終只想出幫自己的寶貝女兒挑個意志堅定到無論何時都能屹立不搖的出色郎君。」

「於是最終看上了諾艾爾‧修特廉嗎？」

「他是我心目中的不二人選。雖然他長得有點矮，年紀又比妳小，但這些終究影響不了他那過人的才華，而且又是個美男子。」

「美男子這點很重要嗎？」

「因為我的夢想就是百般溺愛可愛的外孫。」

勞夫一臉不正經地對女兒拋了個媚眼。

「呵呵呵，女兒明白了，關於此事我會妥善處理的。」

貝娜黛妲對父親嫣然一笑之際，內心認為這也不失為是個大好機會。

蛇十之八九是看上勞夫的錢，要不然絕不可能答應與人相親。話雖如此，這也表示自己很有機會能用錢把蛇收買來做為打倒罪惡囊的幫手。在這樣的前提之下，以相親為由去接近蛇，將是避免對方起疑的絕佳機會。

蛇既強悍又狡猾。關於這點，貝娜黛妲覺得自己比大肆讚揚蛇的父親更加清楚。既然蛇能夠打倒約翰，就足以證明他有能力在罪惡囊的背部刺上一刀。

「話說回來，幸好諾艾爾的態度終於軟化了。」

勞夫的這句話令貝娜黛妲感到有些不對勁。

「父親大人，您說態度軟化是什麼意思？」

「關於相親一事，其實諾艾爾已經拒絕四次了，但他後來突然改變主意，來信表示願意相親。不枉費我堅持到底。」

「這、這樣呀……」

貝娜黛妲感到一陣背脊發涼。勞夫似乎非常中意蛇，就這麼繼續暢談與蛇有關的話題，無奈貝娜黛妲已將這些全當成耳邊風。

蛇已拒絕四次相親？為何後來又臨時變卦？

貝娜黛妲起先認為蛇是看上錢，可是按照勞夫的證詞來推理，她懷疑蛇抱有其他目的，要不然怎會突然答應原本不斷拒絕的相親。

當然也可能是因為舉辦七星杯，導致戰團資金短缺的緣故。但如此武斷又似乎太危險，畢竟蛇並非營運面臨瓶頸就會輕易改變決定的人。要是他當真為錢所苦的話，理當不會答應與資產家的女兒相親，而是徹底避免讓外界察覺到這個隱情。

「貝娜黛妲，妳的臉色怎麼如此蒼白？」

在聽見勞夫的關切之後，貝娜黛妲才終於回神。

「妳的身體果然還沒完全康復，趕緊回房休息吧。至於相親一事就改日再談，反正雙方也都需要時間準備。」

「好的，那女兒先告退了。」

貝娜黛妲搖搖晃晃地從座位上起身，慢慢朝著臥室走去。途中，她滿腦子都在思索蛇的反常舉動，偏偏不管她如何推敲，都不覺得蛇單純是為了錢。

（難不成他已察覺蒼蠅王的真實身分？）

若是這樣的話，一切就說得通了。

蒼蠅王是貝娜黛妲的使魔，因此貝娜黛妲才得以避免暴露身分，一直活躍於檯面下，只不過這種做法未必是完美無缺，只要對方循著遠距離操控使魔所留下的魔力痕跡進行追蹤，便有可能看穿住在這裡的貝娜黛妲就是使魔的主人。即便這不是隨意就能辦到的搜查方式，但終究是可行的。

如果蛇付出對等代價成功掌握到貝娜黛妲的真實身分，就足以證明他對自己抱持明確的殺意。像蛇這種為了戰勝敵人不惜獻出自身壽命的瘋子，如今已經盯上自己的小命……

貝娜黛妲一想到這裡，就因為恐懼而嚇出一身冷汗。現在渾身是汗的她，無論是身體或內心都如入冰窖。

貝娜黛妲並不怕死，真正令她害怕的部分，是她堅信假如自己被蛇逮住的話，將會面臨生不如死的可怕拷問。蛇在對待敵人時絕不會手下留情，是個為達目的不擇手段，甚至不惜引爆監獄的男子。

『——愛記仇的蛇未必不會將毒牙對準妳。』

罪惡囊說過的這句話重新閃過腦中。蛇不只是既強悍又狡猾，還很殘忍且愛記仇，一旦被他盯上就等於無處可逃。

那就向罪惡囊坦白一切尋求協助嗎——？不，不能這麼做，若是基於害怕蛇而向罪惡囊求援，罪惡囊會把自己視為無力自行解決問題的廢物。一旦演變成這樣，就表示自己會被排除在計畫之外。倘若這樣還算好，要是遭罪惡囊當成絆腳石的話，還有可能會被殺掉。另外若是自己對罪惡囊的疑慮當真屬實，去找她求救也只是白費力氣，因為她根本不能信任。

「……這件事只能靠自己了。」

「那我只能在被殺之前先下手為強。」

貝娜黛妲在登上樓梯返回臥室的途中如此喃喃自語。

她的嗓音裡再無一絲恐懼，就只剩下明確的殺意。

✝

大約在半年前，嵐翼之蛇為了討伐魔王——『真祖』，於昔日的阿爾基流大公國領土內歷經殊死鬥之後而成功取勝。早在開戰前就已經化成廢墟的此處，因遭受激戰波及而徹底夷為平地。曾榮極一時的這片荒地，即將上演一場全新的血戰。

由人類與惡魔組成的兩大勢力，正在這片遼闊深淵的最深處展開對峙。

一方是深度高達十二，又被稱為魔王的惡魔‧真祖所率領的仙靈部隊。

此真祖與上次嵐翼之蛇討伐的個體並不相同。根據統計，在同一片土地上產生的深淵很容易再度出現同種惡魔，可是在這麼短的時間內又出現魔王就實屬罕見了。

這次的真祖有別於上次，是具有女性的外貌。這位身穿華麗禮服的美麗銀髮少女，模樣傲慢地坐在一張飄浮於半空中的豪華椅子上，至於地面則有她召喚出來超過三百名的仙精士兵(element soldier)嚴陣以待。

反觀人類方是接受委託前來討伐真祖的探索者們，分別是A階四名、B階二十名和C階三名，從上到下都是身經百戰的高手，不過光靠這點戰力依舊無法戰勝真祖，最多就只能解決所有的仙精士兵。

其實他們也自知毫無勝算。依照協會的報告，眼前真祖的戰鬥能力猶在前次之上。若想取勝，至少需要再多出一倍的戰力。現在這情況是一旦開戰就毫無勝算，因為沒勝算才無法輕舉妄動。

「簡直就像是被蛇盯上的青蛙。」

真祖冷酷地揚起嘴角。

「明知沒有勝算還自投羅網，總不會是要來跟我談判吧？」

面對真祖狂妄自大的態度，擁有一頭黑色秀髮的迦樓羅發出咂嘴聲。

「啐，真是狗眼看人低……」

迦樓羅名叫澄香‧克雷業，是在場的探索者們——百鬼夜行的副團長兼指揮官。

澄香將手放在腰間的刀柄上。來自極東島國『金剛神國』的她，職能是【刀劍士】A階‧【劍豪】。只要她拔刀出鞘，即可發揮出與迦樓羅體能相符的無比戰力。但就算強大如斯，也難以從眼前的真祖身上找到任何適合出手的破綻。

「我沒耐性陪你們在這邊乾瞪眼，就請你們死在這裡吧。」

真祖像在鄙視人似地瞇起雙眼，宛如指揮樂隊般將食指伸向澄香等人，仙精士兵們便立刻遵循王命發動攻勢。

「開戰了！大家各就各位！」

澄香放聲發號施令後，同伴們紛紛握緊武器準備迎戰仙精部隊——戰況進行得算是相當順利，由於真祖根本沒把澄香他們放在眼裡，因此是打算讓仙精士兵們自由發揮。

如此一來，真祖的預知能力將派不上用場。所謂的預知也只不過是能看見短時間內的未來，如果她沒有做好戰鬥準備，應對自會慢上一拍。澄香之所以能這麼篤定，就是因為任誰都可以一眼看出真祖過度輕忽敵我之間的實力差距。

但是，真祖並不曉得帝國最強的男人就在百鬼夜行之中。

他就是噬王金獅子里奧‧艾汀。

百鬼夜行的戰術非常單純，就是由澄香等人擔任誘餌，讓潛伏於某處的里奧給真祖殺個措手不及。就算敵人是魔王，身為神域抵達者（EX階）的里奧依然必勝無疑。儘管真祖擁有暫停時間的能力，他們的應對方式就是透過偷襲，趁著真祖暫停時間之前一口氣取勝。

倘若百鬼夜行是一支實力足以戰勝真祖的戰團，他們只需事前多加幾道護盾，即使被暫停時間也能擋下所有攻擊，就可以等到真祖耗光魔力後再慢慢收拾對手，只可惜百鬼夜行的整體戰力沒有達到這種程度。

如果一切皆如計畫進行，在澄香等人與仙精部隊交戰之際，溜至敵軍背後的里奧將會一招秒殺真祖。

可是，澄香的計畫在完成前就宣告破局——

「怎麼會!?」

發出驚呼的人是澄香。在百鬼夜行與仙精部隊即將開戰之際，一道人影從高空落至兩軍中間——來者是一名金髮男子，身上穿著沒有護肩的皮甲，能從露在外面的兩條臂膀看見結實的肌肉和暗紅色的刺青，而他的臉上則戴著一張獅子面具。

「里奧!?你這麼做是什麼意思!?」

面具男名叫里奧，身為百鬼夜行的團長，稱號是噬王金獅子的帝國最強探索者。里奧本該繼續潛伏，他卻明目張膽地現身於真祖面前。同伴們也感受到澄香的錯愕，全都難掩心中動搖。就連身為敵人的真祖在目睹里奧突然現身後，也不由得睜大雙眼。

「……伏兵嗎？可是像這樣堂而皇之地跑出來也就失去意義了吧？」

真祖大感傻眼地笑出聲來。

「我最討厭這種傻子，那就請你一塊去死吧。」

仙精士兵們湧向里奧，無論是質與量都非同小可。百鬼夜行的同伴們想上前營救，偏偏為時已晚，敵人殺至里奧身邊。就算是A階的探索者，一旦與這等大軍正面衝突，也只會立刻屍骨無存。

不過里奧是神域抵達者（EX階）——只見他無聲無息，甚至看不見一絲殘像，以神速揮出無數次拳擊，轉眼間就把所有仙精士兵全殺光了。

眼前只剩下徹底的靜默。

戰力等同深度八至十、數量多達三百名以上的仙精士兵們已被破壞殆盡，剩下的殘骸如雪花般從空中落下。

現場沒有任何人能看清楚里奧的動作，就連具備預知能力的真祖也只能勉強看見片段畫面。無論是出手或攻擊命中的時機，這一連串的過程都讓人形同霧裡看花。

里奧的出拳飛快無比，旁人根本無法看清楚，可說是行雲流水到荒謬絕倫的極致表現。假如這些拳頭是揮向真祖，縱使她動用預知能力也絕無可能躲開。

「豈、豈有此理……」

一滴冷汗流過真祖的臉頰。除去冥獄十王，實力與權威在魔界裡是雄霸一方的真祖，明確感受到所謂的恐懼。

「聽說妳——」

里奧抬頭望向真祖，慢條斯理地開口攀談。雖然嗓音在面具的影響下有點悶悶的，聽起來卻莫名清晰。

「有辦法暫停時間是嗎？有意思，妳對我施展看看。」

里奧此話一出，在場所有的人都不禁懷疑是不是自己聽錯了。

能夠施展所有屬性魔法的真祖，甚至可以讓時間停滯。即使這招必須耗費大量魔力，而且期間內無法動用其他力量，卻仍是所有攻擊手段之中最強的招式。除了攻其不備或護盾硬度凌駕於真祖的攻擊力以外，就沒有其他方法能與之抗衡。

話雖如此，里奧竟像在點歌般擺出一派輕鬆的態度，要求真祖使出時間暫停能力。百鬼夜行的同伴們都露出絕望的表情，真祖則羞憤地咬緊牙根，甚至氣得雙眼泛淚。

「你這隻該死的蟲子！我絕對要殺了你!!」

真祖憤恨地大吼一聲，身體開始產生變化。其背部長出蝙蝠般的翅膀，頭頂出現一對尖角，原本纖細的右手迅速膨脹，粗壯得宛如哪來的樹幹。儘管本體仍是身材嬌小的少女，不過各部位都變得很不協調，讓人忍不住聯想起混合魔像（chimera）。

其實這個概念等同於讓身體各部位保有最優秀的狀態。嵐翼之蛇打贏的個體是單純透過巨大化來發揮出自身的最強力量，反觀此真祖是將單一部位變成最強型態，以結論而言就是壓縮後的終極之力，遠比全身巨大化所施展出來的力量更為驚人。

兩者在變異後的力量差距是整整十倍，就算同為真祖也不能混為一談。

「看我直接讓你化成一坨爛肉!!」

具備這等力量的真祖仍沒有絲毫大意，即刻發動時間暫停魔法。她以莫大的魔力為代價，強行改寫世界的真理，令萬物停止動作。在時間停止流逝的期間，真祖將巨大的右拳揮向里奧。足以改變地形的一擊轟了過來——結果卻是被里奧輕輕鬆鬆地用左手擋下。

「咦!?怎、怎麼會!?」

這太荒唐了，簡直是莫名其妙。時間理當已經停擺，在這片停滯的空間裡就只有真祖可以行動，但不知原因為何——這名男子還是能夠行動。

「關於妳的時間暫停魔法，其實是同時動用兩種力量。」

里奧繼續握住真祖的拳頭，彷彿自言自語地開始解釋。

「首先是暫停時間的力量，另一個則是能在時間暫停裡行動的力量，確切來說就是避免自己受到時間暫停魔法影響的力量，而這點取決於妳的魔力。換言之，具備與妳相同魔力之人也可以在這片靜止的世界裡活動。」

「具備跟我一樣的魔力!?為何你能辦到這點!?」

「那是因為我的——【武神】之力。」

【格鬥士】系EX階職能．【武神】，身為神域抵達者(EX階)的里奧能將【格鬥士】所有力量發揮至極限。武神的其中一招技能叫做《天衣無縫》，這招可以讓自己的魔力波長與對手同步，進而令對手以魔力發動的攻擊或防禦全數失效。

「那麼，妳的時間暫停魔法已經失靈，接下來還有什麼招式能讓我開開眼界啊？」

真祖被歪著頭提問的里奧給嚇得瞠目結舌。她唯一能仰賴的時間暫停魔法沒能奏效，再加上臂力也不如人，無論她怎麼使力，被里奧握住的拳頭都無法擺脫束縛。

「可、可惡～～～……」

真祖明白自己難逃一死，嚇得臉色蒼白且淚流滿面。事到如今是勝負已分。

「即便具有預知能力，依舊無法看清結局啊——不，妳的預知能力無法與時間暫停魔法併用，肯定無人有辦法在停滯的時間裡會有著何種未來，妳最多就只能看見時間暫停魔法發動的瞬間。照此情況看來，這能力也沒什麼大不了的……」

里奧發出一聲嘆息，接著將右手緊握成拳。

「吾乃天譴的化身，衷心期盼吾的慈悲和祈禱能讓汝得到淨化與救贖。」

一擊必殺——里奧的神之拳瞬間粉碎真祖，只見肉塊、碎骨以及內臟隨著藍色血液化成雨水灑落於他的身上。

真祖遭討伐之後，世界的時間隨即恢復原樣，深淵也得到淨化，瀰漫於周圍的紅色霧靄迅速消散，讓人得以看見那片灰濛濛的陰天。

「贏、贏了嗎？」

百鬼夜行的其中一名成員茫然地如此低語，但此人臉上沒有一絲喜悅。原因是所有人都不禁目瞪口呆地凝視著里奧那染滿藍色血液的背影，驚恐地瑟瑟發抖。

里奧轉過身來，一語不發直接從正中間穿過同伴們。任何擋在他行進路線上的同伴都嚇得幾乎快發出尖叫，連忙讓路給里奧通過。里奧給同伴們的感覺就是恐懼，他給人的感覺就只有恐懼而已。

「等、等等，里奧！」

唯獨身為副團長的澄香喊住里奧，可是里奧沒有停下腳步，澄香見狀後焦慮地發出咂嘴聲。

「你們先回飛空艇，我有話要對那個笨蛋說。」

「知、知道了。」

面對澄香散發出來的壓迫感，同伴們點頭如搗蒜。澄香跑向里奧，卻還是得不到回應。

「我叫你站住！」

耐心被磨光的澄香，直接一把抓住里奧的肩膀。

「……幹麼？」

轉過頭來的里奧，其眼神無比陰冷。澄香一度被那無底深淵般的目光震懾住，不過她迅速振作精神，從正面與里奧對視。

「你為何無視我的作戰計畫？」

面對澄香的問題，以面具遮住臉龐的里奧嗤之以鼻說：

「我認為沒這個必要，事實也證明我一個人就足夠了。」

「這只是結果論！如果你落敗的話，我們就會在時間暫停的期間被人屠殺殆盡！」

「就算那樣也與我無關。」

聽完里奧冷漠無比的理由，澄香氣得怒火中燒。

「別開玩笑了！你把同伴們當成什麼了!?」

「陌生人。我不會干涉你們，所以你們也別來干涉我，只要彼此井水不犯河水，我是可以引領弱小的你們往前走。」

「你這傢伙！」

澄香怒不可遏地準備毆打里奧時，忽然有人厲聲喝止。

「住手！兩方都到此為止！」

一名身穿燕尾服的金髮年輕女性任由紮起的馬尾隨風擺動，快步地跑了過來。此人名為瑪麗翁・詹金斯，是協會指派來擔任百鬼夜行窗口的監察官。負責周邊維安的她前來勸架，令澄香只得乖乖放下已經抬起的拳頭。

「我是不清楚你們之間發生了什麼事，不過同伴之間別起衝突。」

澄香被擋在中間的瑪麗翁如此提醒便低下頭去，卻依然是雙拳緊握。

「已確認完成討伐，後續處理交給我們就好。」

瑪麗翁一臉擔心地看向澄香如此說著。

「那就不需要我待在這囉。」

里奧冷淡地低語完便再度邁開腳步，而他前進的方向與百鬼夜行停放飛空艇的地點恰恰相反。

「你要去哪？飛空艇不在那邊喔。」

里奧對著提問的瑪麗翁冷笑說：

「這跟妳無關吧。」

「你錯了，這與我有關，因為你是百鬼夜行的團長，身為監察官的我必須隨時掌握你們的動向——我再問你一次，你渾身是血且拋下同伴們打算上哪去？里奧，我正在確認你擔負責任的能力。」

被瑪麗翁嚴詞質問後，里奧停下腳步嘆了一口氣。

「……唉～我要去洗澡。畢竟我被血染得一身髒，想就近找個城鎮洗澡。」

「你是在瞧不起我嗎？」

瑪麗翁板起臉來，彷彿想以目光射穿人似地注視著里奧。

「就算我退讓一百步，容許你在我的面前撒野，可是奉勸你們最好別忘記，要是膽敢藐視帝國的話，就會讓你們吃不完兜著走。」

「妳這是在威脅我嗎？」

里奧轉過身來，一臉鄙視地低頭看著瑪麗翁。

「嗆完人後等著被打臉的人可是你們喔？」

「若是你真心這麼認為，就將這種自私的想法貫徹到底給我瞧瞧。一旦你在這裡殺了我，我們探索者協會將與你們聖導十字架教會徹底斷絕關係，這就是你想要的嗎？」

「小嘍囉少給我假借組織之名在那邊狐假虎威。」

「輪不到你這個不肯選邊站的臭蝙蝠來說我。里奧，你的確是最強，但你是要耍廢擺爛到啥時？你之所以想跟戰團的同伴們撇清關係，是因為對服從聖導十字架教會的指示進行活動而感到內疚嗎？」

里奧的真實身分是聖導十字架教會的相關人士。雖然也有許多探索者是帝國最大宗教團體聖導十字架教會的信徒，不過里奧並非單純的信徒，而是直屬於教皇的戰鬥集團──『宿木』的成員之一。

此集團的任務是在教會指定的國家內展現自身武力，藉此提升教會的威信，其存在方式如同寄生於大樹上茂盛生長的植物，透過武力潛入多國的政治中樞。里奧成為探索者的原因，就是為了執行任務。

探索者裡知曉此內情的人，就只有包含瑪麗翁在內的少部分探索者協會成員，以及百鬼夜行副團長澄香而已。

探索者協會明知里奧的真面目，卻苦無能將他除名的正當理由，再加上為了利用他那身非比尋常的武力才選擇默許。

瑪麗翁同樣十分欣賞里奧的戰鬥能力，卻沒打算為此放棄身為監察官應盡的責任。

「就算你是教會的走狗，我也不會針對這點加以過問，但既然你已成為戰團首長，我不管你是基於何種理由，都必須為此負責到底。你就試著去相信同伴們，與他們並肩作戰。」

面對瑪麗翁苦口婆心的開導，里奧只是默默地轉過身去，並以背影表達『聽妳在放屁』這句話。

「里奧，你之所以無法認真起來，是因為找不到能與自己匹敵的對手吧？」

里奧沒有理會瑪麗翁的問題，當他準備離去之際，瑪麗翁扯開嗓門大喊。

「奉勸你別太自大，無論你多麼強悍，終究是人上有人。」

里奧因為這句話停下腳步。

「……妳是指冥獄十王嗎？放心，與它們的決戰我是不會缺席的。」

「不，我指的並非冥獄十王。」

「喲～所以妳是說霸龍隊嗎？」

「也不對，我指的是諾艾爾・修特廉。」

瑪麗翁斷然說完後，里奧慢慢地轉過身來，絲毫不在意旁人的眼光開始捧腹大笑。

「哈哈哈哈哈哈，妳是想笑死我嗎？就憑那個詐欺師？確實那小子既狡猾腦筋又靈活，籌劃出七星杯這場鬧劇也值得讚賞，但那又怎樣？我向妳保證，我只需一秒就能讓他化成一攤爛肉。」

面對繼續放聲嘲笑的里奧，瑪麗翁不為所動地保持冷靜。

「那我問你，你能做到跟諾艾爾一樣的事情嗎？」

「我不同於那小子並不是個詐欺師，妳這種假設是毫無意義。」

「你少在那邊轉移話題，里奧，既然你辦不到就給我乖乖承認。」

被瑪麗翁如此反嗆之後，即使隔著面具也能感受到里奧面有慍色。

「里奧，你是最強，但諾艾爾在你之上，不管你變得多強，終究贏不了諾艾爾。」

「妳這是強詞奪理，那種片面之詞隨人怎麼說都行。」

「沒錯，片面之詞隨人怎麼說都行。」

「所以──」瑪麗翁稍微停頓了一下，臉上浮現出挑釁的笑容。

「你們就在七星杯裡分個高下吧。」

接著她走向里奧，從懷裡掏出一封信塞給里奧。

「這是諾艾爾要我代為轉交給你的信，快看。」

收下信的里奧不甘不願地拆開信封，開始閱讀裡頭的內容。以面具遮住臉的里奧無人能看清他的表情，但在經過一段時間後，他竟發出竊笑聲。

「哼哼哼，原來如此……我明白了，我也會參加七星杯。」

里奧宣布參賽後，待在一旁的澄香不由得有些吃驚。

「明明你當初笑說這是一場鬧劇，現在卻打算參戰嗎……？」

戰團是否參賽原本全權交由澄香來決定，不過里奧一開始就表示他懶得參與這場鬧劇並果斷拒絕。儘管不清楚他為何突然改變主意，但他此刻渾身散發出近乎狂亂的鬥志。

「瑪麗翁，妳幫我傳話給蛇。」

里奧撕碎手中的信紙，目光如炬說：

「給我把脖子洗乾淨走著瞧吧。」

「抱歉啊，還麻煩你特地過來這裡。」

在這座從帝都策馬需要一個小時才能夠抵達的艱險山岳頂端，打著赤膊的吉克爽朗一笑地如此說著。而他脫下的上衣以及佩劍就放在一旁。

因為正值白天且天氣晴朗，所以目前還沒下雪，不過現場是寒風刺骨，真虧吉克能在如此寒冷的環境下打赤膊。

就算吉克能忍受，但百忙之中突然被人用貓頭鷹郵件找來這裡的我是大喊吃不消。此處風勢過猛，害我想抽根菸都辦不到。

「你這個混帳東西，給我約個正常點的地方見面啦。我看你根本是腦袋有洞吧？」

吉克被我如此臭罵後，反倒是發出開心的笑聲。

「啊哈哈哈，抱歉，因為你之前來過，所以想說應該沒問題才對。」

「當時是夏天啊，現在已是隆冬了。」

即便那時同樣冷風颼颼，卻完全無法與此刻相比，再加上空氣稀薄，簡直是糟透了。縱使這種環境是絕佳的修行地點，不過一個不小心眼皮就會結凍，讓人無法睜開眼睛。至於飄散於空氣中的冰晶，全是源自於我和吉克呼氣時所蘊含的水分。粗估一下現場的氣溫，大概落在零下三十度左右吧。

「啊～冷死了……可惡，瀏海都結凍了……」
「瞧你滿嘴牢騷，卻是一身單薄的打扮跑來這裡。」
一如吉克所言，我的穿著與往常無異，而且是兩手空空沒帶任何登山工具就跑來山頂，幸虧身上這件以黑鎧龍（Black dragon）的心肌纖維製成的長大衣多少有提供保暖作用。
「在外公的鍛鍊之下，即使覺得冷也還算撐得住。」
「我也一樣，雖說已是小時候的事情，不過說起我家那個魔鬼老太婆，總愛讓我在這種極限狀態下接受鍛鍊。拜此所賜，我的身體能適應各種劇烈環境。」
「魔鬼老太婆……夏蓉・華倫坦啊。」
曾經是霸龍隊的第二把交椅，如今已淪為排名第三的女精靈，就是她看出來自鄉下的吉克並非池中物，於是盡心盡力地加以栽培。
因此夏蓉等於是吉克的師父。但她不光是培育吉克，其實她最著名的功績就是從帝國各地找來許多天賦異稟的孩子們，架構出專門培養菁英探索者的教育機制，成功栽培出多名A階探索者，結果就是讓霸龍隊成為帝國最強的戰團。
儘管升上EX階的維克托爾與吉克廣受世人讚譽，不過使霸龍隊強大的最大功臣莫過於夏蓉。她的指導能力就是這麼卓越，就連負責指導我的不滅惡鬼在傳授近代探索者理論時，也是使用夏蓉撰寫的教科書。
『如果全盛時期的我是最強的探索者，夏蓉・華倫坦就是最優秀的指導者。諾艾爾，若是你想繼續學習探索者的相關知識，你可以選她做為自己畢生的第二位老師。

只要有我的推薦信，相信她不會將你拒絕在外。』

由於我最終是選擇提升實戰能力，因此沒有造訪過夏蓉，可是我認為外祖父的眼光並沒有錯。即便我現在已是嵐翼之蛇的團長，但在戰鬥時仍經常參考夏蓉著作的戰術指南書內容來制定作戰計畫。

就讀培養學校的雷翁與獨力學習探索者技術的修格，同樣受到夏蓉莫大的影響。除了來自外國的昊牙跟窩在山裡修行的亞兒瑪這種異類之外，恐怕帝國內沒有一名探索者不曾接受過夏蓉的啟蒙，因此她被稱為『探索者之母』可說是實至名歸。

「我還挺想與她進行一次研討會呢。」

「奉勸你最好別這麼做，要不然可能會有生命危險。」

吉克在聽見我的低語後，臉色變得十分僵硬。

「夏蓉非常厭惡你，到時你們別說是交談，甚至一照面就直接用槍口抵著你也不足為奇……我並沒有在跟你開玩笑喔？」

「原來如此，那真是太可惜了。」

雖然我從未見過夏蓉，卻明白她應該相當嫌惡我。我是個一認定對手有可能會礙事，無論是誰都會加以排除的男人，與身為探索者先驅，注重權威和品格的夏蓉是八字不合。相信她已耳聞我在七星會議中的行徑，如此一來肯定會更加厭惡我。

「這就是你的弱點。」

吉克直視著我，臉上浮現一抹淺笑。

「諾艾爾先生，你是一名出色的探索者，並具有出類拔萃到獨一無二的才華，所以你年紀輕輕就完成各種豐功偉業，自然會有許多強者被你吸引。話雖如此，但你那狂妄霸道的行徑也確實會樹敵無數，而這裡面不只有單純打倒就好的敵人，理當也有能夠讓彼此獲得成長的競爭者才對。」

我聽完這段話，腦中浮現出四張面孔，分別是洛伊德、達妮雅、瓦爾達以及——雀兒喜。

「獨自一人變強終有極限，因此才會想藉由互相競爭來突破自身極限，這就跟你希望與夏蓉進行研討會的想法一樣。可是你的戰鬥方式將這類機會全數搗毀，對一個人來說是極為致命的弱點。」

吉克的主張很有道理，但同時也有著令人嗤之以鼻的破綻。

「我不覺得自己的處世態度是一種弱點，即便無法與對方交好，依舊能與對方朝著更高的境界邁進，而你恰好就是最佳的證明對吧？」

「……嗯，這句話倒是讓人無法否認。」

吉克歷經與約翰的一戰，得以推開通往更高境界的大門。他在那場戰鬥中受到的傷害已完全康復，渾身散發出比以往更加凌厲的氣勢。

「那場戰鬥真是太美妙了，偏偏有某人跑來礙事。」

吉克相當不滿地瞥了我一眼，令我不禁苦笑以對。

「那本來就是我的戰鬥。我不清楚雷翁是如何拜託你，不過你終究沒資格找我抱怨，更何況你看上的對象另有其人吧？所以你少在那邊朝三暮四啦，風流帥哥。」

「被你戳中痛處了……」

吉克一把抓住外套起身，並披在自己身上。

「言歸正傳，關於我把你找來的理由……諾艾爾先生，里奧當真會參加你召開的這場七星杯嗎？」

「嗯，他已親口答應了。」

我隨即給出答案後，吉克稍稍露出詫異的神情。

「喔~那還真是厲害耶，你這次是使出何種卑劣的手段呀？」

「你少在那邊含血噴人，我只是寫封信鼓勵他參賽而已。」

「寫信鼓勵他參賽？」

吉克納悶地重複著我說的話，我點頭以對說：

「我在信上註明要是里奧拒絕參賽的話，我就會四處張揚他是個不敢接受挑戰的窩囊廢，於是他便對自家的窗口監察官表示會參加比賽。」

吉克聽完我的解釋後卻狐疑地皺起眉頭。

「……就這樣？」

「里奧是萬中選一的強者，應該完全沒把我放在眼裡。你站在他的立場上試著想像一下，肯定會感到火冒三丈吧？」

「是沒錯啦……」

「人一旦動怒，為了守住自身的尊嚴，就必須從正面把挑釁者打趴在地，所以里奧才會答應參賽。老實說我對於這類激將法也有一段不太好的回憶，自然打從一開始就明白此舉是效果顯著。」

我直到現在仍記憶猶新，傑洛當時就是以洛基為人質，並透過內容相似的信件挑釁我。我明知這是激將法，卻無法視而不見。

「強者正因為是強者，才會被尊嚴所束縛，強者一旦否定自身的尊嚴，就等同於否定自身的強大……這部分替換成美學也可以。我們都身懷名為尊嚴的美學，不同於欠缺美學的泛泛之輩，所以這也算是一種弱點。」

默默聽完這段話的吉克，一臉欽佩地點頭同意。

「我已能完全明白，你果然是個人渣，而且本性爛得非常徹底。」

接著他朝我露出一張宛如孩童般的天真笑容。

「怪不得我也會被你所吸引……」

吉克將視線從我身上移開，以背對我的姿勢說：

「諾艾爾先生，謝謝你遵守約定，我真的很感謝你。」

「你我之間只不過是互相利用，所以沒什麼好道謝的。」

「就算如此也一樣，畢竟這就是我的美學。」

吉克扭頭越過肩膀對我露出微笑，我也跟著放鬆表情回應說：

「我倒是不討厭你的這點。」

「很高興能聽你這麼說，但我在七星杯裡可不會手下留情。其實我一想到或許能與你交手，我就忍不住心生期待。誰叫我是個風流帥哥。」

吉克維持著臉上的笑容，卻能從中感受到猙獰的鬥志。正合我意，畢竟複賽是以抽籤決定對戰組合，我無法左右抽選的結果。即便如此，我也同樣期待能跟吉克對決。

「明白了，如果此事成真，我會全力以赴的。」

若是對上吉克，要我撇了自己的底牌也無所謂。自己之所以會被鬥志沖昏頭，大概因為我是個無法貫徹陰謀算計的愚昧之人。至於這種愚昧的思維，既是自我的尊嚴也是美學。

「那我差不多該走了。」

在我準備下山之際，因為突然想捉弄人而停下腳步。

「吉克，你的確是個風流帥哥，在帝國裡不願獻身予你的女性是屈指可數，但我也一樣很受歡迎喔？」

「我當然知道你很受歡迎，而且是不分男女。」

面對語帶諷刺的吉克，我回以一張游刃有餘的笑容。

「我明天將與某家千金相親。」

「這真是個好消息呢，恭喜你呀。話說是哪家的千金呢？」

「就是勞夫・高汀的獨生女貝娜黛妲・高汀。」

「你、你說什麼!?」

我此舉的用意，就是想看見吉克震驚到將他那雙瞇瞇眼瞪得老大的這張表情。

自從答應相親以後，我有再次調查過勞夫的底細，得知他非常疼愛膝下唯一的掌上明珠．貝娜黛妲，一直以來都不讓任何男性（蟲子）接近自家女兒。而我最詫異的一點，就是勞夫排除的所有男性（蟲子）裡，站在我眼前的吉克也名列其中。

起因是吉克在某次宴會裡搭訕過貝娜黛妲，但他在遭到貝娜黛妲拒絕之後，勞夫甚至正式向霸龍隊提出抗議。經此一事，霸龍隊與勞夫旗下所有商會的關係通通惡化，並蒙受相當嚴重的經濟損失。至於身為罪魁禍首的吉克，不難想像他在當時是遭到同伴們何等嚴重的訓斥。

「這不是什麼玩笑話吧!?貝娜黛妲大小姐當真要跟你相親嗎!?」

「你說呢？」

我賣完關子便轉過身，以飛快的速度下山離去。

「等等！諾艾爾先生！我還沒說完話喔！」

背後傳來吉克喊住我的聲音，而我當然不打算停下腳步。只要能目睹吉克那張可笑的表情，我就心滿意足了。儘管一想到明天的事情就令人鬱悶，但至少目前是打從心底感到非常痛快。

窗外是一片灰濛濛的陰天，貝娜黛妲此刻的心境也是相同寫照。

今日便是相親當天，高汀家父女與諾艾爾相約於勞夫經營的餐廳裡見面。由於整間餐廳已被包場，因此遼闊的座位區沒有其他賓客。在餐廳員工們最極致的服務之下，三人享受著美酒佳餚的同時，勞夫和諾艾爾是相談甚歡。

「喔～原來你在成為探索者之前，還有經營過釀酒廠呀。」

即便勞夫早已知曉此事，卻還是對諾艾爾提起的這個話題很感興趣。

「是的，儘管我沒多久就把經營權轉讓給熟人，也不失為是個相當有趣的體驗。而且即使我不再介入經營，每當他們釀出優質好酒時都會寄一些送我。」

穿著燕尾服的諾艾爾，臉上掛著爽朗的笑容接著說：

「說起當時最大的收穫，就是與這群員工之間的羈絆。這可是無法用錢財換來的，對我而言是非常珍貴的寶物。」

「我完全能夠理解，雖然部分世人給我的評價是冷酷無情，不過我抱持和你一樣的想法，覺得人與人之間的羈絆最為寶貴。諾艾爾先生，我真慶幸今天能有此機會與你見面。」

「不敢當，今日能與經濟界的巨人勞夫・高汀先生您這般促膝長談，我是打從心底感到非常高興。」

面對明顯是在聊客套話的兩人，位於一旁的貝娜黛妲完全沒有介入話題，就只是維持著臉上的笑容，貫徹始終扮演好花瓶的角色。她這麼做不只是因為隨意介入男性之間的交談，將有違大家閨秀應守的禮儀，而是她的內心幾乎快被恐懼和不安壓垮，只能硬著頭皮努力堅持下去。

相較於通過蟲子的視野，諾艾爾本人看起來是更加俊美，並且渾身散發出一股深不可測的霸氣。

人有階級之分，人的價值是藉由容貌、體能、智慧、品德、財力、地位、權力、血統、人脈、功績、藝術性、領袖魅力等各種條件來決定，天才與庸才之間有著絕對無法跨越的鴻溝，因此人絕非生而平等。

一名窮人說——錢財並非人生的全部。

一名富人說——錢財並非人生的全部。

即便兩者說出同一句話，給人的感受卻是天差地遠。

並非窮人說這句話有何不妥，而是缺乏說服力，難以讓人產生共鳴，理由是由窮人說出這句話欠缺可信度。人的階級就是足以讓他人信服的各種要素——也就是價值集結而成的結晶。

單就這點而言，縱使是被譽為經濟界巨人的勞夫，在階級上仍不如年僅十六歲的諾艾爾。這位乍看下宛如弱女子的少年，已具有強烈無比且深不可測的存在感——同時創下許多豐功偉業才得以擁有的完美價值，又有多少人能夠忽視他？

貝娜黛妲同樣是在黑社會裡經歷過各種險境，但她仍舊對諾艾爾充滿恐懼。恐懼會使人降低判斷力，導致她無論怎麼凝神注視，依然無法看透隱藏在眼前那張優雅笑容底下的心思。

（這位容貌絕美的男子到底在想什麼，我完全搞不清楚。）

「您身體不適嗎？」

在被諾艾爾開口關切之後，貝娜黛妲才終於回過神來。

「我、我沒事，請不必擔心……」

「可是您的臉色有些蒼白，今天還是先到此為止，等改日再約似乎比較恰當。」

勞夫也點頭同意諾艾爾的提案。

「貝娜黛妲，我看妳就接受諾艾爾先生的好意吧。畢竟妳頂著身體不適繼續用餐，反倒才失禮於人——諾艾爾先生，今天真的是非常抱歉。」

「請二位不必放在心上，任誰總有身體欠佳的時候。」

「能得到你的諒解真是太好了，那我們就改日再約。對了，關於下一次的見面，你不介意與小女單獨相處吧？」

「好的，雖然我對擔任護花使者一事不太有自信，但要是令嬡不嫌棄的話，我十分樂意這麼做。」

面對諾艾爾投來的笑容，貝娜黛妲尷尬地點了個頭。

「不好意思，我先離席一下。」

勞夫忽然從座位上起身，乍看之下似乎是前往廁所，不過他離去前對貝娜黛妲眨了一下右眼。按照這個反應，勞夫是刻意在餐會結束前讓兩人有獨處的機會。

勞夫離去後，貝娜黛妲很煩惱該如何刺探諾艾爾的用意。

（諾艾爾當真已掌握我的真實身分嗎？假如真被他摸清底細，他為何還要答應跟我相親？）

貝娜黛妲緊張得口乾舌燥，於是喝了一口紅酒滋潤喉嚨，做好覺悟便與諾艾爾對視。

「方便請教您一個問題嗎？」

「只要是我能回答的問題請但說無妨。」

「家父曾說您起先是拒絕與我相親，為什麼後來會改變主意呢？」

「原來是想問這件事呀。」

諾艾爾像是自我解嘲似地輕輕一笑。

「關於這個問題，不瞞您說是為了錢。我希望令尊勞夫・高汀先生能夠資助本戰團，於是才同意相親。」

貝娜黛妲聽完這個直言不諱的答案當場愣住，在她回神以前，諾艾爾將十指交錯的兩手置於桌上。

「相信您非常清楚，我目前是不遺餘力在籌辦名為七星杯的重大賽事。說來慚愧，本戰團為此投入大筆金錢，導致資金周轉嚴峻，因此才決定仰賴令尊。」

「……您還真的是完全無意隱瞞呢。可是您沒想過這麼做會惹惱我嗎？任誰聽見對方是為了錢才跟自己相親，原則上都不會開心的。」

諾艾爾維持臉上的笑容，對著大感傻眼的貝娜黛妲點了個頭。

「所言甚是，很抱歉說出這種話壞了您的興致。不過此事我已徵得令尊的允諾，所以總有一天會傳進您的耳裡，那倒不如由我親口告訴您。另外——」

諾艾爾稍微停頓了一下，狀似想打量貝娜黛妲地瞇起雙眼。

「您對這場相親同樣是興致缺缺吧？」

「我……」

並沒有這麼想——貝娜黛妲沒能將整句話說完。原因是即便對象並非諾艾爾，她也不考慮與任何人結婚。更何況諾艾爾還是敵人，自然不可能納入考量。貝娜黛妲會答應這場相親，純粹是想確認諾艾爾的用意罷了。

看著無法開口否認的貝娜黛妲，諾艾爾加深了臉上的笑意。

「您不必為此掛懷，即使令尊十分疼愛您，您也不必為此扼殺自己的情感接受婚事。」

「家父擔心冥獄十王降世之後，將導致現今社會重新洗牌，於是希望把我嫁給如您這般優秀的男子。」

「很高興令尊如此賞識我，可是令尊的擔憂不會成真，因為只要有我在，帝國的未來將堅若磐石。」

理所當然到彷彿只是說出事實的諾艾爾，其眼中散發出無比的光彩，令貝娜黛妲不得不肯定他這番話是發自內心，完全沒有一絲虛假，他相信自己必能戰勝冥獄十王——不，而是抱持十成的把握。

其中最令人驚恐的一點，就是身為敵人的貝娜黛妲也忍不住認為諾艾爾或許真能辦到。比起足以毀滅世界的災厄，眼前的這位少年更讓她感到害怕。偏偏諾艾爾就是具有足以令人產生恐懼的魄力。

「要是您不嫌棄的話，是否願意假裝和我交往？」

「……假裝……交往？」

諾艾爾點頭肯定貝娜黛妲的反問。

「您和我一樣對這場相親不感興趣，但我在立場上無法主動拒絕這門婚事，反觀您為了避免有損令尊的顏面，理當也無法馬上拒絕才對，那我們何不暫時繼續維持這段情侶關係？」

「您是要我欺瞞家父嗎？」

「欺瞞未必是背叛所愛之人的一種行為，當然您無法接受的話，大可立刻拒絕這項提議。」

「問題是我拒絕的話，您不就會失去家父的投資嗎？」

「其實我已收下十億菲爾的訂金，並且說好若是我們交往順利，就會再追加五十億菲爾。雖然少了您的配合，獲得的投資會相對減少，卻不代表這場相親是白忙一場。」

「明明您早就明白我的立場是不便拒絕此次相親，您只要別多嘴就能順理成章收下六十億菲爾了……」

「但要是沒說出真相讓您來拒絕這門婚事的話，我們就會順勢步入禮堂不是嗎？相信這也不是您樂見的結果吧？」

貝娜黛妲了然於心地露出苦笑。

「請容我再考慮一下。」

語畢，她用手掩住嘴巴裝出一副苦惱的模樣。

事實上貝娜黛妲完全沒理由拒絕諾艾爾的提案，她之所以假裝猶豫，是為了避免太快同意而讓人起疑。

既然截至目前仍無法確認諾艾爾單純是為了錢，還是基於其他目的才接近自己，不過馬上就斬斷彼此的聯繫還為時尚早。貝娜黛妲必須盡可能地蒐集情報，確認能否利用諾艾爾來打倒罪惡囊。

等事成之後再殺了諾艾爾也不遲。

「好的，就讓我們假裝成一對情侶吧。」

雖說是假象，貝娜黛妲仍與諾艾爾成為情侶了。

在結束相親的隔天，諾艾爾便以貓頭鷹郵件告知接下來的安排，並表示從他的空閒時間裡挑選貝娜黛妲方便配合的日子。雙方在書信往來數天後，終於迎來首次約會當日。

「若是蛇想動手的話，就會是今天了……」

貝娜黛妲坐在梳妝臺前邊化妝邊喃喃自語。

能看出鏡子裡的自己緊張到臉色僵硬。上次至少還有勞夫在場，反觀今天得與諾艾爾獨處，要她不緊張才是強人所難。

假如諾艾爾當真看穿貝娜黛妲的真實身分，他會採取的行動就只有以此進行要脅，或是直接剷除貝娜黛妲。

不過貝娜黛妲也對戰鬥頗有心得，就算諾艾爾當真動手，她也不會坐以待斃。

「沒問題的，就算對手是蛇，我也有辦法應付。」

化好妝的貝娜黛妲，彷彿想安慰鏡中的自己般低語著。當她從座位上起身之際，房間一角的空間忽然開始扭曲，接著扭曲逐漸擴張，形成能通往其他地方的裂縫，接著從中走出一名熟悉的女性。

一襲東洋風連身裙突顯出其性感身材的女狐人，臉上掛著一張淺笑站在貝娜黛妲的臥室裡。

「罪惡囊……」

「妳這是什麼意思？我說過別來這裡吧？」

面對貝娜黛妲的質問，罪惡囊攤開手中的報紙。那份報紙上刊登著諾艾爾和貝娜黛妲開始交往的報導。

「事情變得很有意思嘛，蒼蠅王。」

罪惡囊愉快地說完後，貝娜黛妲忍不住在心中啐了一聲。

她早就料到自己與諾艾爾交往的消息會引發話題。畢竟一邊是七星戰團團長，一邊是勞夫・高汀的獨生女，自然會掀起熱議。

但一切還是來得太快了。這恐怕不是消息走漏，而是勞夫一手主導的。肯定是打算將兩人交往的消息傳遍帝國上下，藉此斷了他們的退路。

「我真是作夢都沒料到妳會跟蛇談戀愛呢。」

罪惡囊瞇起美眸，細細打量著貝娜黛妲的反應。

「妳怎麼沒找我商量如此重大的事情呢？我們可是好朋友，妳未免也太見外了吧。」

「我認為沒必要讓妳知道。」

「嗯，所以妳的意思是要向我們宣戰嗎？」

雖然罪惡囊問得和顏悅色，身上卻散發出滔天的敵意。一旦接下來有任何閃失，雙方就會立即開戰。就算罪惡囊是使用暫時性的軀體，發揮出來的戰鬥能力不及原有的千分之一，但終究是一名強敵。若發生戰鬥，貝娜黛妲必敗無疑。

「奉勸妳別誤會，我並沒有與你們敵對的意思。」

貝娜黛妲將雙手一攤，以此舉表示自己無意戰鬥。

「是家父擅自決定要我和蛇相親，並非我主動要求，完全是一場意外。既然是意外，也就沒必要告知你們吧？」

「不過對象是蛇，是我們的敵人，知會我們一聲才合情合理吧？」

「正因為是敵人，我打算透過這段關係來刺探蛇的內情。像妳不也一樣背著我做出類似的事情吧？因此我無法接受妳單方面的興師問罪。若妳執意這麼做，就請妳先把自己隱瞞的情報一五一十地說出來如何？」

面對貝娜黛妲的反駁，罪惡囊的臉色相當難看，雖然她依舊散發出如火焰般的壓迫感，卻能看出她正陷入天人交戰。無論是殺死貝娜黛妲，或是其他諸多考量都放在她心中的天秤上。

貝娜黛妲認為那個天秤是稍稍倒向某一方——能看出罪惡囊已將殺意明確表現在臉上，打算當場動手殺人。

一旦開戰自己就必死無疑，於是貝娜黛妲悄悄地開始尋找退路，此刻的她莫名覺得自己正走在一條橫越深淵縱谷的鋼絲上——就在這時，外頭傳來一陣馬車停下來的聲響。再豎起耳朵仔細聆聽，能感受到有人急忙跑上階梯朝這裡過來。

「大小姐，諾艾爾大人已來迎接您了。」

隨著一陣敲門聲，僕人告知諾艾爾的到來。貝娜黛妲仍繼續與罪惡囊對視，並緩緩地開口回應。

「……明白了，我馬上過去，先請諾艾爾大人到會客室休息。」

「遵命，屬下這就去辦。」

在僕人下樓離去的這段期間，貝娜黛妲仍無法放鬆警戒。兩人在對峙一陣子之後，罪惡囊散發出來的壓迫感忽然盡數散去。

「好吧，關於蛇的事情就交給妳去辦。」

語畢，罪惡囊便轉過身去。

「貝娜黛妲，妳是個異鄉人，就算尋遍這整個世界，能夠理解妳的就只有我們，奉勸妳最好別忘了這件事。」

「……嗯，這我知道。」

「那就好——既然交給妳去辦，妳可別辜負我的期待喔？」

貝娜黛妲點頭允諾後，罪惡囊便消失於裂縫的另一端。大概是極度緊繃的神經終於得到舒緩，一瞬間有股乏力感襲向貝娜黛妲，她將手撐在梳妝臺上，讓差點失去平衡的身體得以站穩，並不斷大口深呼吸。

儘管罪惡囊放了自己一馬，不過雙方已算是正式破局。其實就算提前把相親一事告知罪惡囊，終究免不了與對方交惡。雖然貝娜黛妲早已做好跟對方撕破臉的覺悟，偏偏時機比她想像得更快到來。事已至此，她無論如何都必須找到能夠對抗罪惡囊的幫手。

調整好氣息的貝娜黛妲，提起精神走出房間，當她步下階梯走進會客室後，便看見諾艾爾坐在沙發上優雅地喝著紅茶。

「很抱歉讓您久等了。」

看著稍稍低頭致歉的貝娜黛妲，諾艾爾回以微笑。

「那我們就出發吧。」

貝娜黛妲尾隨著起身走出房間的諾艾爾，此時忽然看見女僕們紛紛朝她擺出握拳打氣的姿勢，看那樣子應該是「約會加油喔」的意思。這情況令貝娜黛妲只能苦笑以對。如果女僕們得知真相的話，究竟會露出何種表情呢？她光是在腦中想像就不禁黯然神傷。

今日的安排是兩人先共進午餐，然後一同前往欣賞風靡帝都的舞臺劇。順帶一提，負責預約餐廳跟舞臺劇門票的都是諾艾爾。

諾艾爾預約的這間餐廳，是採取只准各界要人入內的完全會員制。由於他們皆是社交界的明星，即使是懂禮數的要人們也不自主地朝兩人投以好奇的目光，但終究沒有人不識相地跑來打擾他們用餐。假如換成一般餐廳，現場恐怕早就失控了。

「您為何立志成為探索者呢？」

貝娜黛妲在享用餐點的同時，向諾艾爾提出這個問題。

其實兩人在就座後，這場聊天比貝娜黛妲想像中來得愉快。以輕微的玩笑話為開場白，他們聊起近期的社會大事，接著討論時裝和音樂等興趣，成功營造出話題可以隱私點的氛圍。

「我的外祖父是一位十分出名的探索者。因為我自小父母雙亡，由外祖父一手拉拔大，所以外祖父自然是用他的冒險故事哄我睡覺。而我立志成為探索者最主要的理由就是這個。」

「因此您成功的原動力，就是對外祖父的憧憬囉。」

「不，憧憬只不過是個契機，至於原動力則是基於其他情感。」

「是嗎？」

「對世人而言，探索者是力量的象徵。畢竟如此強悍的他們不輸軍人或憲兵，就連強大惡魔也未必是對手。通過這群人，世人被人類真正的力量——對人類的可能性所吸引，而我就是其中一人。我之所以能登上現在的地位，退一步來說就是持續追求力量所得到的結果。這個念頭直到現在也不曾改變過，追求力量的那股心情就是我的原動力，加上我在外祖父過世之際，曾向他發誓要成為最強的探索者。」

諾艾爾說得鏗鏘有力，從他的態度裡看不出一絲迷惘。

「……您還真是直率呢。」

這是貝娜黛妲由衷的感想，絕無絲毫虛假。

眼前男子的人生態度是既真切又直率，對任何事情都絕不妥協。正因為如此，才會不惜付出大半壽命也要打倒約翰，其生活方式沒有一丁點的雜質。即便是立場相反的貝娜黛妲，也不禁覺得他那從一而終的心態非常迷人。

那模樣彷彿深不見底的海洋般美輪美奐，同時也讓人生畏——

「聽起來真叫人羨慕，如果能活得像您一樣，想必是相當痛快吧。」

「嗯～這就未必了。確實我對自己的人生十分滿意，偏偏我這個人又很吹毛求疵，唯獨這點是自己也無力改變，經常因此吃虧。」

「但俗話說天下無完人喔。」

「正是如此。儘管我吹噓說這是一種美學，不過事實證明這就是個缺點，說白了便是不服輸到有點太超過了……想想我會變成這樣，原因就出在兒時的心理創傷吧。」

「心理創傷？」

貝娜黛妲困惑地歪過頭去，諾艾爾不由得露出有些傷腦筋的表情。

「其實我小時候經常受人欺侮。」

「咦！這是真的嗎!?」

真令人難以置信，眼前這位喜愛把人凌虐至死的男子，小時候居然會被人欺負……貝娜黛妲吃驚到目瞪口呆。

「很讓您意外嗎？」

「是、是的，這太驚人了，因為外界將您評為所有探索者之中數一數二的激進派……實在看不出來您小時候會遭人欺負……」

「也許就是曾經被人欺負，才使我變成現在這樣。正因為我親身體驗過人類殘酷的一面，我才會變得比其他人更充滿攻擊性且心狠手辣。所以我想要變強，想獲得不會被任何人瞧不起的力量，再也不想輸給任何人。」

諾艾爾以此為總結後，臉上浮現出害臊的笑容。

「麻煩您可要幫我保密喔？我甚至不曾對戰團的同伴們透露過這段往事，若是流傳出去挺叫人難為情的。」

「這是自然……不過您為何要告訴我呢？」

「大概是基於愧疚感吧，畢竟是我慫恿您一起欺騙您的父親。」

「愧疚感……？噗！啊哈哈哈！您都打算從家父手中騙走六十億菲爾，事到如今何須再表示自己良心不安嘛。」

由於諾艾爾那偏頗的正直態度實在是太有趣，惹得貝娜黛妲情不自禁地噴笑出聲，並且就這麼笑了好一陣子。

「我這句話有那麼好笑嗎？」

諾艾爾納悶地歪過頭。貝娜黛妲抹去眼角的淚水點頭以對。

「是的，這真的太好笑了。」

「真叫人有些意外，沒想到您會這麼容易被逗笑。」

「那是因為諾艾爾大人您的思考邏輯異於常人。」

「有嗎～？我倒是不這麼認為耶～……興許是我第一次和女性約會，自己比想像中更緊張也說不定。」

貝娜黛妲一聽見約會二字，內心不禁出現一陣悸動。他們的確正在約會，就算彼此是假裝交往，依舊改變不了這個事實。諾艾爾表示他是首次與異性約會，不過這句話也能套用在貝娜黛妲的身上。

「您不要緊吧？看您的臉色有點紅。」

「我、我不要緊！」

因為突然被人點出心事，導致貝娜黛妲回答時有些破音，她為了蒙混過去先輕咳了一聲，然後收起表情正色提問。

「對了，我比您大上四歲，關於這部分您不介意嗎？」

「這也沒什麼好介意的，反正我們是假裝交往，原則上都無所謂。」

「說、說得也是……」

自己居然搞砸了。都怪剛剛亂了方寸，才不小心提出這種好像是自己會在意年齡差距的問題。既然這段情侶關係是假象，就只有笨蛋才會認真思考這件事。

「而且年齡差距並非四歲，我在昨天已年滿十七了。」

「是嗎？那個……恭喜您長大一歲……」

「謝謝。」

諾艾爾輕輕一笑，接著低頭確認時間。

「舞臺劇準備開演了，是時候該過去了。」

這齣戲是敘述一名年輕王子代替臥病在床的國王處理政事，挺身對抗鄰國的侵略。劇情乍聽之下略顯沉重，不過賢明的年輕王子與仰慕王子的臣子們，以精采又充滿戲劇性的方式奮發向上。至於出兵侵略的鄰國國王也並非單純的反派，劇中有強調他那愛國愛民的決心，以及擔憂膝下子女的一面，將他塑造成一名讓人厭惡不了的角色。

詮釋登場人物的演員們全都演技精湛，舞臺表現跟背景物件皆無可挑剔，甚至不計成本使用各種最新技術。

不愧是當今帝都最火紅的舞臺劇，現場座無虛席，所有觀眾都沉浸於戲劇之中，包含貝娜黛妲在內。

唯一的例外，就是坐於身旁的諾艾爾。

諾艾爾閉上雙眼，輕輕發出規律的呼吸聲，在那張沉睡的臉龐上找不到任何對戲劇的情緒變化。也不知他是覺得無聊，還是單純過於疲倦，反正他似乎情願繼續待在夢鄉裡。

儘管令貝娜黛妲咂舌的是諾艾爾就算睡著也沒有露出任何破綻，但在看見他那宛如天真孩童般的睡臉，貝娜黛妲心中的怨氣便隨之散去。

根據諾艾爾至今的言行，貝娜黛妲認為他並未察覺自己的真實身分，要不然怎麼想都不可能會在敵人面前呼呼大睡。即便是為了讓對手放下戒心，此舉終究是缺乏效率。依照諾艾爾平日裡的作風，他才不會採取這種拐彎抹角的手段，而是會以更直接的方式發動攻勢。

事實證明一切是貝娜黛妲多慮了。諾艾爾的目的正如她原先所料，就是看上勞夫的財產，除此之外沒有其他意圖，他肯定作夢都沒想到貝娜黛妲的真面目就是蒼蠅王。

貝娜黛妲至此打從心底鬆了一口氣，並且開始盤算該如何利用諾艾爾，才有辦法除掉罪惡囊。

單純讓兩方互鬥是很簡單，只需以匿名的方式向諾艾爾透露罪惡囊的真實身分即可，問題就出在有些事情仍須罪惡囊代勞，要是在事成之前先除掉罪惡囊的話便毫無意義，最理想的情況就是雙方打得兩敗俱傷。因為不光是罪惡囊，諾艾爾對今後的世界也是個阻礙，他的思維過於危險，無論如何都必須將他除掉。

貝娜黛妲非得如同眼前這齣舞臺劇一樣——構思出一部完美無缺的劇本不可。

此時，劇院內響起如雷的掌聲。在舞臺劇落幕時，觀眾紛紛起立鼓掌叫好。貝娜黛妲也跟著起身給予掌聲，不知何時終於睡醒的諾艾爾則是睡眼惺忪地拍了拍手。

這齣戲最終是以王子的殞命落幕。他與鄰國國王單挑，透過以命換命的方式結束戰鬥。若說這是一部悲劇也並無不妥，不過王子成功阻止鄰國的侵略，縱然國家失去王子，但只要繼承王子遺志的忠臣們仍在世上，國家就絕不會毀滅。

儘管是以悲劇收場，劇情本身卻又莫名感動人心。貝娜黛妲情不自禁地落下眼淚，這些淚水是為了哀悼王子之死，以及接下來即將發生的事情。

貝娜黛妲和諾艾爾一如入場時那樣，走出工作人員專用的劇院後門來到人煙稀少的後巷，原因是這麼做才能夠避免引人側目。諾艾爾表示他當初在訂位時，有向劇院人員解釋過並取得同意。

兩人離開小巷一來到大街上，即可看見一輛馬車等在前方。由於約會至此宣告結束，接下來只剩踏上歸途。

「我今天玩得很開心，真的非常感謝您。」

貝娜黛妲笑著道謝後，諾艾爾回以一張溫柔的笑容。

「該道謝的是我才對，之後只要像今天這樣再出遊幾次，令尊應該就會相信了。到時候再麻煩您按照原定計畫，說我們還是談不來必須分手就好。」

「關於這點我是不介意，但我們今天好歹是在約會，您那樣打瞌睡就有些不妥吧？要是您很疲倦的話，大可一開始和我說清楚。」

「……我從頭到尾都是醒著，並沒有打瞌睡。」

面對嚴詞否認此事的諾艾爾，貝娜黛妲詫異地眨了眨眼睛。

「您、您剛才明明就睡著了吧？為什麼還不肯承認呢？」

「那是您眼花了，我並沒有打瞌睡。」

「沒、沒那回事，我確實看見您睡著了！」

眼見諾艾爾死不承認，惹得貝娜黛妲忍不住動怒了。

「難不成您是惱羞成怒了？」

「啥？我為何要惱羞成怒？」

「您還真是倔強耶……像這樣睜眼說瞎話就只會造成反效果喔？」

「……妳很吵耶，少給我在那邊說教，就跟妳說我沒打瞌睡啊，難道妳有辦法證明我剛剛在睡覺嗎？」

「證、證明……？」

面對態度驟變的諾艾爾，貝娜黛妲不禁慌了手腳。

這男人未免也太沒肚量了吧……

諾艾爾已不再維持先前的紳士風度，毫不掩飾地擺出強勢的態度，雙手環胸惡狠狠地瞪著貝娜黛妲。

「如果妳認為我在撒謊，就儘管出題考我關於這齣戲的劇情，我一定都答得出來。」

「啥？你為何要擺出這副咄咄逼人的樣子嘛？」

貝娜黛妲被諾艾爾無禮的態度激得提出反駁，只見諾艾爾十分不悅地皺起眉頭。

「喂喂，先找碴的人是妳才對吧？明明我都一直放低姿態，妳居然還含血噴人指責我，妳這女人未免也太難搞了吧。」

「我只是看見你在打瞌睡，所以才稍微提醒一下呀！」

「我不就跟妳說我沒有睡覺啊！妳這個笨蛋！」

「你這個臭小鬼竟敢罵我笨！既然你年紀比我小，就別表現得那麼猖狂！」

眼下的情況完全能用針鋒相對四個字來形容，貝娜黛妲被諾艾爾激怒後，措辭也變得相當無禮。

「更何況這齣舞臺劇是你挑的，你知道劇情也不足為奇！如此一來根本就不能證明什麼！」

「那妳就有辦法證明我打瞌睡嗎？自己無法證明又在那邊找人麻煩，像妳這種沒擔當的傢伙最讓人不爽了。」

「你是哪來的鸚鵡嗎？就只會不斷重複證明二字！」

「誰是鸚鵡啊！妳這個洗衣板瘋婆娘！」

「洗衣板瘋婆娘……!?你這個死小鬼有本事就別給我亂動！看我一拳揍歪你那張俊俏的臉龐——」

正當貝娜黛妲氣得準備衝向諾艾爾之際，突然感應到有別於人類的魔力波動，同一時間察覺到異狀的諾艾爾錯愕地瞪大雙眼吼道：

「趴下！」「咦咦!?」

諾艾爾撲倒貝娜黛妲的頃刻間，現場響起一陣震耳欲聾的爆炸聲。貝娜黛妲在理解附近發生嚴重爆炸的同時，建築物的碎塊已從天而降。多虧諾艾爾以肉身掩護，貝娜黛妲才毫髮無傷，不過有些落下的碎塊與一個成人的頭部差不多大。

待碎塊都落完之後，諾艾爾才站起身來，並向倒地的貝娜黛妲伸出一隻手。

「妳沒事吧？」

「我、我沒事，謝謝你。」

在一片飛沙走石之中，貝娜黛妲被諾艾爾從地上拉起來之後，才發現有鮮血正沿著諾艾爾的臉龐往下流。

「你被碎石擊中頭部了嗎!?」

「放心，這點程度沒什麼大礙。」

「但你是為了保護我……」

「妳可是搖錢樹的寶貝女兒，自然不能讓妳受到絲毫傷害對吧？」

諾艾爾爽朗一笑，接著用下巴指了指大街的方向。

「來，我想確認一下現場狀況。」

貝娜黛妲點頭回應，於是兩人一同朝著遍地瓦礫的街道走去。剛踏出小巷，只見路上有大量的傷患不斷發出呻吟與哀號。至於兩人原先要搭乘的馬車已被瓦礫壓得不成原樣。

貝娜黛妲環顧四周，發現應該是爆炸中心的建築物。該建築物位於劇院附近，在進去看戲前本該是五層樓的該處，如今只剩下三層樓。看情況大概是上層被整個炸毀，不斷從該處冒出濃煙。

「貝娜黛妲，妳先回家去。」

諾艾爾點了根菸接著說：

「看妳似乎沒有受傷，應該有辦法一個人回去吧？我留在這裡協助救援作業。有了【話術士】的加持（增益），至少能讓這片地獄的情況好轉一些。」

在這情況之下，貝娜黛妲只能點頭同意。

「我知道了，你小心喔。」

貝娜黛妲轉身離開現場，卻有一股苦澀滋味不斷在她的心中翻攪著。

引發這場慘劇的罪魁禍首，無疑就是罪惡囊。

雖然不懂罪惡囊這麼做有何用意，不過發生爆炸的瞬間，確實有感應到她的魔力波動。貝娜黛妲起先懷疑對方的目標是自己，但手法不夠狠毒，以恐嚇來說又效果不彰，表示對方這麼做是基於其他理由。

不管怎麼說，因罪惡囊而起的這樁慘劇，其悽慘的景象是就連貝娜黛妲都不忍卒睹。本該充滿和樂的街景在一瞬間徹底崩毀，許多傷患流著血在痛苦掙扎，甚至還能看見一名母親抱著受傷的嬰孩放聲痛哭。貝娜黛妲再也承受不住地撇開視線，快步遠離現場。

「這就是所謂的代價嗎……」

她苦澀低語的這句話，就這麼消失於人們的哀號之中。

貝娜黛妲離開後，我隨著趕來的憲兵隊、消防隊以及好心的探索者們一同展開救援行動。為了以防深淵顯現於市區，大多探索者原則上都具備救援行動的基本常識與技術。受外祖父鍛鍊過的我自是不在話下，前來救助市民的其他探索者們同樣並非門外漢。

我以七星戰團團長之姿指揮救難人員，勉強趕在日落前成功拯救所有遇難者。

現場有許多人受重傷，值得慶幸的是沒有死者。而這也多虧幸好有一群優秀的【治療師】前來幫忙，及時為傷患治療。最終是輕傷者幾乎都完好如初，重傷者也恢復到足以自行返家。

在我抽著菸稍微鬆口氣的時候，消防隊隊長走了過來。

「非常感謝您的傾力相助。多虧您，我們才得以迅速搶救遇難者們，我代表消防隊由衷地向您致上謝意。」

「我只是履行身為帝國子民應盡的義務，你們也辛苦了——話說回來，已找出爆炸的原因了嗎？」

「目前尚未判明，不過憲兵隊已在勘驗現場。」

「這樣啊。那就麻煩你轉告憲兵隊，若是掌握到任何新消息也請知會我一聲好嗎？在此之前我都會待在這裡。」

「遵命。」隊長點頭答應完便轉身離去。憲兵隊已封鎖現場，非相關人等都不得進入。遠處則不停傳來圍觀民眾的吵雜聲。

「明天的頭條肯定是這件事。」

此刻夕陽早已西沉，我待在路燈下抽著菸，在地面已多出不少菸蒂的時候，一名意料外的人物出現在我的面前。

「這真叫人吃驚呢……」

「你好呀，諾艾爾先生。」

臉上浮現得意笑容站在我面前的來者，正是黑山羊晚餐會的團長朵麗・賈德納，她後面則跟著一名努力陪笑的憲兵。

「那、那我先告辭了。」

我目送快步退場的憲兵後，將目光移向朵麗。

「妳一直都在追查這起事件嗎？」

要不然怎會如此恰巧在憲兵的陪同下現身。

「我就是喜歡觀察入微的男子，諾艾爾先生。根據消防隊的人表示，你想了解這起事件的概要是嗎？」

「那是因為我並不曉得妳也有介入。既然如此，我就不干涉了，畢竟現在沒空和妳爭鬥。」

在我準備轉身時，朵麗出聲喊住我。

「你別妄下定論，我剛好也有事情想請教你，所以當作是交換條件吧。聽說爆炸當時，你也在現場對吧？」

面對正色提問的朵麗，我點頭以對。

「沒錯，所以呢？」

「你當時有注意到什麼嗎？如你這般的探索者，想必在爆炸前有察覺異狀吧。」

完全正確，我的確在炸彈引爆前有注意到異狀。

「我確實有注意到一些事——話雖如此，在釐清事情始末之前，我無法給出妳想要的答案。事已至此，我認為應該先公開情報的人是妳喔？」

在我的催促下，朵麗發出一聲嘆息並點頭同意。

「唉～我明白了，你來看看這個。」

朵麗從懷裡取出一張照片遞給我。相片裡有一名年輕的女獸人，感覺是個生面孔，此人究竟是誰？

「這女人名叫蕾仙，是帝都的仲介商。」

朵麗隨即為我解惑。

「你別看她一身宛如妓女的打扮，她可是與鄰國特務有所往來的危險人物。」

「妳就是為此在追查這女人嗎？」

「儘管除此之外還有其他理由，不過此人說白了就是個危害帝國的存在，我之前已和憲兵隊聯手在追查此人的下落。但我在調查期間，又打聽到其他新情報——諾艾爾先生，你可曾聽說過異界教團？」

「沒有。」朵麗見我搖搖頭，便壓低音量解釋。

「這是一個把惡魔當成神來崇拜，由狂信者組成的教團。」

「……這癖好還真是不得了耶。」

「這幫人會連日舉行詭異的儀式，隨機擄人當成活祭品殺掉。不光如此，教團幹部還全都是些反政府主義者。」

「意思是他們披著邪教的外皮，實則為叛亂組織嗎？」

「正是，至於異界教團的創始人，就是這位名叫蕾仙的仲介商。按照我的猜測，她是接受別國特務的委託才這麼做。」

「換言之，最終目的是利用叛亂組織進行大規模的破壞行動……」

主謀很可能就是羅達尼亞共和國。其實我也從潛伏於該國的情報販子洛基那裡收到一連串充滿煙硝味的消息。

「所以這場爆炸是他們造成的？」

「沒錯，但這並不是有計畫的破壞行動。」

「此話怎說？」

「之所以會發生爆炸，原因是出在我的疏失……」

朵麗懊惱地柳眉深鎖。

「那棟建築物是教團幹部所有。我為了調查蕾仙的下落，命人負責監視該處，但是沒能獲得有益於搜查的情報。迫於無奈，我決定把幹部抓來拷問。說起該名幹部並非戰鬥人員，反觀我則是派遣擅長潛入的A階高手，因此我完全不覺得會失手……」

補上一句但書的朵麗，渾身散發出強烈的怒意。

「這位部下遭爆炸波及，身受重傷性命垂危。我接到憲兵的聯絡趕來施加治療，只可惜她不一定能夠活下來。因為她的身體受傷過重，沒有體力接受充分的治療……要是我更小心點的話，就不會發生這種事了……」

我對朵麗的懊悔感同身受，畢竟我同樣站在負責統領同伴的立場上，因此我的一個命令就會左右同伴生死。這樣的重責大任是無論取得何等地位都不能輕忽，真要說來是不得疏忽，而這也是身為組織首長的義務。

「關於部下一事的確令人遺憾，我會衷心祈禱她能順利康復。」

「呵呵呵，我真沒料到會有得到你安慰的一天呢──總之先言歸正傳，畢竟現在沒空沉浸於感傷之中。根據現場勘驗得到的結果，已查明爆炸的源頭就是幹部本人。」

「所以爆裂物是安裝在體內嗎？」

「雖說是爆裂物，但實際上並不是炸彈──而是魔力。事前注入幹部體內的那股魔力，透過遠端遙控或滿足某種特定條件就可以引發威力無比的爆炸。」

「喂喂，妳的意思是僅憑引爆魔力就把建築物炸毀，甚至對A階探索者造成致命傷嗎？如此強大的技能可是聞所未聞喔。」

「我也從未聽說過。」朵麗神情凝重地點頭肯定。

「那我回到最初的問題上囉。諾艾爾先生，你在爆炸發生前有感應到什麼嗎？」

「……我感應到異樣的魔力。」

我回憶起爆炸發生當時的情況繼續說明。

「那並非平常能接觸到的魔力，卻又讓人非常熟悉。這種魔力會吸附於皮膚表面，甚至令人產生一種類似輕微酒醉感的錯覺──」

「那不就是……」

「沒錯，相信妳也很清楚吧？那與瀰漫於深淵的魔素是完全相同。」

可是那股魔力不同於深淵的魔素，蘊含著某人凶殘的邪念，所以我立刻察覺出這將會造成大規模的破壞。

「這樣啊……果真如此……」

朵麗了然於心地點了個頭。

「謝謝你提供如此寶貴的情報。拜此所賜，我就能擬定對策了。」

「妳也同樣幫了我一個大忙，若沒有得到妳的情報就舉辦七星杯，勢必會讓這幫叛亂分子為所欲為。」

「不客氣。那麼，你接下來打算如何應對？」

「我打算採取更嚴格的入場檢查。只要有魔力偵測器，應當能揪出被改造成炸彈的傢伙。如果對手具備不同於人類的魔力，效果將尤其顯著。」

「能聽你這麼說我就放心了。那我就以選手的身分拭目以待囉。」

儘管我們表面上是一臉冷靜地互相交談，其實心情暫時難以平復。就連朵麗那張沉穩的表情裡也隱隱透露出內心的動搖。

「那我先回工作崗位囉。拜拜啦，蛇先生。」

朵麗揮揮手準備離去之際，這次換成我出聲喊住她。

「等等，要是妳不嫌棄的話，我可以幫忙喔？」

朵麗因為我的提問而詫異地睜大雙眼。

「明明你之前都拒絕與我合作，如今為何突然改變主意？」

「畢竟我不能放任那些危險的叛亂分子繼續撒野。儘管妳我之間在七星會議上的那筆帳還沒算完，但我願意不跟妳計較。」

「那筆帳怎能算在我頭上？而且真要計較的話，我才該埋怨你在會議上爆料合謀暗殺約翰一事呢。」

「那是妳自作自受。假如妳沒跟維克托爾聯手來誆我，我也沒打算重提此事。」

「你這只是強詞奪理。算了，反正事情都過去了。你的提議確實很吸引人。尤其是【傀儡師】修格的力量，我可是求之不得呢。」

朵麗卻略顯傷腦筋地笑著給出答覆。

「但還是容我拒絕你的提議。」

「方便問一下理由嗎？」

「先說好你可別誤會喔，我不是因為之前提議被拒才這麼做，也與七星會議一事無關。基本上就跟你一樣，純粹是這麼做會與我的美學牴觸。諾艾爾先生，正如你把約翰視為自己的獵物，我也想親手獵殺蕾仙這個女人，而她就是我的獵物。」

朵麗嫣然一笑，同時表現出堅定的拒絕之意。至於她那雙深邃的眼眸，在在透露出無論誰來礙事都絕不輕饒的意思。

「明白了，那我就不插手了。」

「你能理解真是幫了大忙，畢竟我現在也不想與你爭鬥。況且若是與你聯手的話，又會衍伸出其他問題。」

「妳這麼說是什麼意思？」

「你想知道嗎？」

當我困惑地歪過頭去之際，朵麗毫無戒心地貼近我，將她那柔軟的身軀緊緊貼著我，調情似地於我耳邊呼出一口氣。

「那是因為——」

在我感到渾身不適而準備把朵麗推開時，一股熟悉的嗓音以近乎歇斯底里的方式尖叫著。

「團長！您想對諾艾爾做什麼⁉」

我詫異地望向聲音來源，一名身穿翠綠色長袍的金髮女性正惡狠狠地瞪著我們。

「妳果然還是跟來了。」

朵麗輕笑一聲從我身邊退開，慢慢走至動怒的女性身旁。

「我應該命令過妳留在原地待命吧？難道妳就這麼擔心諾艾爾先生嗎？」

女性被將臉湊至面前的朵麗這麼一問，神情尷尬地撇開視線。

「無妨，反正我明知妳是個性情急躁的女性仍收妳入團，這次就原諒妳吧。」

「……真的是非常抱歉。」

見女性沮喪地道歉後，朵麗再度將目光對準我。

「答案已經出來了，這名女性便是我說的問題。」

我驚呆地聽完兩人的交談之後，隨即感受到一股滔天怒火從心底深處湧現出來。

「妳這娘們是想幹麼？為什麼——」

氣到梗在咽喉處的那個名字，隨著殺意一同從我的口中擠出來。

「達妮雅會在這裡？」

達妮雅・庫朗克是我在改組成立嵐翼之蛇之前，也就是蒼之天外（blue beyond）時期的同伴。我為了讓她對盜用隊伍公款一事贖罪，於是親手把她賣去當奴隸。不過買下她的主人已經過世，重獲自由的她本該過著無憂無慮的生活才對。

可是，達妮雅如今竟以一身探索者時期的裝扮站在我面前。按照她與朵麗的對話來看，恐怕已經加入黑山羊晚餐會了。儘管不清楚朵麗為何要這麼做，但假如她是為了對抗我才聘僱達妮雅的話，休想我會輕易放過她。

我反射性地將注意力集中於配戴在我身體右側的某個重物上。其實在我外套底下有一個槍套，槍套裡裝著新買來的魔槍（silver flame）。雖然我再怎麼說也無意在這裡與人開戰，可是我已憤怒到不自覺地進入備戰狀態。

「你別生氣嘛，諾艾爾先生，這樣會白白糟蹋你那張漂亮的臉蛋喔。」

我殺氣騰騰地怒目直視，但朵麗仍不改她那雲淡風輕的態度。

「我先聲明清楚，我單純是看上她身為探索者的能力才招攬她，除此之外別無其他用意。即便她有一段空窗期，同為【治療師】的我仍有辦法將她的才華挖掘出來。」

「……妳當真只是基於這個理由嗎？」

「我願意發誓絕無一絲虛言。我明白這麼做會惹你不開心，但我說的全都屬實。對於有能力從細微的表情變化識破對方有無撒謊的你，肯定是一看便知吧？」

原因是人在撒謊時會令表情產生細微變化，而且不是當事人能夠控制的。我在冷靜後稍作觀察，一眼看出朵麗確實沒有撒謊。

「那就好。」

我轉身慢慢遠離兩人。既然朵麗沒膽利用達妮雅來算計我的話，我也無意對此多作表示。反正達妮雅想加入黑山羊晚餐會，也是她的個人自由。我對此完全不感興趣且沒有任何感觸。

為了避免被圍觀群眾拖住腳步，我選擇人煙稀少的路線離開封鎖區域。通往爆破現場的大馬路上，直到現在仍不斷有人想來看熱鬧，縱使被憲兵隊跟黃色封鎖線阻擋去路，這些人還是不死心地想一窺究竟。

維護現場秩序的憲兵隊肯定很辛苦，畢竟他們今晚非得徹夜站崗不可。一旦我被圍觀群眾發現，將會給他們添麻煩。當我為了掩人耳目準備沿著暗巷離去時，一道聲音從後頭叫住我。

「諾艾爾！」

來者是達妮雅，她氣喘吁吁地追上我。縱使裝作沒聽見也行，但她不斷呼喚我的名字將會引來麻煩。虧我特地避開人群，要是因此讓圍觀群眾發現我的話將本末倒置。迫於無奈，我只能停下腳步。

「……有事嗎？」

達妮雅見我回頭反問便放慢步伐，不過她沒有停下腳步，只見她那纖細的肩膀隨著喘息上下起伏，一步步地走向我，接著她將白皙的手伸向我的頭。下一秒，她的手散發出溫暖的光芒，我頭上的傷便隨之癒合。因為先前過於忙碌的緣故，直到現在我才想起自己的頭部被碎片砸傷了。

「你明明都受了傷，為何不趕緊接受治療呢？」

面對達妮雅語帶責備的詢問，我打從心底感到排斥。

「妳這女人還真煩耶。」

我一把拍開達妮雅伸向我的那隻手，接著把話說下去。

「難不成妳以為繼續這樣關心我，我就會心軟重新接受妳嗎？假如妳真這麼認為可就大錯特錯。奉勸妳別再做出這種多餘的舉動，安分找個符合自身水準的方式過活。」

達妮雅在被我斷然拒絕後，有那麼一瞬間顯得十分悲傷，不過臉上表情很快又被漆黑無比的憎恨之情所占據。

「聽說你正在跟勞夫．高汀的女兒交往是嗎？」

「那又怎樣？這件事與妳何干？」

「我說過了，我會殺死所有接近你的女人。」

「妳少給我在那邊吹噓自己辦不到的事情。」

「這並不是吹噓，我說到做到。」

看著斷然說出這句話的達妮雅，我懊惱地啐了一聲。

「難道妳打算就這樣糾纏我一輩子嗎？」

「對呀，只要我沒得到你，我是絕不會善罷甘休的。」

「……奉勸妳別太囂張喔。」

忍讓到極限的我，一把揪住達妮雅的衣領，並從槍套中拔出魔槍，抵在她細嫩的咽喉處。

「別逼我殺了妳喔，臭娘們。」

「……你殺呀。」

達妮雅即使被槍口抵著，仍無所畏懼地拋出這句話。那雙空洞的眼眸裡沒有一絲動搖，只倒映著我的臉龐。事實證明達妮雅已經崩潰，就因為惦念著我到徹底崩潰，才淪落成這副德行。

儘管只是一閃即逝，輕微到微不足道——我的內心深處仍感到一陣刺痛。

「像妳這種女人不值得我動手。」

我鬆手放開達妮雅，同時把魔槍收回槍套內。

「我只說一次，妳別跟貝娜黛妲．高汀扯上關係。」

「難道你就如此珍惜那女人嗎？明明你們才剛交往沒多久，你就這麼關心她呀。」

達妮雅以責備的語氣說著，但她的嗓音微微顫抖，彷彿隨時都會放聲痛哭。

「……我不要，我死都不要見到你跟那女人在一起。不管要我付出何等代價，我都要殺了那女人。」

「妳辦不到的。」

我以扼殺所有情感的語調加以否定。

「只要有我在，憑妳是絕對辦不到的。」

達妮雅雙眼婆娑地落下大滴的淚珠，緊咬雙脣至微微滲血，一語不發地佇立在原地。經過一段時間，她才轉身慢慢離去。

「可憐的小姑娘。」

等我回神時，銀髮男子已站在我身邊。他的目光並非對準我，而是注視著達妮雅她那弱不禁風、逐漸遠去的背影。

「看她的樣子，恐怕是真的必須死在你手上才有辦法獲得解脫。」

「……滾。」

銀髮男子隨著我的一句話當場消失。獨留於現場的我拿出火柴，替自己點了一根菸。我看著微微燃燒的香菸前端，大吸一口蘊含甘甜香氣的煙，任由它布滿肺部深處，接著一口氣全吐出來，這才感受到自己的心情稍微平復下來。

「在這座都市之中，肯溫柔待我的就只有你……」

我無奈說出的這句話，終究等不到任何人的回應──

與憲兵隊談完事情的朵麗在準備返回戰團基地時，恰好瞧見去追諾艾爾的達妮雅走了回來。看著意志消沉的達妮雅，朵麗不由得露出苦笑。

「又被人甩了嗎？妳還真是學不乖呢～」

達妮雅一瞬間露出凶險的表情，但很快就變得無精打采。

「……我也知道自己很傻。」

達妮雅咬住嘴脣斂下眼簾，隨即有好幾滴水珠落在她的腳邊。

「越是得不到就越想要，這種心情我也並非無法體會，不過妳陷得太深了……」

朵麗走向達妮雅，將手搭在達妮雅的肩膀上。

「達妮雅，妳是有天分的人，若想發揮出來，妳就需要具有堅定的意志，依妳現在這種狀態是無法變強的。」

朵麗之所以邀請達妮雅加入戰團，純粹是看上她的實力。廣納人才不只能夠強化戰團，也可以變相牽制其他戰團。根據傳聞，霸龍隊的吉克也曾親自去挖角過諾艾爾，而這絕非什麼罕見的舉動。

「而且妳變強的話，蛇——不對，諾艾爾先生也會對妳另眼相看不是嗎？」

朵麗一反平日作風地好言相勸，卻只換來達妮雅的一聲嘆息。

「……我先回戰團基地。」

達妮雅拖著腳步逐漸遠去，目送這道背影的朵麗忍不住搖搖頭。

「她的情況似乎比我想像得更嚴重……」

難道自己看走眼了嗎？不，即使真是這樣，單就避免達妮雅在其他戰團取得更高的成就而言，先把她拉攏過來仍是正確的抉擇。如此說服自己的朵麗，將身體倚靠在一旁的牆壁上。

「……總覺得有點累了。」

大概是一人獨處的緣故，莫名有種疲勞湧上心頭的感覺。眼神空洞的朵麗，從衣服的口袋裡取出一個能裝照片的小吊墜。在打開吊墜後，可以看見裡頭裝了一張紅髮少女將嬰兒抱在懷裡的照片。

朵麗注視照片一小段時間後，以自嘲的口氣說：

「無聊。」

她很詫異自己撂下這句話的語調是如此冰冷，卻又那麼軟弱無力——

†

由雷翁暫代指揮官一職的這趟討伐遠征，在順利完成各項委託後正迎向尾聲。這趟遠征需要往來於遼闊的帝國境內，多虧這艘嵐翼之蛇的飛空艇・漆黑千金，才能夠在進度沒有受延誤的情況下如期完工。

至於討伐任務本身，因為包含雷翁在內的所有成員都已經升階，實力遠在從前之上，所以迎戰深度八的惡魔也能輕鬆解決。

按此步調來看，理當能比預定時間更早返回帝都。於是雷翁透過艦內的通訊器，將此消息傳達給諾艾爾，而且他在通訊時的語氣充滿喜悅。

「我想應該能在七星杯預賽開打前趕回帝都。」

其實原定計畫是在預賽期間才有辦法回去，由於嵐翼之蛇是七星之一，只需參加複賽即可，因此時間上算是相當充裕，但既然能提早返回帝都，雷翁會如此開心也是人之常情。

「有這艘飛空艇當真是幫了大忙。不過因為速度太快，我們起先還有些不太適應。」

雷翁笑著說完後，隔著通訊器能聽出諾艾爾也跟著笑了。

『意思是有人暈船嗎？』

「沒錯，就是修格。」

『修格？這真叫人意外耶，我還以為會是昊牙。』

「我也同樣相當意外。你別看他那樣，似乎很不習慣搭飛空艇。」

『我還是第一次聽說耶，那他大可在搭船前先講一聲嘛。』

「瞧他搭乘飛行型人偶兵時都沒問題，想必是對於無法親自操控的飛空艇就習慣不了，所以他臉色慘白地一直窩在廁所裡。」

『……真虧他有辦法熬過這趟討伐遠征耶。』

「我有把事前準備好的暈船藥拿給他吃，幸好效果還不錯。」

『你準備得真周到耶。』

「拜你所賜，大家都過著藥不離身的生活，只不過多帶點暈船藥根本不算什麼。」

諾艾爾以竊笑聲回應雷翁的諷刺。儘管雷翁很想吐槽也不想想是誰害的，但他明白講了也只是白費脣舌，便死心打消念頭。

「昊牙的鍛鍊也非常順利，雖然未必能趕在複賽前完成升階，不過他比起遠征前變強許多，當事人也很有幹勁。」

『那小子肯定是因為當著我的面誇下海口，使得他騎虎難下吧。』

「你又說這種話……下令叫昊牙變強的人是你，你就坦率點認同他一下也無妨吧……」

『能夠得到我認同的只有成果，我對光說不練的傢伙不感興趣。』

「意思是昊牙有拿出成果的話，你就會認同他嗎？」

諾艾爾沒有回應，看情況並非通訊器出問題，而是他不想回答。這情形令雷翁不禁暗自苦笑，覺得諾艾爾這種頑固的性情倒是挺符合其年齡會有的反應。

「話說回來，你真的跑去跟人相親嗎？」

『沒錯，我和高汀家的女兒正在交往。你是從報紙上得知的嗎？』

「嗯，帝國首都的報社與各分社都有聯繫。諸如你那邊的早報新聞，在外地就是中午會收到消息。大家對此事大為震驚，記得你對這類事情一直很排斥不是嗎？」

『……關於此事有些內情。』

諾艾爾以近乎嘆息的疲倦語氣開口回答。

『細節等一起去喝一杯時再告訴你。』

「哈哈哈，那還真叫人期待呢。不過根據你給出的答案，亞兒瑪有可能會直接拿刀捅你，奉勸你最好當心點，而且她直到現在都還在氣頭上喔。」

『氣頭上？』

「亞兒瑪一得知你與人相親時，大吵大鬧說要獨自回去找你對質。儘管最終有勉強哄住她，可是她除了出任務以外的時間都窩在房間裡，不停在嘴裡唸著你的名字，那模樣完全就是哪來的驚悚片。」

『關我屁事，反正那丫頭也不是現在才那麼蠢。』

「總之我已經提醒過你囉？之後不管發生什麼事，我都不會出面當和事佬。」

理由是阻止亞兒瑪抓狂的差事，雷翁可不想再經歷第二次。縱使亞兒瑪沒動用武器，但直到成功安撫她之前，包含雷翁在內連同修格和昊牙全被她當成沙包打。即便傷口已經癒合，被揍的部位仍會隱隱作痛。尤其是昊牙與亞兒瑪在平日裡就八字不合，因此昊牙更是傷重到下顎與肋骨都被當場打斷。與這樣的亞兒瑪一比，就連老虎也跟可愛的小貓毫無分別。

「無聊──除此之外還有其他報告嗎？」

諾艾爾以傻眼的語調詢問，雷翁一如往常習慣地搖搖頭。

「沒有其他需要報告的事情了。」

『這樣啊。總之若有出任何狀況隨時都能聯絡我，那就等你們回來了。』

雷翁結束與諾艾爾的通訊，決定梳洗完便直接就寢。此刻已是深夜，由於明日還得出任務，因此不能太晚睡。他打了個哈欠走在艦內的通道上時，恰好遇見換上睡衣正在眺望窗外的修格。

「修格，你怎麼了？」

被雷翁這麼一問，修格用下巴指了指窗外。被提醒的雷翁將臉湊過去一看，發現飛空艇的外側——也就是目前降落的草原上，昊牙正全神貫注地練習揮刀。

「……不是說過今天的鍛鍊已經結束了？」

「是啊，那是昊牙自己想做的。」

「鍛鍊過度不是會適得其反嗎？」

「話倒也不能這麼說，為了達成升階，就非得超越自身的極限不可。若能鍛鍊到精疲力竭進入恍神狀態，有時也可能成為升階的捷徑。」

雷翁釋懷地點頭以對，接著退開窗邊。

「依照修格你的觀察，你覺得昊牙有機會在期限內完成升階嗎？」

「我認為成果算是相當不錯，昊牙已成長到能夠戰勝一百尊自動模式的人偶兵，相較於當初是進步飛快，不過……」

「還是欠缺臨門一腳。」

雷翁代替語塞的修格說出答案。

修行非常順利，關於這點是千真萬確。由於在這趟遠征裡，除了修格以外，雷翁也來幫忙鍛鍊，因此昊牙的成長速度有目共睹。但與此同時，雷翁忍不住懷疑再這樣下去，昊牙恐怕難以在期限內達成升階。

「你果然也這麼認為……」

「昊牙具備非常出色的才華，偏偏唯獨這件事是除了當事人有所自覺以外別無他法。如果把我們的感受告訴他，反而可能會令他陷入混亂。盲目地追求力量是不行的，當事人必須讓渴望得到的力量與自身同步才行。」

「這種感覺很難用言語來形容……更何況理想中的力量也會因人而異。」

「我相信旲牙已察覺出自己的不足之處，才會在那邊練習揮刀，藉此來正視心中的自我。接下來就是與時間賽跑，我們能提供的協助相當有限。」

修格點頭肯定自己的話語後，隨即轉身背對雷翁。

「你要睡了嗎？」

「不，我去幫旲牙準備消夜，畢竟有句俗語是肚子餓就沒法打仗。」

對於這個出乎意料的回答，雷翁忍不住睜大雙眼。

「……幫他準備消夜？你未免也太照顧他了吧。」

修格轉過身來，臉上浮現出別有深意的笑容。

「若是旲牙變強的話，對我們來說也有好處吧？」

「因為——」修格加深臉上的笑意。

「一旦旲牙在七星杯裡榮獲冠軍，就可以讓諾艾爾出洋相呀。」

「……你也真是的，看來這才是你真正的目的吧。」

雷翁回以苦笑，修格見狀後不禁歪過頭去。

「難道你不想看看諾艾爾出糗的模樣嗎？」

「啥？我當然很想看一次囉。」

「對吧？」

他們兩人都非常尊敬諾艾爾，正因為如此才想看他出糗的模樣。畢竟敬意與惡作劇絕不是互相牴觸的兩種心情。

「我也陪你去準備消夜，其實我對做菜頗有心得。」

「好，就來幫昊牙準備一頓美味的消夜吧。」

兩人對彼此點了個頭，便朝著廚房走去。

「話說回來——」

雷翁將自己一直非常在意的問題說出來。

「你要拿著那個抱枕到什麼時候？」

「唔！」

滿臉羞紅的修格立刻把抱枕扔在地上，如脫兔似地高速跑掉。雷翁不由得放聲大笑，並且迅速追了上去——三名大男孩的夜晚才正要開始。

三章：七星杯

「終於！終於迎來這天了!!」

在擠滿超過五萬名觀眾的帝都競技場裡，從擴音器裡傳出一股年輕女性的嗓音。從她言語中透露出來的興奮和歡喜，足以代表全體觀眾的心情，原因是任誰都在引頸翹望這天的到來。

位於最高層貴賓包廂內的我，也能清楚看見手持麥克風的該名女性。這位將栗色秀髮綁成側邊雙馬尾的年輕女地侏就坐於實況播報臺前，她擁有清秀的五官，基於種族關係是身材嬌小且相貌稚嫩，宛如哪來的小孩子，而她那身以粉紅色和白色為主的花邊禮服，更是加深其稚氣感。

至於她的名字——

「我是露娜・露雀，有幸能擔任這場盛宴的實況播報員，我真是幸福到死而無憾了！」

此人是近期爆紅的歌姬，本身對探索者也頗有研究，因為其知識和知名度都備受好評，所以才被提拔為本次的實況播報員。事實上挑選她的人不是我，而是擔任其經紀人的菲諾裘。至於菲諾裘本人，也以解說員之姿坐在露娜身邊。

「誠如各位所知，自從七星三等星的嵐翼之蛇團長，身為曠世奇才的諾艾爾・修特廉與凱烏斯殿下一起召開記者會至今已過了三個星期！相信在這段期間經常興奮到難以入眠的人，不光只有我一人才對！在座觀眾肯定也都滿心期待吧！就在今天，我們的美夢終於成真！至於這場盛宴就是──！」

露娜扯開嗓門大聲宣布。

「帝國最強探索者爭霸賽・七星杯正式開始!!」

下一秒，競技場內歡聲雷動，止不住興奮的觀眾在場內不斷歡呼尖叫。身為播報員的露娜也不遑多讓，以非比尋常的大嗓門說：

「目前已經嗨翻天的各位觀眾！請小心別在比賽開始之前就耗光精力囉！從今天起是為期一週的預賽！雖說是預賽，但選手們個個都是赫赫有名的優秀探索者！為了將他們的英姿烙印於眼裡，請大家卯足全力炒熱氣氛吧！耶──!!」

「「耶──!!」」

在露娜的帶頭之下，現場觀眾齊聲歡呼。以帶動氣氛來說，她表現得相當不錯。

在我如此佩服之餘，旁邊卻傳來一陣嘆息聲。

「此人真是缺乏氣質。」

位於我旁邊的凱烏斯皇子以傻眼的語氣說出感受。在這個貴賓包廂裡除了我跟凱烏斯以外，各界名人與其護衛們也都群聚在此。

「難道播報員裡沒有更適合的候選人嗎？」

「我倒是認為這位女性非常稱職。她明明是首次擔任播報員，但在面對五萬名觀眾時毫不怯場，表現得落落大方。」

凱烏斯聽完我的回答，露骨地擺出一張臭臉。

「理當還有其他能大方面對群眾的人才呀……唉，看來我沒挑選另一頭的座位是完全正確。」

凱烏斯將目光對準位於對側的貴賓包廂。皇帝、其他皇室成員以及參與政治的大貴族們都在該處觀賞七星杯。由於凱烏斯是促成七星杯的推手之一，因此不想被那些人認為自己是哪來的粗俗小輩。這男人平常總愛表現得高高在上，卻又對瑣碎小事斤斤計較，我看他肯定是個老二很小的傢伙。

在我側眼觀察凱烏斯時，播報員繼續主持大賽流程。

「在選手們進場的這段期間，我將與擔任解說的菲諾裘姊姊大人一同來說明七星杯的比賽規則。姊姊大人，今日請您多多指教！」

「大家好，人家是本大賽的營運委員長兼解說員菲諾裘·巴爾基尼，平常的工作是以經營技術顧問業為主，另外也會栽培類似小露這樣的歌姬。各位觀眾，直到七星杯結束以前都請大家多多指教。」

菲諾裘對著臺下觀眾不停拋媚眼或送上飛吻。因為他長相帥氣，引來許多女性的尖叫聲，不過熟知其真實身分的人們應該是坐立難安吧。身為帝國最大黑幫兼奴隸商人的菲諾裘居然光明正大地來到檯面上，恐怕就連當事人也始料未及。

「七星杯是史無前例的一場競技大賽。」

露娜開始為觀眾進行解說。

「其中最大的特色是能夠完全避免選手受傷，原因是設置於擂臺邊的兩座方尖柱可以代替與之連線的選手承受傷害。相信有觀眾覺得不會受傷的比賽只是一場鬧劇吧？還請各位放心，儘管選手不會受傷，卻會忠實還原受傷所造成的影響。選手不只得承受與傷害相符的痛楚，行動也會隨著損傷程度受到限制。我沒說錯吧？姊姊大人。」

「妳說得非常正確，小露。只需想像成當手臂被砍中後就會暫時不能動即可。另外中毒效果也會如實重現喔。」

「喔～～～」露娜不由得發出讚嘆聲。

「連中毒都能重現就真的是太厲害了。」

「對呀，所以奉勸選手們最好比照實戰那樣閃躲攻擊喔。」

「當連線的選手承受過多攻擊，也就是方尖柱承受的傷害達到上限時，選手就會無法動彈。反之，方尖柱並未達到極限還能行動的對手若是此時繼續追擊，也同樣會變得無法動彈。雖然大賽本身沒有裁判，但還是有所謂的裁判喊停機制。至於想趁對手無法行動時發動追擊的選手，將會無條件遭到淘汰，因此請大家務必遵守比賽規則！」

露娜和菲諾裘接著向觀眾解釋其他比賽規則。

選手能使用的技能以兩個為限，必須事前提出申請。可以攜帶武器上場，但是尺寸不得超過當事者所能攜帶的範圍。投降、倒地沒能在十秒內起身、無法行動以及出界都視同落敗——

當兩人解釋完基本規則時，工作人員進入播報臺，在露娜耳邊說了幾句話。

「工作人員剛來通知說選手們都已經準備就緒！請觀眾以最熱烈的掌聲與歡呼歡迎七星杯預賽第一區的選手們入場！」

觀眾遵照露娜的請求獻上掌聲和喝采後，樂隊也開始演奏澎湃的進行曲，第一區的選手們紛紛從出入口處現身。

進場選手一共是二十人，加上輔助員總計四十人。全副武裝的選手們笑著向觀眾揮手致意，其中不乏有我熟悉的面孔。

那四人分別是幻影三頭狼（mirage triad）的沃爾夫、麗莎、洛岡以及維洛妮卡。依照我的觀察，參賽者是沃爾夫和維洛妮卡，洛岡與麗莎則擔任輔助員。我只是稍微看一眼，就能明白四人的實力遠比先前強大許多。興許是歷經人魚鎮魂歌一戰，成功激發出這四人的潛力吧。不過來自同個戰團的兩名選手被分配在同一區，老實說是滿倒楣的。

「最終有多少人報名參賽？」

目光仍對準選手們的凱烏斯向我提問。

「預賽是一百三十人。」

「表示除去七星的六十五個戰團是無人缺席，而且每個戰團都推派兩名代表參賽啊。」

「真是非常好的結果。」凱烏斯的嘴角微微上揚，我也點頭表示認同。

「沒錯，這代表探索者們也對此相當關注且充滿期待。雖然基於人數問題，有些選手會因為分區淘汰的賽制得多上場幾次，可是考量到本大賽的宗旨，對選手而言並非沒有好處。畢竟增加上場大展身手的機會，也有助於提升評價。」

「但終究有人是單純想奪冠吧？」

「這部分就全憑運氣了，而運氣同樣是身為探索者不可或缺的要素。若想戰勝命運，當事者就只能身懷對等的實力，這個業界可沒寬容到允許半吊子來撿便宜。」

「原來如此。」凱烏斯點了個頭，接著斜眼望向我。

「這就是你的經驗談吧。」

「我只是平心而論罷了。」

我回以微笑，開始品嘗附設餐桌上的紅酒。在我喝了半瓶紅酒的時候，選手入場以及開幕儀式的致詞終於宣告結束。第一輪上場比賽的選手們，此刻都已站在擂臺上。

這個時刻終於到來，爭奪帝國最強探索者寶座的龍爭虎鬥，至此揭開帷幕——

預賽期間最多會有四場比賽同時進行，選手們在四座擂臺上展開死鬥。雖說選手們皆是B階，但以我的標準來看全都表現得相當出色，無論何人勝出或落敗都不足為奇。觀眾也因為難得親眼目睹平日裡絕無機會瞧見探索者之間的對決，所以全都看得雙眼發亮。

基於這個原因，現場傳出的慘叫聲把他們全驚呆了。

「哇啊啊啊啊啊啊啊啊啊啊啊!!」

面對這股淒厲的驚呼，別說是觀眾，就連戰鬥中的選手們也困惑地扭頭望去。只見身為聲音來源的該名選手緊緊壓住自己的左手，然後口吐白沫地當場昏倒。對戰選手在目睹此人異常痛苦的模樣後，也同樣驚駭莫名。

「哎呀～～！這到底是怎麼一回事!?倒地的吉列姆選手遲遲沒有起身！對手也對吉列姆選手的異樣感到非常錯愕！有請姊姊大人來為大家解惑！」

在露娜的請求下，菲諾袞緩緩開口。

「吉列姆選手之所以直接倒地，是因為他承受不住忠實還原的痛楚。他與對手同為【劍鬥士(gladiator)】，實力又在伯仲之間，戰況自然會陷入膠著。急於短期內分出勝負的吉列姆選手，最終決定採取傷敵一千、自損八百的作戰方式，打算故意讓人砍下自己的左手來製造破綻，再藉此取下對手的首級。只可惜吉列姆選手以左手承受斬擊，卻在準備反擊之前，就因為方尖柱還原的痛楚而昏死過去。」

「意思是吉列姆選手低估不會當真受傷的比賽機制，結果因為承受不了超乎想像的痛楚而倒地不起！最終以這種令人遺憾的方式分出勝負囉！」

面對露娜不留情面的評語，菲諾袞忍不住苦笑以對。

「小露說的並沒有錯，不過吉列姆選手仍是一位非常優秀的探索者，他的實力同樣有目共睹。重點是當真在實戰裡，他理應能在被砍下左手後仍無所畏懼，一舉擊敗對手喔。」

「咦!?可是可是，吉列姆選手的確是承受不了疼痛才倒地喔？按照姊姊大人的講法，不就等於承認系統過度還原痛楚嗎？」

菲諾裘點頭回應露娜的問題。

「確實就像妳說的那樣。」

「咦咦!?這、這究竟是怎麼一回事!?」

「確切而言是純粹的痛楚。方尖柱在吸收傷害之後，會將本該承受的痛苦和麻痺反饋給選手。至於做法很簡單，就是透過電子訊號。方尖柱會介入人體傳導神經的電子訊號，重現受傷時所產生的結果。換句話說，方尖柱會矇騙選手們的大腦。」

菲諾裘露出一張冷酷的笑容，用指頭敲了敲自己的腦袋。

「於是我們發現一個出乎意料的事實，就是矇騙大腦產生疼痛的錯覺時，職能加成所提升的體能無法發揮效用，因此當事者本該能承受手被斬斷的疼痛，但在缺乏職能加成後就扛不住純粹的痛楚。而這就是吉列姆痛昏過去的真相。」

方尖柱重現疼痛所造成的效果，並不是我們刻意為之，單純是偶然之下的產物。這是我親自上陣實驗得出的結論。當我與柱子連線，拿短刀砍向自己的右臂時，居然有一股非比尋常的疼痛襲向我。我起先以為是系統沒調整好，不過我很快就發現痛楚的性質有別於以往，最終明白問題是出在自己身上。

戰鬥系職能是不分種類都會提升當事者的體能。所謂的體能，就是指肌力、敏捷度和持久力，其中的持久力也包含減緩疼痛的效果。可是直接針對大腦產生疼痛的錯覺時，此效果就不會發揮作用。

以【話術師】而言，雖然提供的體能加成相對較低，卻能獲得強大的精神抗性——就是具備精神不易受外界影響的特性。即便如此，當我被短刀砍中手臂之後，還是痛得我暫時無法起身行動。

歷經多次實驗，我成功掌握承受疼痛的訣竅，但對於不習慣純粹疼痛的其他人來說，十之八九是承受不了。並非我們戰鬥系職能者怕痛，而是在缺乏職能輔助的情況下，純粹的疼痛是一種未知的感受。就算再強大的高手，依然承受不了超乎想像的痛楚。

暫時停戰的選手們似乎都聽明白菲諾裘的解釋，個個臉色發青地佇立在原地，不難看出因為他們都已經想到最嚴重的後果了。

「這哪是什麼不會受傷、講求安全性的比賽，一個不小心可是會讓選手變成廢人。」

凱烏斯皺起眉頭，惡狠狠地瞪著我。

「如果因此折損戰力，導致冥獄十王一戰落敗將本末倒置，你真的有搞清楚狀況嗎？」

「恕我直言，這完全是您多慮了。請看看下面。」

我用下巴指了指場上的選手們，凱烏斯看完瞠目結舌。

「不會吧……怎麼會……」

在目瞪口呆的凱烏斯眼前，餘下三組選手們繼續展開龍爭虎鬥。他們的心中已沒有恐懼，甚至展現出比之前更俐落的身手。稍縱即逝的刀光劍影、施放魔法的強光、如暴雨般從天而降的箭矢——這些人在明白大賽得背負的風險……不，正因為明白這樣的風險，於是潛能全被激發出來了。

「他們都變強了……為什麼？明明這些人又不是七星成員……」

「這些人的確不是七星成員，但仍是探索者業界的佼佼者。先別說他們本就不畏懼死亡，甚至懂得利用名為死亡的風險來使自己變強。理由是戰鬥系職能必須面臨九死一生的戰鬥，迫使自己的求生本能覺醒，才能夠完成進化踏入更高的境界。這群佼佼者都切身明白一件事情，就是這麼做即便無法達成升階，仍舊可以大幅提升基本戰力。」

「你的意思我都明白，只不過……」

「殿下，天底下的英雄絕不是只有我和約翰，他們也都具備成為英雄的資格。藉由七星杯突破自身極限，期待有朝一日能迎向等待在前方的真正挑戰，對這群人而言，這才是理應具備的心態。」

凱烏斯先是一臉五味雜陳地發出沉吟，片刻後才放鬆表情。

「……雖然很令人不甘心，但你說得很有道理，他們全都優秀到超乎我的想像。我以皇族的身分，打從心底以他們為榮。就算你已是七星之一，如果不求上進的話，轉眼間就會被其他人超越。」

「請殿下放心，這種事是不會發生的。」

我對著底下的選手們舉起手中的紅酒杯。

「我會在這場七星杯裡證明，我才是至高無上的最強探索者。」

第一區的預賽進行得十分順利，脫穎而出的最後兩人正在場上一決高下。

一方是頂著褐色頭髮的二刀流劍客．【劍鬥士】沃爾夫。

其對手是在前一場比賽裡淘汰維洛妮卡的【聖騎士（paladin）】老手。

儘管能看出此人因年紀導致體能衰退，不過他在面對與紅炎魔人（Ifrit）同化的維洛妮卡時，仍憑藉卓越的劍術取得壓倒勝，可說是老當益壯的強者。

老手是A階，反觀維洛妮卡是B階，戰鬥能力自然會因為階級而有所落差，可是不至於相差到無法翻盤的地步。維洛妮卡吞下慘敗的理由，平心而論就是老手的劍術十分高超。

問題是此等強者，終究不敵歲月的摧殘——

「看我一口氣撞飛你！《迅雷狼牙（vorpal sword）》！」

原本趨於劣勢的沃爾夫一聲大吼，抓準老手露出的短暫破綻，以伴隨閃電的招式發動突擊。老手舉盾防禦並發動防禦技能，仍阻止不了沃爾夫卯足全力的衝撞。

老手焦慮的臉上明白寫著『若能使用《絕對聖域（ex-invincible）》就好了』。這招是【騎士（knghit）】系的終極防禦技能，能夠反彈任何攻擊，但限制是發動後的二十四小時內都無法再次使用。老手仰賴階級、劍術以及資歷上的優勢占盡先機，偏偏剛才已被沃爾夫不要命的猛攻嚇得動用《絕對聖域》了。

——其敗因就是鬥志隨著年齡被磨鈍了。

「唔喔喔喔喔喔喔喔喔喔喔喔喔喔喔喔!!」

沃爾夫宛如一頭飢餓的獵犬緊咬住獵物不放，反觀老手的臉上滿是焦慮和懊悔之情，下一刻就這麼被撞出場外。

「選手跌出場外！」

負責播報的露娜迅速宣判。

「預賽第一區優勝者是幻影三頭狼的團長沃爾夫・雷曼選手！就此達成反殺強敵的壯舉！著實跌破眾人的眼鏡！B階戰勝A階真的是相當令人吃驚！感謝兩人在預賽裡就帶來如此精采的對決，請大家為他們獻上熱烈的掌聲與歡呼！」

面對如雷的掌聲和歡呼，沃爾夫握起雙拳舉向天際。

「爽啦啊啊啊啊啊啊啊啊啊啊!!」

沃爾夫發出勝利的咆哮。反觀落敗的老手是一副失魂落魄的表情，恐怕這場大賽是他打響名聲的最終機會。儘管他帶來一場精采的對決，卻也暴露出自己衰老的一面，看他那樣應該是無法在冥獄十王一役裡做出貢獻。

此人是付出何等犧牲才擁有那般力量？正如他所得到的力量，肯定同樣失去許多事物才對。落敗的老手臉上只掛著一張疲憊不堪的笑容。我在心中為他獻上掌聲，對他的探索者人生表達敬意。

「他若是沒有跌出場外，最終將會由他取勝吧。相信他還有餘力才對。」

見證這場比賽的凱烏斯，大表可惜地如此低語。大概是這令他不禁聯想到自己的處境，所以才這般心生同情。

「不管怎麼說，暴露出自身衰老一面的他已經派不上用場了。」

這與界外出局無關，當老手對沃爾夫心生畏懼的那一刻起，他的輝煌之路就已宣告結束。即使老手順利戰勝沃爾夫，十之八九也會辭退複賽資格。原因是以他那樣的實力，肯定早已認清自己就算進入複賽也只會丟人現眼。

「俗話說盛極必衰，再厲害的強者終究無法戰勝歲月。」

「雖說你所言屬實，但你只是基於這個原因嗎？方才觀戰時，我從你的側臉注意到一件事，就是你似乎特別關心沃爾夫。在他取勝的那瞬間，你有鬆一口氣對吧。」

這傢伙出乎意料還挺敏銳的。不，應該對他的觀察入微表示讚賞。

「那個笨蛋是我從新人時代起就已經認識——不，說他是朋友才對。」

我與他並非一般的朋友，而是一路互相切磋競爭。雖然現在無論立場或實力都是我占上風，但在蒼之天外的那段期間，我曾經以他為目標在努力。

因此他是我的朋友。

「朋友？我真意外你抱有這樣的情感耶。」

「這有何不妥嗎？」

「沒那回事。」凱烏斯搖頭以對。

「既然有朋友就該好好珍惜……如果等到失去以後，即使有再多話想說也傳達不了。」

「這是自然，我本來就這麼想。」

笑著點頭的我低頭往下看，發現剛剛在慶祝獲勝的沃爾夫，露出一張鬥志高昂的笑容，抬手指向位於貴賓包廂的我。

接下來輪到你了——沃爾夫想表達的就是這個意思吧。

「身為朋友，我會毫不放水地徹底擊潰你。」

當我加深臉上笑意的同時，瞥見這一幕的凱烏斯是整張臉都僵住了。

第一區預賽已圓滿結束。雖然預賽是明天也會繼續，但看這樣子應該是能順利進行。

朵麗提過的異界教團（叛亂組織），截至目前沒有採取任何動作。話雖如此，我也不會鬆懈警戒，畢竟依照我的推測，他們要採取行動的時候是複賽而非預賽期間。理由是所有七星在複賽時將齊聚一堂。那幫傢伙製造的活體炸彈足以對A階探索者造成致命傷，因此我不認為他們會對七星有所忌憚，反倒堅信七星群聚在此將是下手的最佳時機。

為了防範這群人恣意妄為，複賽的戒備必須更加嚴密，但這麼做又會衍伸出其他問題——

離開貴賓包廂的我，為了與菲諾裘討論明日以後的各項事宜而朝著會議室走去。長廊裡只剩下我踏過地面產生的腳步聲。在我邊走邊思考今後對策的時候，長廊對側突然傳來另一個腳步聲。

來者並非工作人員，這是征戰沙場者特有的腳步聲。該步伐是在以防對手偷襲的同時，也想向敵人展開襲擊。常在戰場——此腳步聲想表達的就是這個意思。能肯定這個對手非常難纏。話說腳步聲裡夾雜著一股金屬相互碰撞所造成的聲響，難不成此人是以鎖鏈做為武器？

這種時候沒什麼好焦慮的，於是我停下腳步替自己點上一根菸，耐心等待對手會如何出招。

我抽著菸等了一段時間，長廊轉角出現一名身材消瘦的年輕男子。此人頂著一頭灰色頭髮，身穿鬆垮垮的衣服，渾身上下戴滿各種銀飾。原來金屬相互碰撞的聲響就源自於那些銀飾。

此人戴著項鍊、手環、鎖鏈以及滿臉的鼻環和耳環。至於他的頸部，能看見明顯的鎖骨形狀和部落刺青。

這名男子的打扮非常花俏，給人的印象卻恰恰相反顯得很不牢靠。他不僅骨瘦如柴，還狀似睡眠不足般帶著嚴重的黑眼圈，外加上全身癱軟地駝著背。明明造型十分招搖，可是看起來一點都不強悍。而他唯一的可取之處，就是五官如雕刻般相當深邃。

不過，就是這名男子的腳步聲迫使我提高警覺。

「你好，很榮幸能見到你。」

男子抓了抓自己的平頭，搖搖晃晃地朝我走來。

「我是探索者戰團『帝國惡童會』的團長基斯．薩帕，今後請多指教。」

在我面前停下腳步的男子——基斯笑臉盈盈地向我打招呼。雖然笑容略顯稚嫩，不過依照身高差距，他的年紀應該比我小吧？在他那口潔白的牙齒上裝有矯正用牙套。

不，在此之前——

「你說你是帝國惡童會的基斯．薩帕？少騙人了，我已命人調查過七星杯所有的參賽選手，你絕不是基斯．薩帕。」

我所熟知的基斯與眼前男子的形象相去甚遠。儘管我從未見過基斯，但這名男子的外貌和情報販子在調查報告裡的描述截然不同。

真正的基斯是一名虎背熊腰的壯漢。根據消息，此人登記成為探索者之後，僅憑一個月立下的功績就足以令協會同意讓他創立戰團，可說是曠古稀世的人中豪傑。我承認這名男子很厲害，可是與我聽來的印象並不吻合。

冒用基斯之名的男子露出淺笑，彷彿想嘲笑神色困惑的我。

「沒那回事，我就是基斯．薩帕。要是你認為我在撒謊的話，需要我把窗口監察官找來嗎？他會證明我就是真正的基斯．薩帕。」

我立刻聽懂基斯想表達的意思。

「原來如此，你已收買我聘僱的情報販子啊。」

意思是我完全被虛假的報告蒙在鼓裡。制裁叛徒一事可以晚點再說，現在最重要的是基斯來見我的真正企圖。

真要說來，單單收買情報販子是無法矇騙我的。原因是我會根據情報販子提供的調查報告，再讓巴爾基尼幫的情報人員進行身家調查。組員們對菲諾衷心耿耿，有別於情報販子，是絕對無法被人收買的。這表示基斯不只讓情報販子謊報調查結果，平日裡還讓冒牌貨來代理自己的職務。

為何他要做到這種地步？

我能想到的首要理由是掩飾實力。若讓對手誤以為自己只是默默無聞的探索者，就能在戰鬥中取得優勢。要不然就是有著想隱瞞的特殊能力。不管怎麼說，這名男子是滿腦子小聰明，除了擁有不受常理束縛的思維與行動力，還兼具忍耐力。

但單單這樣，終究無法解釋眼下狀況。

「你不惜付出莫大的代價欺騙我，現在為何特地跑來揭穿答案？難道你是擔心騙我會被取消參賽資格，所以想來跟我道歉嗎？」

「我哪可能會做那種窩囊事。而且我有必要道歉嗎？我確實是騙了諾艾爾先生你，但這也只是針對你個人，並沒有違反比賽規則，難道這樣也要取消我的參賽資格嗎？假使你當真這麼做，營運方未免也太蠻橫了吧～對於想參加七星杯的我而言，就必須前往各處商量這件事囉。」

這小子想藉機謊稱營運方有失公正嗎？很有種嘛，不僅騙了我，還想跑來威脅我。

「那你幹麼來找我？總不會是特地來炫耀說我被你蒙在鼓裡吧？」

「沒錯沒錯，我的目的確實就是這個喔。」

「……啥？你這話是什麼意思？」

基斯見我不解地歪過頭，狀似十分害臊地搔了搔臉頰。

「其實我是諾艾爾先生的忠實粉絲喔。明明背負最弱【話術士】這個劣勢，卻使出各種手段戰勝赫赫有名的大人物們，如今還成為威震天下的七星。身為探索者的後生晚輩，沒有任何一名前輩比諾艾爾先生更值得尊敬喔。」

「所以啊……」

基斯瞇起雙眼。

「我自然想在諾艾爾先生你的面前，炫耀說你被我騙啦。」

「……原來如此，我明白了，我看你是笨蛋吧？只不過收買一個情報販子就沾沾自喜，奉勸你最好有點廉恥心。」

「這真不像是諾艾爾先生會說的話，關於支配情報是何等重要，相信你應該是再清楚不過吧？我明白你忙著籌辦七星杯，可是管理不了聘僱的情報販子就太不像話了吧。既然你把千變萬化派去羅達尼亞，對於這方面就該更加謹慎不是嗎？」

「你……」

這男人怎會知道這麼多？對於我將洛基派至羅達尼亞一事，知情者只有包含戰團成員在內的極少數人。無論我怎麼想，都不覺得這裡面有內鬼。重點是基斯如何掌握我聘僱了哪些情報販子？要是說他在帝都內沒有眼線的話，實在無法解釋這個狀況。

換言之，原來是這麼回事。

「難不成就是你唆使探索者協會撤換哈洛德，不讓他再擔任我們的窗口監察官嗎？」

被我這麼一問，基斯無所顧忌地點頭肯定。

「沒錯，畢竟換作是諾艾爾先生你的話，同樣也會這麼做不是嗎？」

「我沒義務回答你所有的問題，關於這點不予置評。」

「什麼嘛，這麼小氣～……難道你在生氣嗎？」

基斯又往前一步，從上方低頭俯視我。

「老實說我挺失望的，受人忌憚的帝國第一激進派探索者，還被取了蛇這個綽號的諾艾爾先生，不該被我這種初出茅廬的新人牽著鼻子走才對吧？」

他見我沒有回答，冷笑一聲說：

「我不久前才年滿十五，終於可以登記成為探索者，結果三兩下就成長到能夠創立戰團，說來還真沒挑戰性。明明我憧憬的諾艾爾先生你都得花上一年才打好基礎，不就表示我比你優秀對吧？」

「我相信應該沒這回事吧。」基斯臉上浮現一張充滿挑釁意味的笑容。

真是聒譟的傢伙。即便再仰慕我，也沒必要就連挑釁方式都要一塊模仿。儘管成為後進的典範是很開心，卻又莫名令我有種替他汗顏的尷尬感受。

基於此因，我決定為這場鬧劇畫下休止符。

「基斯，我想問你一個問題。」

「咦，為何突然這樣改口？」

「你仰賴自家老爸的力量在這邊狐假虎威，都不覺得空虛嗎？」

老實說我也沒有十足把握，就只是想藉此套話。純粹是利用眼下所獲得的情報，透過消去法推敲出答案罷了。不過，我的猜測十之八九沒有錯。原因是在帝都裡，擁有凌駕於巴爾基尼幫的監視網，同時對巴爾基尼幫所有成員的動向瞭若指掌的組織，老實說是屈指可數。

結果就是基斯對我的提問相當吃驚，接著顯得火冒三丈，先前那種游刃有餘的態度已蕩然無存，身上散發出如野獸般的殺氣。

看來這是基斯非常不想被人點出的軟肋。不過他會有這種反應也是理所當然，既然他是基於仰慕才模仿我，意即他是個自尊心極高的男子，如今被人數落成靠爸族，怪不得會當場發飆。由於他的反應正中我下懷，惹得我不禁噴笑出聲，他這才終於回過神來。

「……傷腦筋，原來你在套我話啊？」

「我並沒有這個意思，只能怪你容易把情緒表現在臉上。」

「……真有一套，看來我在口舌上不是你的對手。」

基斯重重地嘆了一口氣，然後正色說：

「縱使現在辦不到，但有朝一日我還是會讓你甘拜下風。當然我指的並非話術，而是探索者的實力。我今天只是來向你打個招呼。畢竟打招呼還是很重要對吧？」

「你有這份心確實很好，我就以前輩的身分誇誇你吧。」

「不敢當。那我會像諾艾爾先生你一樣，將道路前方的阻礙全數踏平，你就拭目以待吧。」

「是嗎？」我點了個頭，把變短的菸蒂隨手扔在長廊角落。

「話說回來，此時此刻正好只有我們兩人，因此你大可不必改日約戰，直接趁現在超越我如何？」

我微微一笑地開口提問，基斯詫異地睜大雙眼。

「……諾艾爾先生，你這句話是認真的嗎？」

「別把我跟你混為一談，我可沒興趣在那邊對人扯謊。我先聲明清楚，像這樣的大好機會，你休想再碰上第二次。」

「就算這樣……你也想當場開打嗎？此處可是舉辦七星杯的重要會場喔？在擂臺以外的地方和我這種新人正面衝突，不會害你蒙羞嗎？」

面對如此出人意表的情況，基斯不知所措地倒退一步，這次換成我往前邁出一步。

「正所謂常在戰場，你這個新人不是想超越我嗎？假如我是你，就絕不會讓眼前的獵物溜掉。」

「……哈哈哈，真的假的……？你這傢伙簡直是棒透了……那我就恭敬不如從命——」

彷彿壓抑著興奮之情般笑出聲來的基斯立刻進入戰鬥狀態。這男人果然頗有實力，其架勢沒有一絲破綻，醞釀的魔力也十分流暢，以極其自然的舉動做好迎戰準備。就在我靜靜地伸手摸向魔槍之際，基斯忽然解除戰鬥架勢。

「雖說這是最棒的邀請，但我還是決定作罷。」

看著舉起雙手像是擺出投降姿勢的基斯，我不禁笑道：

「那麼快就放棄了，憑你這樣是無法追過我喔。」

「也對，我已認清自身有多少斤兩，至少現在還能夠虛心求教。我所憧憬的諾艾爾·修特廉比我想像中更加聰明、強大並且——狡猾。憑現在的我無論交手多少次都贏不了，而我秉持的原則是絕不接受毫無勝算的挑戰。」

基斯在提防我的同時，慢慢地往後退去。

「那麼，請容我先逃命去。諾艾爾先生，我很高興今天能與你說上話。關於明天的第二區預賽，請你務必來觀戰。」

基斯得意一笑，隨即如脫兔般從我面前離去。這男子的逃跑速度倒是飛快無比。

我露出苦笑目送基斯拐過轉角之際，隨即收到以《思考共有(link)》傳來的念話。

『那小子不錯喔，居然能察覺我的存在。』

發話者是兩天前從遠征歸來的亞兒瑪，目前潛伏於天花板裡擔任我的護衛。

『虧我自認為有徹底消除存在感，害我覺得有些氣餒。』

面對語氣有些失落的亞兒瑪，我笑著搖搖頭。

『沒那回事，縱使妳並未動用技能，仍然有完全消除氣息，純粹是那小子的直覺非比尋常。』

『所以他是天才囉，就這麼放走他沒問題嗎？我剛剛有把握能取他性命喔。』

『正如凱烏斯皇子所言，為了以備冥獄十王一戰，現在不能折損優秀的戰力。』

『嗯～明白了。』

『話說回來……』亞兒瑪以帶著笑意的嗓音說。

『諾艾爾你真的是很受怪胎歡迎呢。』

『喂，妳這自打嘴巴的巴掌聲也太響亮了吧。』

『畢竟怪胎的樂子總是比較多。比起常見的大小姐，我反倒更喜歡這個名叫基斯的男生。如果是他，姊姊我也能放心——啊、我說笑的啦！你別默默把槍口對準我啦！』

我發出一聲嘆息，將對準天花板的魔槍收進槍套。忽然好懷念亞兒瑪去遠征的那段祥和時光。

不過我倒是很同意「怪胎的樂子比較多」這句話。反正我已來日不多，樂子多一點總是比較有意思。

基斯・薩帕到底是何等人物，我就拭目以待吧。

到了隔天，預賽第二區在延續前一日的熱絡氣氛之下揭開帷幕。聚集於競技場內的觀眾，表現出來的熱情更勝以往，甚至足以驅散隆冬的低溫。

氣氛之所以會這般火熱，原因就在於沃爾夫成功反殺強敵。該場比賽並非單單抓住觀眾的心，也讓巴爾基尼幫針對賽事主辦的賭盤大爆冷門。

無論是階級與資歷都不如對手的沃爾夫，下注押他贏的人自然很少。聽說下注情況幾乎是一面倒，賭盤差點就無法成立，結果竟是沃爾夫打贏這場激鬥，讓下注沃爾夫獲勝的人們海撈一票，也令那些輸錢的賭徒們被點燃鬥志。

於是到了預賽第二天，也就是今天的下注金額超過昨日。昨天的下注總金額是五百億菲爾，今日則上看八百億菲爾。可以下注的人不只是一般民眾，當然也包括貴族與富商，不過這金額仍超出我和菲諾裘的預期。外加上菲諾裘也有在國外宣傳這場大賽，聽說他國的資產家們也紛紛派出屬下代為參與賭盤。事實上在近幾日內，有大量外資流入帝都。

只不過是預賽第二天就如此盛況空前，依照這局勢來推估複賽將有多少賭金流通，最終是得出近乎天文數字般的金額。說起菲諾裘昨天與我開會時的興奮模樣，還記得他的雙眼如金幣般閃閃發亮。

可是基於當初的契約，不論巴爾基尼幫在賭盤裡賺了多少錢，我都嘗不到一絲甜頭。因為我從一開始就與菲諾裘談好，我能分得的利潤只有活動收益。就算門票和場內販賣部的業績同樣蒸蒸日上，相較於賭金的收益仍是微乎其微。

菲諾裘曾主動表示願意重簽契約，不過我婉拒了他的好意，理由是他必須成為路基亞諾幫的新總帥，至於這筆收益就是他的資本，所以我不能取走一分一毫。

路基亞諾幫的幹部會議將在今晚舉行，我會陪同菲諾裘一起參加。儘管我已針對幹部們的反應做好預測與對策，但終究算不上是萬無一失。一旦演變成最糟的情況，就得做好大開殺戒的覺悟。

當然我已做好避免變成如此局面的準備，但最終也只能聽天由命。對於不能馬上開戰而大表不滿的菲諾裘來說，這應該是個天大的好消息吧。

當我針對今晚的會議制定計畫之際，第二區預賽最受矚目的選手基斯．薩帕已站上擂臺。

基斯擁有【魔法使】系的B階職能【死靈法師】（Necromancer），其特性是能夠從人類、魔物以及惡魔等屍體中萃取靈魂——也就是活體情報，再藉由自身的魔力加以還原。【魔法使】本身是相當常見的職能，可是成為【死靈法師】的探索者就相當罕見了。話雖如此，鑑定士協會已將【死靈法師】的職能特性全都研究完畢，因此也不是什麼值得保密到家的職能。

這小子的舉動疑點重重，或許其用意將在戰鬥中揭曉吧？

「那麼，下一場比賽已準備就緒！」

負責播報的露娜扯開嗓門介紹。

「預賽第二區的第二場比賽同樣備受眾人期待！其中我最關注的莫過於基斯．薩帕選手！而他最令人吃驚的一點，就是成為探索者只有短短一個月的時間！即便如此，他仍是一名以破竹之勢成功創立戰團的英傑！究竟他會為觀眾帶來怎樣的比賽，真叫人無法將目光移開呢！」

菲諾袞點頭附和難掩興奮的露娜。

「人家也一樣十分關注他，畢竟他還是個截至今日一直將自身身分保密到家的謀士，以往站在世人面前的基斯．薩帕只不過是代理人。而他掩飾至今的真正力量，人家真想親眼拜見一下呢。」

經兩人這麼一提，觀眾紛紛看向基斯所在的擂臺。

基斯的對手是職能為【鬥拳士(monk)】的壯漢。

按照七星杯的比賽規則，不使用武器的前鋒職能會比較吃香。單以職能的優勢來看，【鬥拳士】遠比【死靈法師】有利許多。壯漢似乎也明白這點，所以臉上掛著一張勝券在握的笑容。而他另一個充滿信心的理由是源自於基斯的外表，此時的他肯定心想『看我一拳打爆這個病懨懨的臭小鬼』。

不過壯漢那張游刃有餘的表情，下一秒就顯得痛苦難耐——

宣布比賽開始的銅鑼聲才剛被敲響，基斯就以超乎後衛職能該有的速度切入壯漢懷裡，豪邁朝對方結實的腹肌使出一記正踢，只見壯漢神情痛苦地雙眼一翻，當場昏厥倒地。

「真、真叫人難以置信！基斯選手僅憑一記正踢就從【鬥拳士】手中摘下勝利！完全不像是後衛職能應有的破壞力！難、難道基斯選手還謊報職能嗎!?」

面對大感困惑的露娜，菲諾裘搖頭否決這個猜測。

「不，基斯的確是【死靈法師】，他之所以能一腳踹昏【鬥拳士】，全是拜【死靈法師】的技能所賜。由於大賽尚未結束，人家不方便詳細解釋，但人家願意以營運方的身分擔保他沒有犯規。」

不同於實況播報員的露娜，菲諾裘早已知曉選手們事先登記的兩項技能。倘若選手犯規的話，菲諾裘必能輕鬆識破。換言之，基斯是貨真價實的【死靈法師】。

因為我不清楚基斯登記何種技能，所以無法妄下定論，但我不覺得基斯會做出任何那麼容易就被識破的違規行為。話雖如此，說我不吃驚肯定是騙人的——基斯的戰鬥能力確實非比尋常，要是沒有方尖柱幫忙吸收傷害的話，剛剛那一腳足以把對手的身體踢成兩半。

根據後衛職能施展的技能，的確有辦法與前鋒職能正面互毆——可是像基斯那樣一腳擊倒對手就相當罕見。原來如此，怪不得他不惜隱藏身分，也要將自身的實力保密到家。

在我一臉佩服地關注之下，基斯接連秒殺對戰選手。就連第二區預賽的最後一場比賽，基斯再次以一記正踢踹昏對手，最終在完全保留實力的情況下，僅憑正踢就打贏所有比賽。

「第二區預賽的贏家是基斯．薩帕選手！這位【死靈法師】光靠正踢就接連撂倒多名佼佼者！難不成我們都在作夢嗎⁉不，這就是現實！這就是才華！儘管對手都非常強悍！不過基斯選手卻展現出更蠻橫的實力！探索者們啊，擦亮眼睛看清楚吧！這就是新世代的實力‼」

露娜嗓音激動地讚揚完成功晉級的基斯後，觀眾發出熱烈的喝采。基斯可是首度在公眾面前亮相，卻馬上成了當紅巨星。

不，正因為基斯一直隱藏身分，才能夠以神祕新人配上破天荒的戰鬥能力做為賣點，一舉擄獲觀眾的心。這小子是在一個月前創立戰團，恐怕是他在耳聞要舉辦七星杯之後，就想出這種戲劇化的登場方式。

也就是說，基斯掩飾真面目並非單純想隱藏實力，他至今的所有行動都環環相扣，就此化為他的助力。

有意思，他成功證明自己不是只會模仿的跳梁小丑。

「……那個，你的表情變得很嚇人喔。」

在突然被人用手肘撞了一下，我反射性地坐直身子，並將目光從擂臺上移至側面，結果發現坐於身旁的貝娜黛妲一臉驚恐地望著我。

「瞧你忽然露出如猛獸般的神情，害我有點嚇到了。」

「……抱歉，基於職業關係，我只是稍稍感到興奮罷了。」

我輕咳一聲，喝了口紅酒潤潤喉。看來我同樣容易將情感表現在臉上，令自己不慎在貝娜黛妲的面前出糗了。

邀請貝娜黛妲來貴賓包廂的人是我。雖說我們是假裝交往，但我認為七星杯的主辦人邀請女友前來觀賽並無不妥，於是主動開口邀約。

「妳覺得七星杯如何呢？」

我提問後，貝娜黛妲柔柔一笑。

「老實說我對打鬥不太感興趣，可是不會見血這部分挺好的，能純粹當成一場競技來觀賞。」

「這樣啊，只要妳能喜歡就好。」

我從座位上起身，將手伸向貝娜黛妲。

「我很高興今天能像這樣出來見面。」

「我也是，十分開心你再次約我出門。」

貝娜黛妲牽著我的手起身後，目不轉睛地注視著我的臉。

「妳怎麼了？」

我不禁詢問，貝娜黛妲只是搖搖頭。

「也沒什麼大不了的，只不過——」

「只不過？」

「像這樣就近觀察，我發現你真的長得好美喔……」

「……一般都是反過來由男方對女方說這種讚美詞吧？」

見我傻眼地皺起眉頭，貝娜黛妲鞠躬道歉。

「對不起，想想男性被稱讚長得很美，並不會感到開心吧。」

「我是不清楚其他男性的感受，但至少我因為這張臉吃了不少苦頭……」

我老是因為這副如女人般的容顏被人瞧不起，也經常被人誤以為是同性戀，可是貝娜黛妲似乎不明白我的煩惱，正掩著嘴巴發出竊笑聲。

「難道妳是個喜歡幸災樂禍的人嗎？」

「真是非常抱歉，因為對美貌大感困擾的人實在是太罕見了……」

「……妳的個性還真惡劣耶。」

貝娜黛妲對於我的指責點頭回應。

「或許吧，畢竟我是個瘋婆娘呀。」

「那的確是我失言了，誰叫我是個死小鬼，總會把心底話說出來。」

「呵呵呵，看來我們都一樣很不正經呢。」

「而且最頭疼的一點是偏偏無法否認。」

我與貝娜黛妲就這麼看著彼此開懷大笑。

離開競技場的我們，搭乘馬車向貝娜黛妲的住處駛去。預計把貝娜黛妲送回家之後，我就會前去和菲諾袞會合。當我看著窗外時，忽然傳來貝娜黛妲有些破音的說話聲。

「我在想一件事。」

「……什麼事？」

「我覺得欺瞞家父並不太好，所以我們要不要真的交往？」

我吃驚地望向貝娜黛妲，只見她雙頰泛紅，緊緊抓著禮服的裙襬，對我投以熾熱的眼光。

「……你……不願意嗎？」

貝娜黛妲嬌羞地詢問後，我發出一聲嘆息再度望向窗外。

「……為何妳會冒出這個想法？」

「我認為……我們應該處得來。我並不討厭和你在一起的感覺，就連起爭執時，比起厭惡反倒莫名有種爽快感。」

「爽快感？」

「我是第一次像那樣與人爭執，對我而言是非常新鮮的體驗，同時覺得將情緒直接表現出來的感覺也很不錯。」

「居然喜歡跟人起爭執，妳還真奇怪耶。」

「但我認為這就是所謂的戀愛。對一個人抱持有別於以往的情感，以自身立場看來不就算是特別的人嗎？」

倒映於車窗上的貝娜黛妲將雙手貼在胸口上，默默等待著我的答覆。在我煩惱該如何回應之際，忽然看見窗外有一家人和樂融融地走在一起。年幼的孩子坐在父親的肩膀上，父親與母親感情要好地牽著彼此的手。儘管我對雙親幾乎沒有印象，卻還是覺得眼前這幕光景非常窩心。

組織家庭或許是個不錯的選擇，就算自己只剩下十年的壽命，依舊能留下許多事物才對。就在我如此心想的同時，理性卻在我耳邊細語。

你沒有資格擁有這些——

「貝娜黛妲，妳根本不清楚我的為人。」

我沒有看向貝娜黛妲，逕自把話說下去。

「我是個比妳想像中更可怕的惡棍。」

「……關於你的一些事情，我曾聽家父轉述過，像是你把同伴賣去當奴隸……但你是有著充足的理由才那麼做吧？」

「我想提的不是這件事，我確實曾把同伴賣去當奴隸，除此之外還做過許多壞事，而那些都如妳所言是基於充足的理由——是我還能夠找藉口搪塞的壞事……不過，我仍抱有一個完全無法為自己辯解的罪孽。」

將接下來的話語說出口，帶給我比想像中更加煎熬的痛苦。

「……其實，我殺了一名非常仰慕我的女孩子。」

「究竟……發生了什麼事？」

「雖然不是我親手殺死，可是我明知這麼做會害她面臨可怕的遭遇，最終仍執意去做……結局是害她死得非常悽慘。」

當我前往敏茲村制裁欺騙我的村長時，我很清楚將會招來怎樣的結果。一旦向黑幫借錢，在還不出錢時絕不會有好下場。為了還債，不難想像雀兒喜將會遭黑幫如何對待。即使我沒料到她會慘死，不過這種說詞無法正當化我做出的抉擇，也不能減輕我的罪孽。

「我就是這種人。」

我正眼直視貝娜黛妲。

「倘若有必要的話，就算是仰慕自己的女孩子，我也會毫不猶豫地把她殺死，而且不會為此感到後悔。無論是下次或再下一次，不管再多次我都會——」

殺了她——在我即將斷然說出這三個字的瞬間，貝娜黛妲一把抱住我。

「對不起，我並沒有想勾起你這麼痛苦的回憶。」

「……妳不必安慰我，這是我個人的問題。」

把臉埋進我懷裡的貝娜黛妲，維持著相同姿勢點了個頭。

「這我明白，可是我不知道除此之外還能怎麼做。」

貝娜黛妲沒有指責我，也並未要我釋懷，就只是依偎在我的身上。我排斥與人接觸，更別提這種基於同情的擁抱，著實令人作嘔，所以我決定把她推開——卻遲遲辦不到。

我就這麼任由貝娜黛妲抱著自己度過一段時間，馬車便抵達高汀宅邸的大門。貝娜黛妲鬆手後，溫柔地對我一笑。

「關於剛剛的問題，請你記得找時間給我一個答覆喔。」

「我會等你的。」貝娜黛妲說完準備離開馬車時——我這個人最討厭做事拖泥帶水，若是他人還能忍受，換作自己就完全無法接受，於是我迅速抓住她的肩膀，一口奪去她的唇瓣。

「……嗯嗯!?」

嘴巴被堵住的貝娜黛妲錯愕地大大睜開雙眼，卻沒有做出任何抵抗。溫熱的吐息在彼此嘴裡交混融合。她顯得有些喘不過氣，並發出莫名嬌羞的喘息聲扭動身體。

不知經過多少時間，我把嘴巴移開後，貝娜黛妲羞澀地將臉撇開，她那柔弱的雙肩正隨著急促的呼吸上下起伏。

「對於剛剛的問題，這算得上是答覆吧？」

面對我的提問，目光仍瞥向一旁的貝娜黛妲點頭肯定。我輕笑一聲跳下馬車，將貝娜黛妲那側的車門打開並對她伸出右手。

「請，我的公主。」

「謝、謝謝。」

貝娜黛妲露出靦腆的笑容，牽著我的手緩緩下車。我請車夫稍待片刻，以護花使者的身分將貝娜黛妲送進屋內，然後與遲遲不敢看向我的貝娜黛妲道別，再慢慢走回馬車。

「可以了，出發吧。」

車夫遵從我的指示駕著馬車前行。我望著車窗外那片不斷流逝的景色，並替自己點了一根菸。吸入嘴裡的煙感覺比以往甘甜，而這絕非自己的錯覺——嘴唇好燙。我以舌頭輕舔留有貝娜黛妲餘溫的嘴唇後，只見玻璃裡倒映著我臉上那張邪惡的笑容。

「果然很甜——而這就是女騙子的味道吧。」

†

此處是總帥維特·路基亞諾的宅邸。路基亞諾幫的定期幹部會議正順利召開，在豪華的會議室裡由維特位於上座，餘下十三名幹部則以兩兩對坐的形式坐在椅子上。

位於白髮老紳士——維特的右側，也就是少帥（第二把交椅）的座位上，有一名梳著油頭、身穿黑色西裝的黑髮帥哥優雅地坐於該處，此人正是少帥兼首席繼承者，也是維特的兒子亞雷修·路基亞諾。

幹部們以亞雷修的座位為首依序往後坐，菲諾裘的座位在維特的左邊，也就是亞雷修的對面，足以證明他是組織內的第三把交椅。

菲諾裘原本是排名第五，但在吸收失去幫主的岡畢諾幫之後就晉升為第三名，因此原本第三名的幹部便降為第四，坐在菲諾裘的斜前方。大概是對於名次被奪一事懷

恨在心，此人毫不顧忌其他幹部們的眼光，惡狠狠地瞪向菲諾袞。

這位幹部名叫杜林・鎚赫德，是路基亞諾幫內唯一的矮人幹部。他如同一般矮人族那樣渾身上下都是緊實的肌肉，儘管頭髮全禿，卻留了一嘴濃密的鬍鬚。

在名分上，杜林算是菲諾袞的大哥。曾是流浪兒的菲諾袞在被路基亞諾旗下分幫收養時，杜林就已是幫內高高在上的少帥副手。

杜林從一開始就看不慣菲諾袞，從菲諾袞剛加入時就對他百般刁難，而且絕非一、兩次就罷手。杜林每天都對菲諾袞拳打腳踢，再加上當年的路基亞諾幫有許多敵對組織，因此菲諾袞經常被逼著負責帶頭衝殺的危險任務。

不過說來諷刺，菲諾袞因為時常帶頭衝殺的緣故，讓他在短時間內打響名聲，最終得到總幫的關注，而他恰好也在這段時期以『瘋狂小丑（mad pierrot）』的外號聲名大噪。至於令菲諾袞一舉成名的關鍵，就是他所屬分幫的幫主惹出事端，總幫一氣之下便命令菲諾袞取下該名幫主的首級。對黑幫而言，此等弒親行徑實屬重罪，但菲諾袞忠實完成總幫所指派的任務，因此深受總幫的信賴。

當然對菲諾袞懷恨在心的人也並非少數，其中帶頭的就是想替已死幫主報仇雪恨，同時也是菲諾袞昔日大哥的杜林。

杜林是真心想找菲諾袞算帳，一直以來都是礙於總幫的叮囑才無法當真動手。聽說每當他酒過三巡，就會對自家弟兄們揚言說要殺了菲諾袞。他沒有付諸實行並非單純不敢忤逆總幫，另一個原因是基於自身名次在對方之上的矜持。

反觀現在名次已被超前，杜林對菲諾裘是充滿無盡的恨意，於是他夥同其他一樣看不慣菲諾裘的幹部們，打算成立反菲諾裘聯盟。

菲諾裘忍不住在心中嘲笑杜林的愚蠢。畢竟現在大勢已定，偏偏杜林仍堅信只要與其他幹部聯手就有機會扭轉局勢，這等思維簡直天真到可以改行去當童話作家了。

確實杜林和其他幹部聯手將會相當麻煩，不過這就只是菲諾裘還在孤軍奮戰時的情形，而他如今已有足智多謀的諾艾爾·修特廉在旁協助。

路基亞諾幫成為帝國最大的地下組織已有幾十年，就算找來再多這種過慣安逸生活的幹部們共謀，都絕不是菲諾裘的對手，理由是菲諾裘已和現役的激進派戰團，而且還是堂堂七星合作——沒錯，正因為那些幹部絕非對手，一旦開戰只會被單方面蹂躪，所以菲諾裘才不願諾艾爾出手幫忙。

即便有個幫手是能輕鬆獲勝，但此等勝利又剩下多少價值？至少菲諾裘不期望看見這種結局，因此他認為自己應該拒絕諾艾爾的協助。無奈菲諾裘明知這點卻拒絕不了，令他打從心底恨透了自己的少女情懷。

「時間到了。」

維特此話一出，亞雷修隨即點頭回應，並且環視在座的其他幹部。

「那麼，定期幹部會議就此開始。」

亞雷修的嗓音充滿威嚴，外加他自小接觸帝王學，被視為路基亞諾幫的繼承人接受栽培，可說是夠格繼任總帥一職的出色之人。雖然他與菲諾裘年紀相仿，卻是與生俱來的王者，和一路從流浪兒身分打拚上來的菲諾裘大相逕庭。號令部下就是他的天職，今後也本該繼續走在這條康莊大道上。

假如能憑著一己之力與亞雷修對決，那該有多麼痛快呢？可是菲諾裘比起自己的鬥爭心，更情願力捧心儀的男子踏上成王之路。

「少帥，方便讓人家打個岔嗎？」

菲諾裘出聲後，亞雷修露出狐疑的表情。

「怎麼了？難道你有話想說嗎？」

「沒錯，人家有話想說，而且是至關重要的事情。」

菲諾裘點頭回應，接著將目光對準維特。

「總帥，恕人家斗膽在此建議，能否請您將路基亞諾幫的總帥寶座，轉讓給菲諾裘・巴爾基尼我嗎？」

現場所有人都當場愣住。

面對這突如其來的提議——而且還是將總帥寶座轉讓出去的要求，幹部全體大驚失色。在一片混亂之中，唯獨維特直勾勾地盯著菲諾裘。

「理由是？」

維特平靜地提問之後，菲諾裘端正坐姿回答道：

「理由非常單純，總帥您今年已是七十七歲，即便您老當益壯，同時仍是帝國內出類拔萃的智者，但以一名領導者而言，不如全盛時期終究是事實。基於此因，才會放縱亞爾巴特・岡畢諾那般胡作非為。」

縱使最終下令肅清亞爾巴特的人還是維特，但這個決定終究來得太遲。就因為縱容亞爾巴特，才導致受害者不計其數。事實上只要是維特的親信們，都很清楚年邁的他礙於與岡畢諾幫前任幫主的情誼，才會失去應有的判斷力。

「換作是我剛踏入黑幫時的總帥您，絕不會放任那種蠢人為所欲為。不過現在還來得及，為了讓總帥您能保有一直以來的盛名，現在正是您宣布退位的時候。」

「等我退位之後，就由你來執掌大局是嗎？」

「是的。」菲諾裘重重地點了個頭。

「人家有充足的信心認為自己夠格勝任。」

面對菲諾裘堅定的態度，維特揚嘴露出傲慢的笑容。

「喲～說得這麼篤定，真不愧是瘋狂小丑啊。」

「多虧總帥您的教誨，讓人家明白了痴狂正是成為男子漢的必經之路。」

「哈哈哈，說得好，想想你從小就是個聰明伶俐的孩子。」

維特放聲大笑，將身體躺靠在椅背上，接著開心地瞇起雙眼，環視在座的幹部們。

「菲諾裘說得十分正確，都怪我這個老糊塗害你們吃了不少苦頭。路基亞諾幫這個招牌對我而言已過於沉重，是時候該抽身了。」

面對突然宣布退休的維特，幹部們吵成一團。本幫今後將何去何從？當真要由菲諾裘接掌總帥嗎？當眾人因錯愕和不安陷入混亂之際，只見身為幫內第二把交椅的亞雷修泰然自若地默默旁觀，於是位居第四名的杜林勃然大怒地站起身來。

「您到底是什麼意思!?總帥！」

看到杜林表現出如此激進的態度，所有人都將目光集中在他身上。

「總帥您執意引退是無妨，畢竟強迫您老人家繼續身處第一線，我們也同樣於心不忍。話雖如此，我卻無法接受由一個弒親的該死人妖來繼位。」

「下令菲諾裘弒親的人是我，因此這不足以取消菲諾裘的繼位資格。」

看見維特態度堅定，杜林彷彿生吃苦瓜般臉色難看，但他很快就重振精神。

「好，弒親一事先撇開不提，可是由誰接掌總帥一職，能否交由我們來決定？總帥您之所以宣布引退，是因為您明白自身的判斷力已大不如前吧？既然如此，懇請您同意由在座的諸位後進來選擇該由何人繼任。」

「我並未同意由菲諾裘來擔任總帥，不過你這番話的確很有道理。」

維特點了個頭，將視線移向亞雷修。

「你覺得呢？」

「我也贊成杜林的意見，新總帥理應交由在座的幹部們投票表決。不過在此之前，我想先釐清一件事。」

語畢，亞雷修扭頭直視菲諾裘。

「菲諾裘，你曾說自己才夠格擔任新總帥是吧？你憑什麼這麼認為？先麻煩你對此給個交代。」

對於亞雷修充滿挑釁意味的質問，菲諾裘輕輕一笑。

「理由有兩個。首先是人家主辦的七星杯獲得龐大收益。今日的定期幹部會議本就是匯報各分幫的收益情形，以及上繳給總幫的貢金，都怪人家才導致會議延後開始。為了向各位賠罪，就由人家先來匯報。關於巴爾基尼幫下半季的營收，現階段是兩千億菲爾，等到七星杯複賽結束時，粗估還能再淨賺八千億，金額總共是一兆菲爾。」

菲諾裘笑著公布完，幹部們全都瞠目結舌。大家明白舉辦七星杯能取得莫大利潤，卻萬萬沒料到金額竟高達如天文數字般的一兆菲爾。

不過單單舉辦七星杯，自然是不可能賺到一兆菲爾。為了讓無法親臨現場觀戰的民眾也能下注賭錢，主辦方提前與帝國報社達成協議，藉此架設遍布全國的獨立情報網，這般驚人的收益才得以實現。外加上宣傳活動也有擴及國外，吸引他國的資產家們紛紛加入賭盤，使得預測收益持續向上攀升。

「胡、胡說八道！收益哪可能會高達一兆菲爾！」

杜林浮誇地大力搖頭並搭配手勢，堅稱菲諾裘是在誇大其辭，但任誰都能一眼看出此舉只不過是困獸之鬥。

「人家並沒有胡說，小杜林，畢竟根據幫規，我們分幫必須把兩成的所得上繳給總幫。要是人家打腫臉充胖子的話，也只會損失慘重喔。」

「一旦你成為總帥，自有辦法補回這些損失啊！」

「唉～真叫人難以置信，你好歹也是堂堂路基亞諾幫的幹部，居然連事情真偽都看不出來嗎？就因為你無法認清狀況，才能夠臉不紅氣不喘地胡言亂語。照此情形看來，真正的老糊塗是你才對。」

「你說什麼⁉這句話是什麼意思⁉」

菲諾裘故意當著眾人的面發出一聲嘆息，然後冷眼望向杜林。

「正如人家字面上的意思，假如讓你來主辦七星杯，那就絕無可能達到一兆菲爾的收益，反觀人家卻能辦到這點，而這正是你我之間的差距。」

「你、你這個混帳……！」

勃然大怒的杜林宛如煮熟的章魚般漲紅了臉，氣到不停大口喘息，彷彿隨時都會出手打人，可是他似乎仍保有別貿然動手的一絲理智。看在想以正當防衛為由殺死杜林的菲諾裘眼中，這樣的發展著實令人掃興。

「你克制點，杜林。」

被亞雷修以簡短卻明確的話語警告之後，杜林這才重新就座，臉色則因為怒氣難消而極為難看。

「關於第一個理由，我已經聽明白了。」

亞雷修將雙手放在大腿上，接著把話說下去。

「一兆菲爾的收益當真是非常出色，幾乎等同於全幫上半季的總收益。以一名幹部而言，的確夠格要求接掌總帥一職。那你的第二個理由呢？」

目睹亞雷修仍不改其游刃有餘的態度，菲諾裘暗自感到一陣困惑。即便亞雷修身為幫內的第二把交椅，那副模樣實在過於泰然自若。難道他已察覺己方的意圖？話雖如此，如今也由不得自己臨時改變作戰計畫，接下來就只能聽天由命了。

「關於第二個理由，必須交由專家來為各位解釋。」

「專家？」

「沒錯，因為光聽人家的片面之詞還是欠缺說服力。少帥，方便讓人家把他請進場嗎？」

亞雷修在聽完菲諾裘的請求，稍作思考後便點頭同意。

「好吧，總帥，您意下如何？」

被徵詢意見的維特動作浮誇地雙肩一聳。

「我可是已經宣布退位了，在諸位決定好總帥之前，就暫時由你來主持會議吧。」

「遵命，菲諾裘，你就把口中的專家叫進來吧。」

得到允諾的菲諾裘，運用魔力透過配戴在耳朵上的耳環型通訊器，跟待在外頭的專家聯繫。

『是人家，舞臺已準備就緒，快進來吧。只要有本幫成員陪同，警衛都會放行的。』

『收到，我馬上過去。』

在換來這句簡單明快的回應還不到五分鐘，會議室內便響起一陣敲門聲。亞雷修回了一句「進來吧」之後，一名身穿黑衣的黑髮美少年推門走入室內。此人正是七星戰團之一，嵐翼之蛇的團長諾艾爾·修特廉。

在幹部們目瞪口呆的關注之下，諾艾爾彷彿散步般雲淡風輕地走至維特面前，恭敬地鞠躬行禮。

「初次見面，尊貴的老先生，我是嵐翼之蛇的團長諾艾爾・修特廉，在安東拉斯・弗卡一事裡承蒙您的照顧了。」

維特和抬起頭來的諾艾爾對視後爽朗一笑，不過菲諾裘能看出那張笑容底下蘊含著各種負面情緒。

原因是諾艾爾曾與路基亞諾幫撐腰的弗卡商會起衝突，結局是弗卡商會毀於一旦，而路基亞諾幫也痛失一棵寶貴的搖錢樹，偏偏諾艾爾現在是一同籌辦七星杯的珍貴合夥人。實際上維特並未涉入其中，唯獨菲諾裘與諾艾爾有所牽扯，這對維特而言是沒有多少影響，不過撇開心底的想法，他最終還是維持著臉上那張笑容，甚至開朗到彷彿哪來的和善老人。

「原來如此，你就是蛇啊。的確長得一表人才，但跟你外祖父一點都不像，反倒非常神似外祖母。你可曾聽外祖父提過，我被你家外祖母拒絕的往事啊？」

「很可惜外祖父不曾提及，其實他對許多過往都保密到家。」

「呵呵呵，這樣啊，那你就是方才提到的專家嗎？」

諾艾爾點頭回應笑著提問的維特。

「是的，儘管敝人只是後生晚輩，本日還請您多多指教。」

「明白了，就讓我洗耳恭聽不滅惡鬼的外孫有何高見。」

諾艾爾先是回以微笑，接著轉身將目光對準在座的幹部們。

「事不宜遲，我就直接進入主題。我想對各位說明的事情，就是戰勝冥獄十王之後，帝國的地下組織勢力將會產生何種變化。」

亞雷修聽完諾艾爾的話語，不由得皺起眉頭。

「你說地下組織的勢力會產生變化？此話怎說？」

「雖有冒犯，但我還是明確告訴各位，如果路基亞諾幫持續維持現狀，在全新的黑社會裡將無處容身，等待你們的命運是很快就會遭到淘汰。」

諾艾爾理直氣壯地淡然說出這段話，不過對於被宣判沒有未來的一方而言，自然是無法保持冷靜，因此被惹毛的幹部們立刻破口大罵，現場氣氛隨即變得劍拔弩張，其中又以杜林的反應最為激烈。

「前因後果全沒講清楚，就直接嗆我們會遭到淘汰!?你這小子有搞清楚自己在講啥屁話嗎!?假如你膽敢再說出一句瞧不起人的發言，我就直接打爆你的睪丸!!」

其他幹部也紛紛贊同杜林的怒吼，至於身為當事者的諾艾爾則是處之泰然。畢竟他是冠上七星稱號的戰團首長，豈會畏懼區區黑幫的威脅。

「那我反問在座各位，你們認為自己有辦法戰勝任何來搶飯碗的對手嗎？」

「那還用說！你這個白痴！現在的我們可是完全不把其他黑幫放在眼裡!!」

「黑幫……確實對手是黑幫的話，沒有哪批人馬能戰勝你們。」

諾艾爾面露冷笑，補上一句但書。

「倘若對手是探索者戰團，你們有辦法打贏嗎？」

「你、你說什麼!?」

杜林錯愕得瞪大雙眼，其他幹部也出現相同反應，唯獨亞雷修心領神會地點頭肯定。

「蛇，我已明白你想表達的意思，就是探索者戰團會黑幫化，成為我們的競爭對手吧？」

諾艾爾點頭回應亞雷修的問題。

「正是如此，少帥。」

具有先見之明的亞雷修，馬上聽懂諾艾爾想表達的意思，偏偏其他幹部還是一頭霧水的樣子。

「臭小鬼，你這句話是什麼意思!?用我也能明白的方式解釋清楚！」

杜林毫不介意自暴其短，堂而皇之地要求說明，於是諾艾爾以瞪視蟲子的眼神看過去。

「老實說，我認為探索者和你們黑幫並無多少差異，雙方都不隸屬於公權力之下，皆是透過暴力來討生活。其中最明確的差異，大概就是我們施暴的對象為惡魔，而你們則是盯上弱者。單以透過暴力來擴張勢力的這點而言，兩者堪比一丘之貉。」

「就算按照你的說法，終究還是有所不同啊。假如把你說的話照單全收，男人跟女人不就一樣了？不過你這小子明明是男人卻長得與女人一樣，和你掛鉤的菲諾袞又是個死人妖，也難怪在這方面會分不出來啦。」

對於杜林的嘲諷，其他幹部紛紛發出下流的笑聲，但諾艾爾並未動怒，就只是在臉上浮現一張冷笑。

「藉由嘲諷他人來吸引注意，就是小時候沒能受到父母疼愛的證據，一般而言是非常可恥的行為，偏偏你老大不小還不改這種態度，足見你有過一段非常痛苦的幼年時期，我真心對你感到同情。」

「你、你這個死小鬼在說啥⁉」

三兩下就在口舌上失利的杜林火冒三丈，氣得從座位上起身，卻被亞雷修大聲喝止。

「夠了！這是我第二次的警告！休想我會再給你機會！」

「唔、唔～～……」

無法忤逆亞雷修的杜林，只好憤恨不平地閉上嘴巴。

「言歸正傳。」

諾艾爾彷彿什麼事都沒發生過似地把話說下去。

「既然探索者與黑幫並無多少差別，為何探索者們至今沒有成為各位的競爭對手？答案很單純，就是因為嫌麻煩。既然只要討伐惡魔就能獲得足夠的報酬，也就不會自找麻煩再跑來當你們黑幫的競爭對手，理由就這麼簡單，問題是今後的情況有變。」

不知何時，幹部們都專注聆聽諾艾爾的話語。

「即使日後順利討伐冥獄十王，仍免不了面臨社會動盪。在這片混亂之中，探索者一直以來覺得麻煩的副業都能輕鬆擴展。理由為不僅僅是你們黑幫，包含政府在內是沒有餘力準確掌握所有事態。」

既然能輕鬆擴展討伐惡魔以外的副業，諸多探索者戰團自會選擇出手。再加上這麼做可以迅速賺錢，比起程序繁瑣的正當工作，全憑暴力強行發展的地下事業反而更有賺頭。一旦這個結果蔓延開來，探索者戰團將如同亞雷修所說那樣逐漸黑幫化。

解釋至此，終於搞清楚情況已相當危急的幹部們個個臉色難看。諾艾爾在此刻選擇趁勝追擊。

「從在座各位的臉色來看，我就當作你們全聽明白了。記得以前曾有過探索者淪為地痞流氓的案例，不過那群人只是探索者競爭中的淘汰者，偏偏這種程度的貨色就經常迫使你們陷入苦戰。」

這是不爭的事實，就連大名鼎鼎的瘋狂小丑・菲諾袞的地盤裡也多次遭地痞流氓騷擾，即便最終順利排除，卻都贏得相當辛苦，而探索者就是如此強悍。

「至於這次，你們將與活躍在第一線的探索者戰團展開競爭。重點是並非單一戰團，而是多不勝數。我重新再問各位一次，你們真有辦法打贏探索者戰團嗎？」

現場沒有一名幹部敢答腔，全都尷尬地移開目光。他們的反應十分正常，撇開以前的路基亞諾幫不提，如今早已過慣和平生活的這群人，既沒有戰力也毫無膽識敢正面迎戰探索者戰團。

「給、給我等一下！」

杜林急忙扯開嗓門。

「如果競爭對手是探索者戰團，我們的確會很不妙！但我們的背後可是有皇室在撐腰喔！」

身為帝國第一地頭蛇的路基亞諾幫，與皇室交情匪淺。雙方有建立互利互惠的關係也同為事實。

不過——

「有皇室撐腰？你真心相信光靠這點就能保住飯碗嗎？假如真是這樣，我只能說你已蠢到無藥可救。」

諾艾爾取笑完杜林，馬上糾正這錯得離譜的誤解。

「皇室絕非你們的朋友，就僅止於合夥人的關係，一旦他們看出各位無力統治黑社會，就會馬上與你們斷絕往來。你們這群標榜做人要講義氣的黑幫，也都很清楚光靠這點是無法填飽肚子吧？」

「那、那個……」

見杜林詞窮，亞雷修開口反問。

「我相信探索者戰團勢必會黑幫化，但即便如此，當真會嚴重到顛覆目前的勢力版圖嗎？畢竟前一次就並未出現足以威脅我們的探索者戰團。」

「那是因為前一次的數量不能與這次相提並論。說起探索者的人數與實力，相較於幾十年前是增加許多。反觀你們的勢力確實不斷擴大，偏偏只將資源全花在經濟活動上，下場就是戰力已大不如前。」

數十年前的路基亞諾幫強大到足以與探索者戰團抗衡。不只是戰力，就連鬥志也截然不同。可是他們成為黑社會霸主之後，比起戰鬥是更著重於發展經濟，因此現今的路基亞諾幫以一個組織而言，其強項是名為財力的暴力，而非與人廝殺的暴力。

「我們確實是變弱了，但也只在戰鬥方面，反觀財力則是強大到幾十年前完全無法相提並論。就算再保守估計我們投注於地下事業的心血，這幾十年來累積的財力仍足以影響各業界，再加上商場方面的門道，絕非門外漢有辦法輕鬆顛覆的。」

「對、對啊！門外漢根本無法從事黑幫的工作啦！傻瓜！」

杜林大聲支持亞雷修的反駁，其他幹部紛紛點頭肯定，諾艾爾卻不改其臉上的笑容。

「有一個解決方法連門外漢也能輕鬆跑來做生意，那就是訴諸暴力，直接強搶你們的財路即可。如此一來，再多的問題都能擺平。」

面對諾艾爾的答案，幹部們都不敢吭聲。就連一直表現得泰然自若的亞雷修，也目瞪口呆地完全無法回嘴。原因是他們萬萬沒料到，身為一般民眾的諾艾爾竟然堂而皇之道出即便是黑幫也會再三猶豫、充滿血腥味的解決方案。不過，唯獨菲諾裘明白那就是諾艾爾這名男子的本質。

「大家何須如此吃驚？在爭奪地盤時，硬碰硬是再基本不過的方法吧？相信你們當初也是以同樣手法擴張勢力才對。」

諾艾爾不解地歪過頭去，亞雷修搖搖頭說：

「……那是過去式，黑幫生意如今全都複雜化，即使硬搶也未必有辦法經營下去。」

「不過動手時選用這個方法，是既簡單又迅速。」

「就算這樣，一般民眾真有辦法付諸實行嗎？」

「當然可以。一旦決定動手，就會以合理又確實的方式貫徹到底，而這就是名為探索者的生物。」

「重點是……」諾艾爾加深臉上的笑意，用雙手指著自己。

「現在已有我這個『最具代表性的成功案例』。縱使身為探索者，仍強行掠奪人魚鎮魂歌的鐵路權利，甚至實現名為七星杯的史上最大規模賽事，探索者們到時勢必會爭相模仿我的手法。」

諾艾爾這番發言的說服力，堵得幹部們啞口無言。後進仿效成功者是再正常不過的舉動，人類自古以來就是透過這種方式蓬勃發展。當然想完全模仿諾艾爾是不太可能，但按照獲益的角度來考量，自然而然會得出相同結論。只不過是強占黑道的事業，大家理應無須糾結多久就能做出決斷。

會議室內寂靜無聲，幹部們的思緒已徹底受制於諾艾爾的話術。無論是亞雷修、杜林甚至是維特，全都無法提出駁斥，深信諾艾爾所言屬實。

儘管菲諾裘早就料到會演變成這樣，可是這舞臺仍打造得近乎完美。其中最駭人的一點，便是事情發展巧妙地環環相扣。恐怕諾艾爾向菲諾裘提議舉辦七星杯之際，就已制定好這座舞臺的劇本，要不然絕無可能出現如此湊巧的結果。

（吶，小艾艾，你還記得嗎？）

菲諾裘在心中詢問諾艾爾。

（你以前曾這麼問過人家。）

『菲諾裘，你成為路基亞諾幫的總帥，統領帝國的黑道。而我則成為七星的一等星，當上白道之中擁有最高榮譽與權力的男人。換言之，只要我們聯手的話，帝國實質上就落入我們的手中了。』

在安東拉斯一事當時，菲諾裘曾威脅過諾艾爾趕緊收手，結果諾艾爾給出的答案是以舉辦七星杯為誘餌，藉此反過來拉攏菲諾裘。而且他還提議菲諾裘應該成為路基亞諾幫的新總帥，並聯手掌控整個帝國。

『菲諾裘．巴爾基尼，做出抉擇吧。不對，瘋狂小丑，你是要為了區區的安東拉斯而死？還是與我聯手登上頂點？現在就只能二選一——來吧！做出選擇！說出你身為男子漢該有的答覆!!』

面對遲遲給不出答案的菲諾裘，諾艾爾毫不留情地大聲逼問。當時感受到的那份震撼，令菲諾裘直到現在仍記憶猶新。他因為被年紀較小的小鬼取笑為孬種是既憤怒又懊惱，再加上一度當真萌生怯意的那股恥辱感，導致他的內心亂成一團。

話雖如此，菲諾裘卻感受到自己的靈魂正在發燙，他不禁認為只要和眼前這名男子漢聯手，將來必能登上頂點。當時的諾艾爾就是耀眼到令他冒出上述念頭。

（令人家忍不住深信你就是最棒的搭檔……可是人家錯了，事實證明人家徹底誤判你了。）

「我以專家之姿提供的意見到此為止，現在換我來反問各位。」

會議室已成了諾艾爾一個人的舞臺。獨領風騷的他，彷彿對著臺下觀眾高歌般繼續把話說下去。

「在探索者戰團紛紛黑幫化，黑社會進入群雄割據的新時代裡，有誰膽敢大聲承諾自己能夠勝任路基亞諾幫的新總帥？」

現場沒有一人出聲。別說是方才不斷嗆聲的杜林，就連身為頭號候選人的亞雷修也選擇靜觀其變。原因是此刻站出來的話，就必須以新總帥之姿背負更多責任。具體而言便是為了對抗黑幫化的探索者戰團，得要設法重新整頓組織，並提供所需的資金。

沉默不語的幹部們都沒有這等才幹，但現場唯獨其中一人具備親自上陣立下汗馬功勞所培養出來的戰鬥知識、充裕的資金，以及與優秀探索者之間的人脈。

「人家有膽做出承諾。」

菲諾裘從座位上起身，環視在場的每一位幹部。

「就算進入黑社會的新時代，人家也有能力一戰，甚至可以讓路基亞諾幫晉升成更龐大的組織。」

「所以……」菲諾裘扯開嗓門大吼。

「就讓本大爺來負責領導你們!!」

經過片刻的沉默，忽然有人開始拍手，然後一人接著一人，轉眼間已是掌聲與喝采聲充斥著整間會議室，眾人以行動來恭賀新總帥的誕生。

「你、你們這是啥意思!?」

杜林焦急地大聲喝斥，只可惜已經太遲了。理由是鼓掌者之中，有著私下和杜林講好要反對菲諾裘的幹部們。在七星杯的收益、菲諾裘的功績以及諾艾爾的話術之下，明眼人都知道該選擇追隨誰，自然不可能繼續跟杜林這等貨色掛鉤。

「我不會承認的！我絕不承認由你這傢伙來擔任新總帥!!」

亞雷修搖頭對死不認輸的杜林說：

「放棄吧，是我們輸了。」

接著他輕輕一笑，也為菲諾裘獻上掌聲。

「看來大家已表決通過了。」

維特滿意地點了個頭，然後扭頭望向菲諾裘。

「路基亞諾幫的新總帥，就由菲諾裘·巴爾基尼來擔任！」

掌聲變得更加響亮。新總帥菲諾裘把視線對準諾艾爾，只見諾艾爾也笑著拍手，狀似是真心恭賀新一任的『黑道主宰』就此誕生。可是，菲諾裘此刻抱有一股截然不同的感受。

（人家現在終於能心服口服承認自己才不是哪來的主宰。小艾艾，你才是橫跨黑白兩道的真正主宰。）

對菲諾裘而言，諾艾爾不再是地位對等的搭檔，而是值得自己效忠的真正王者。菲諾裘之所以能成為新總帥，實際上全拜諾艾爾所賜，雙方所具備的器量根本是天壤之別。

當然他對無法成為搭檔一事感到懊惱。

可是有另一股心情凌駕在此之上。

「這感覺還挺不賴的。」

菲諾裘如此喃喃自語，並對諾艾爾露出微笑。

†

定期幹部會議結束之後，其他幹部已全數離去，只剩下亞雷修、杜林以及各自的親信還待在會議室內。

「那個該死的臭人妖竟敢瞧扁我!!」

怒氣難消的杜林不停大力跺著地板。

「少帥，難道您當真願意認同讓菲諾裘成為總帥嗎!?」

「不管怎麼說——」

亞雷修替自己點了一根菸才把話說下去。

「包含我在內的其他幹部們都認同這件事。無論你如何否定，菲諾裘都已是路基亞諾幫的新總帥。」

「話雖如此，但要是繼續放任下去的話，整個天下都是他的喔!?」

「就算你如何掙扎，現在都沒有我們能插手的餘地。」

亞雷修露出一副大局已定的樣子吞雲吐霧，惹得杜林更加惱怒。

「您在說啥傻話!?少帥！明明本該是由您成為新總帥，難道您甘心就這麼被人奪走嗎!?」

「我自然是會感到不甘心。」

「既然這樣──」

「但這次是他比較高竿，事已至此就該乖乖認輸。」

「靠！這是哪門子的蠢話!!」

耐心達到極限的杜林已無意繼續顧慮亞雷修的面子，甚至將彼此的上下關係徹底拋諸腦後。

「我是認為你會當上新總帥，一直以來才默默服從你！結果你竟然已經放棄成為總帥!?好啊！那你就儘管去舔那個死人妖的屁眼！總之與我無關！我只管以自己的方式去幹！其實我對他積怨已久，就趁此機會好好算清這筆帳！」

「……所以你打算弒親嗎？」

即使被亞雷修狠瞪一眼，杜林卻嗤之以鼻。

「他並不是我的老大，而是砍了我家老大的仇人，所以我沒有理虧。」

「你的堅持確實值得佩服，問題是你打得贏菲諾衮嗎？」

「就憑那個死人妖的本事也想唬住我嗎？更何況他能當上新總帥，全都多虧那個名叫諾艾爾的臭小鬼。如果沒有諾艾爾，他現在仍是我的手下敗將，純粹是他運氣好罷了。」

「所以啊……」杜林露出一臉邪笑。

「首先就是除掉諾艾爾。」

「什麼……？你傻了嗎？就憑你哪鬥得贏七星。」

「我的目標又不是七星，而是諾艾爾一個人。嵐翼之蛇再強也是多虧麾下團員，帶頭的諾艾爾可是最弱的【話術士】喔？想幹掉他根本易如反掌。」

面對志得意滿誇下海口的杜林，亞雷修打從心底感到非常傻眼。偏偏杜林見亞雷修沉默不語，誤以為是被自己堵得啞口無言，於是他突然心情大好，放聲笑說：

「哇哈哈哈！你就等著看好戲吧！等我解決掉諾艾爾，就會馬上取下菲諾衮的首級！到時再搶走他的錢，我便會成為路基亞諾幫的新總帥！只要你肯乖乖向我低頭，是可以保你繼續當少帥喔？」

「……我會考慮的。」

「是嗎!?那我還有事要忙，就先走一步啦！」

待杜林領著自家弟兄離開會議室之後，亞雷修神色疲倦地重重發出嘆息。

「他以前還算是個腦袋靈光的傢伙……自從獲得權力開始耍威風之後，那顆迂腐的大腦就被蛆蟲蛀光了……」

杜林的確在某段時期很有才華，要不然怎能以矮人這種亞人身分成為路基亞諾幫的大幹部。

「歲月的流逝便是如此殘酷，變成那副德行就真的沒救了。」

亞雷修抱怨完後，守候於一旁的親信開口提問。

「幫主，像這樣坐視不管當真沒問題嗎？」

「那個矮人是否會橫死街頭都與我無關。」

「幫主您誤會了，屬下指的不是杜林大哥……而是總帥一職當真要拱手讓給菲諾裘大哥嗎？」

看著神情不安的親信，亞雷修回以苦笑。

「這件事才真的是與我無關。既然那傢伙毛遂自薦，就放手讓他去幹吧。」

「但、但是……」

「聽著，帝都在經過冥獄十王一戰將會陷入動盪，那時擔任新總帥可說是吃力不討好，菲諾裘單純是上了蛇的當而已。」

「上當？此話怎說？」

「這部分我就不得而知了。大概是蛇需要路基亞諾幫的力量，才必須哄騙菲諾裘成為新總帥。」

儘管這番話無憑無據，但亞雷修堅信自己的推測並沒有錯，畢竟菲諾裘這個人並不執著於地位，換言之是有人唆使他這麼做。

「菲諾裘終歸是個可悲的小丑，一旦他登上舞臺，就必須拚死滿足臺下觀眾不可。不過他是一顆絕佳的墊腳石，當帝都歷經冥獄十王之戰一片混亂之際，幫內確實沒有比他更適任的領導者，只要等履行完使命再迫使他退場就好。」

亞雷修並沒有放棄成為總帥，純粹是他早已看出沒必要立刻登上這個寶座。

「問題是菲諾裘大哥的政權一旦堅若磐石，即使是幫主您也難以奪下總帥一職吧？」

亞雷修笑著點頭同意親信的問題。

「你說得對，光靠我一己之力是很困難，所以我必須和菲諾裘一樣找個稱職的搭檔，而且此人不能單單比蛇優秀，還要與我有著堅定的羈絆。」

「比蛇優秀又能夠信賴的搭檔嗎？天底下真有這號人物？」

「等到時機成熟，你自會明白。」

亞雷修將目光從親信身上移開，抽著菸走到窗邊。窗外是他小時候與愛犬一同嬉戲過的庭院。他早已認定這片土地——路基亞諾幫是只屬於他一個人的，因此絕不會拱手讓人。

（杜林，唯獨一件事真被你說中了。）

菲諾裘確實就只是運氣好，運氣好與諾艾爾搭上線，才得以一口氣登上新總帥之位。但就算這樣也不能怨天尤人，更別提像杜林那樣魯莽行事。俗話說風水輪流轉，所以亞雷修從不仰賴運氣，一直以來都是靠自己的雙手去打造所需之物。

距今十幾年前，亞雷修為了擴展勢力，就已開始尋找夠格成為搭檔的探索者。話雖如此，拉攏優秀的探索者成為搭檔也存在著其他問題，首先是能靠自己往上爬的實力派，根本沒必要與黑幫聯手，就算主動提供資金方面的協助，倘若對方有其他資助者就會馬上吃閉門羹。即便真的成為資助者之一，有其他競爭對手也毫無意義。時下是就連黑幫之間的『結義酒』都已形同虛設，探索者更不可能基於資助者的情誼就特別關照自己。

於是亞雷修決定換個方式，既然無法與時下探索者築起符合自身期望的關係，那就改成由他去擁立優秀的探索者即可，而且要與這名探索者締結堅不可摧又絕無僅有的羈絆。

想好方針的亞雷修便隱藏身分，設法接近最符合自身眼光的女性探索者。這名女性是個年紀輕輕就立下優秀戰果的探索者，可是所屬戰團只因為她是女性就不予以重用。儘管她想自立門戶，但可惜遲遲找不到合適的同伴，再加上探索者業界已趨於飽和。亞雷修抓準該女性脆弱的一面，很快就和對方發展出更深入的關係。

女人往往會為了心儀的男子無私奉獻。在黑社會之中，懂得如何利用女性是基本手段，亞雷修同樣學過相關技巧。他是直到女性徹底愛上自己之後才揭穿黑幫的身分，而且他當時已有家室，卻發誓自己最愛的對象只有這名女性。女性自然為此勃然大怒，無奈她對亞雷修用情之深已達到無法自拔的地步。

於是女性辭去探索者的工作，從此住在亞雷修買下的郊區別墅裡。隨著兩人不斷幽會，女性已徹底成了亞雷修的愛情俘虜，畢竟易受禁忌之戀所惑也是女人的天性。在多次天雷勾動地火以後，女性懷了亞雷修的孩子。原本與外遇對象有私生子是弊多於利，不過對亞雷修而言卻並非如此，因為這才是他接近該名女性的真正目的。

孩子誕生之後，亞雷修在其身上投注比正妻所生之子更多的父愛，就算再忙碌也會抽空與孩子接觸，還親自傳授路基亞諾流的帝王學。反之成為母親的女性，也開始對孩子進行探索者的相關訓練，理由是她已明白亞雷修的意圖。

隨著歲月流逝，孩子獲得與女性一樣的戰鬥系職能。以血統來說，孩子的職能容易受母方影響。尤其是母親與祖母為相同職能時，孩子十之八九會繼承該職能。於是結果一如鑑定士協會公開的研究論文所述，而亞雷修早在之前就已調查過女性的來歷，得知她具有最符合自身理想的血統。

孩子在取得戰鬥系職能之後，亞雷修便砸下重金賦予孩子成為頂尖探索者所需的一切知識和技術，孩子也不枉費亞雷修的期許，從此發揮出非比尋常的才華。

亞雷修堅信這孩子終有一天會登上探索者的頂點。雖然諾艾爾與菲諾袞聯手一事超乎他的預料，但終究無法撼動他的計畫。這孩子終將登上白道的頂點，亞雷修則會完全稱霸黑道。無論是七星杯、冥獄十王或菲諾袞，都只不過是為此而存在的墊腳石罷了。

（菲諾裘，不管你爬得多高，最終也只會淪為丑角。）

菲諾裘和諾艾爾之間的羈絆根本不堪一擊，終歸只是他人而已。反觀亞雷修與其孩子之間，有著名為血脈的究極羈絆。

「真正的黑道主宰絕不是你，而是我才對。」

儘管亞雷修說得很小聲，語氣中卻帶有無比堅定的意志。

†

自菲諾裘繼任成為路基亞諾幫的新總帥經過五天，七星杯的預賽進行得非常順利，賽程在今天宣告結束，脫穎而出的七名探索者自明日起便要參加複賽。

一切是順水順風——以上這句話也能用來形容我和貝娜黛妲之間的關係。

「妳還好嗎？」

面對我的關心，貝娜黛妲神情痛苦地點頭回應。

「還，還可以……」

當我們離開賓館時，天色已籠罩於夜幕之中。明明外頭相當寒冷，貝娜黛妲的臉上卻微微冒汗，站姿也顯得不太自然，能看出她想避免摩擦到某個正在發疼的部位。

「妳就別逞強了，要使用我帶的恢復藥（potion）嗎？」

由於我目前身穿燕尾服，不方便裝備道具腰包，但還是有攜帶簡易恢復藥以防萬一。雖說身上東西略顯繁雜，無奈近來治安欠佳，因此我不只攜帶護身用的魔槍，還將各種道具隨時帶在身邊。

在我準備從外套內袋裡取出小瓶恢復藥之際，只見貝娜黛妲搖頭婉拒。

「沒關係，先不用了……我曾聽說這種時候使用恢復藥，會讓某處也跟著癒合。」

「……真的假的？那不是空穴來風嗎？」

「或許吧，但我也不想親自驗證這個傳聞……」

我對著臉色發青的貝娜黛妲露出苦笑，大概是這反應惹她不悅，她隨即白了我一眼。

「男人真好，被弄痛和弄髒的全都是女生。」

「哈哈哈，妳這話說得我完全無法反駁。」

我笑著從口袋裡拿出一條銀色吊墜。

「這個送妳做為賠罪。」

「這東西……」

貝娜黛妲瞠目結舌地收下吊墜。

「不是嵐翼之蛇的戰團徽章嗎？」

我送給貝娜黛妲的銀色吊墜，圖案是一條長著翅膀的蛇——而這正是嵐翼之蛇的戰團徽章。

「為什麼你要送我這個？」

「我覺得身為男性總該送點什麼表示心意，但妳又是生長在優渥環境中的女性，所以我一直很煩惱該送什麼禮物才好。如果是一般常見的珠寶飾品，妳收了肯定也不會感到開心吧。」

「我並不是那種愛慕虛榮的女性。」

「不過常見的禮物無法令妳心動也是事實吧？」

「那個，或許算是吧……」

「因此我決定把自己手邊最有價值的東西送給妳，至於此物就是堂堂七星的本戰團徽章。」

貝娜黛妲重新端詳手中的戰團徽章。

「可是這樣好嗎？我並不是戰團的成員喔。」

「就算不是成員，但只要放眼將來，相信不會有人反對妳持有此物，我也希望妳能以這個意思收下它。」

貝娜黛妲因為我的話語睜大雙眼，接著雙頰染上一片緋紅，露出十分燦爛的笑容。

「我好高興，謝謝你，諾艾爾。」

我點了個頭，然後用手摟住貝娜黛妲的纖腰，貝娜黛妲同樣伸出雙手環抱住我的脖子，我們便宛如想占有彼此般開始熱吻。

在擁抱一段時間後，事前預約的馬車已經抵達。貝娜黛妲對著把臉退開的我羞澀一笑。

「雖說比起第一次當時是沒那麼緊張，但還是不太習慣。」

「我也一樣。」

「你少騙人了，我從沒見過你手足無措的樣子。」

「單純是我不容易把情緒表現在臉上，妳看我出了那麼多手汗。」

貝娜黛姮見我攤開兩手，先是狀似拿我沒轍地輕輕一笑，接著用她那纖細的手指摸向我的手掌。

「明明一點汗都沒有呀，你為何要騙我？」

「怎麼？妳忘了自己在巷子裡說過我什麼嗎？我——」

當我笑著準備把話說下去時，貝娜黛姮突然表情一僵。

「不帶護衛在這邊跟女人打情罵俏，你還真瀟灑啊，蛇。」

這股沙啞的嗓音並不陌生。我回頭往後一看，黑幫的矮人幹部——杜林與他率領的鎚赫德幫弟兄們正露出猥瑣的眼神對準我們。

「我有話要對你說，麻煩你跟我們走一趟吧。」

我對著正在招手的杜林露出苦笑。

「真叫人意外，憑你的腦子原來還懂得說人話啊，我還以為你腦袋裡全塞滿馬糞耶。」

「聽你在放屁！死小鬼！總之快給我滾過來！靠！」

杜林放聲大吼後，貝娜黛姮害怕地抓緊我的袖子。面對如此反應的貝娜黛姮，杜林臉上浮現出愉悅的笑容。

「安啦，高汀家的小姐，我們都很紳士，完全無意傷害小姐妳，但假如蛇不肯乖乖跟我們走，我們就不得不違背初衷採取其他做法了。」

簡言之便是若想保護貝娜黛妲，我就得乖乖服從指示。我發出一聲嘆息，輕輕把貝娜黛妲推向馬車。

「妳走吧，這幫傢伙是認真的，他們已做好不惜與令尊為敵的覺悟。」

「但、但是！」

「反正有妳在這裡我也不便動手，妳就別再拖拖拉拉快走吧。」

我加重語氣後，貝娜黛妲彷彿強忍痛苦般點頭以對。

「……我馬上去搬救兵。」

貝娜黛妲壓低音量說完便坐進馬車，立刻命令車夫發車。目送馬車遠去之後，我歪著頭向杜林提問。

「那麼，你是要帶我上哪去啊？」

「這、這裡啦！還不趕快給我過來！」

杜林見我不為所動而大感困惑，但還是領著我走進旁邊的暗巷裡。他的小弟們隨即把我團團包圍，現在想脫困是難如登天。

終於抵達一片不太有人經過的空地之後，能看見有更多全副武裝的小弟們等在該處。粗估是三十人，其中有兩位容貌相似的男精靈，他們散發出明顯不同於旁人的氛圍。

記得這兩人的綽號是法廉兄弟，曾經當過探索者的兩名無賴。他們不是杜林的小弟，卻與杜林非常要好，自從二十年前左右因素行不良被趕出戰團之後，就以食客的身分被杜林收留。

哥哥是【劍士】，弟弟是【槍兵】，兩人都已達到A階，相傳他們以親兄弟特有的絕佳默契，葬送過無數與之敵對的惡魔和人類。另外基於年代久遠已不可考，聽說他們對趕走自己的戰團懷恨在心，於是光憑兩人就滅了該戰團，是一對非常危險的兄弟。

杜林對我露出充滿嗜虐心的笑容。

「堂堂七星似乎也沒啥了不起的。當小弟跑來說你沒帶護衛就領著女人上賓館時，我還懷疑自己是不是聽錯了。瞧你長得這麼秀氣卻精力旺盛是值得嘉獎，但我看你根本腦袋有洞吧？還是你精蟲衝腦到只想跟女人在床上快活嗎？」

杜林前後擺腰並放聲大笑，其他小弟也跟著發出笑聲——惹得我再也忍不住笑出聲來。

「你是在笑啥啊!?死小鬼！」

我毫不理會怒目相視的杜林，從襯衫口袋裡取出香菸和火柴，一如往常那樣幫自己點菸，在呼出一口煙之後，我就只是笑著看向杜林。

「你、你這個該死的臭小鬼……到底是要愚弄我到何種地步……夠了，看我殺死你丟去餵魚！」

小弟們聽從杜林的命令，紛紛握緊武器逼近我。

不過——

「怎、怎麼回事!?」

杜林伸來的手沒能抓住我，他與小弟們被看不見的牆壁擋住去路，甚至整個人被彈飛出去。

「護盾!?為、為啥你這個【話術士】會這招……?」

看著杜林大驚失色的窩囊樣，我憋不住噴笑出聲。

「哈哈哈，我看你比起黑幫更適合去當搞笑藝人喔。明明只要稍微思考一下，就會明白發生什麼事吧。」

「什、什麼意思?」

「你還不懂嗎?你們打從一開始就已經輸了。」

在我用香菸指著杜林等人的下一秒，一名手持劍盾、身穿銀白色鎧甲的男子，從附近建築物的屋頂上一躍而下，以飛快的速度落在我面前。

來者正是嵐翼之蛇副團長・雷翁。杜林的一干小弟就是被雷翁所施展的護盾給彈走。

「咦!居然有伏兵!?難、難道你——」

杜林終於搞清楚自己所處的現狀，但一切都太遲了。當我加深臉上笑意的下個瞬間，接連傳來小弟們發出的慘叫聲。

「哇啊啊啊啊啊啊啊啊啊啊啊啊啊!!」

有人遭短刀切成肉醬，有人被突然出現的人偶兵捏爆腦袋。在花不到能夠形容為頃刻間的時間，人數眾多的小弟們都化成一具具沉默的死屍，現場還沒死的人只剩下杜林與法廉兄弟。

手持短刀面露無情冷笑的亞兒瑪，以及讓人偶兵待命於身後、眼神冷若冰霜的修格已站在杜林等人的背後。

「我早就算到你會上門找碴了。」

我吞雲吐霧地向杜林解釋。

「畢竟任誰都看得出來你無法接受菲諾裘繼任總帥，最終一定會選擇鋌而走險。可是由我方先動手除掉你，會讓其他直屬幹部誤以為我們想採取高壓統治。」

「所以……」我對著杜林——對著這個可悲的傻瓜露出微笑。

「為了讓你更容易動手，我便親自擔任誘餌。思慮不周的你就這麼受騙上當，直接一腳踏進陷阱裡。在你派小弟跟蹤我的時候，我同樣讓同伴們監視著你的一舉一動。」

「不、不會吧，豈有此理……由組織的領袖親自擔任誘餌？你、你這小子是瘋了不成!?如果你喪命的話不就全完了!?」

杜林無法理解地大吼大叫，令我不禁發出嘆息。

「就因為你的思慮短淺，才會徹底敗給菲諾裘。」

「你是在說我比不上那個死人妖嗎!?」

「真要說來，你沒有任何部分比得上菲諾裘。」

「唔、唔唔唔……」

惱羞成怒的杜林只能咬牙切齒地生悶氣。至於負責保護杜林的法廉兄弟，他們仍緊握武器，不敢大意地提防著我們。

「杜林老大，請趕快決定是要逃跑還是戰鬥。」

「就如同大哥所言，無論您要打要逃，最好趕緊做出決定。」

「知、知道啦！」

被法廉兄弟催促趕緊下令的杜林，隨即扯開嗓門怒吼。

「這情況是要打屁啊！當然是趕緊溜之大吉!!」

「遵命！」

杜林如脫兔般拔腿狂奔，法廉兄弟則負責殿後。

「休想逃跑！」

亞兒瑪率先擲出鐵針，卻被法廉兄弟的劍和長槍全數擋下。攻勢被化解的亞兒瑪氣得發出咂嘴聲，立刻親自前往追擊。瞬間交鋒的兩方人馬，因武器的碰撞激發出超越音速的火光。修格的人偶兵也跟著參戰，就此比拚雙方的團隊默契。

「他們配合得比以前更到位，完全不輸法廉兄弟——不過，今天的目的並不是確認那兩人的合作方式。」

我低語完，瞥了一眼站在身旁的雷翁。

「雷翁，利用護盾妨礙對手的行動，將他們誘導至待命地點。」

「明白了──《聖盾屏障》(holy shield)。」

雷翁發動技能，在法廉兄弟身邊設下隱形護盾。護盾不只能用來防禦，還可以當成障礙物利用。法廉兄弟的動作隨即受阻，亞兒瑪和修格便開始反攻。

「恐怕是他們辭去探索者工作已有一段時間，導致戰鬥方面的應變能力下滑。換作是現役的A階探索者，肯定能馬上做出應對。」

雷翁點頭認同我的戰況分析。

「他們的確很強，但終究不是亞兒瑪和修格的對手，如果兩人決定取其性命，這對兄弟早就死了。」

「這可是罕見的A階對手，儘管對兩人很抱歉，但還是把機會讓給那傢伙吧。」

法廉兄弟在亞兒瑪、修格以及雷翁的護盾圍攻之下陷入苦戰，就這麼被誘導至我所安排的地點──率先驚覺異樣的是兄弟檔中的大哥。

「當心！這裡有埋伏!!」

兄長在提醒胞弟的下個瞬間，一片漆黑之中閃過一道犀利的光芒──那是刀刃所殘留，既美麗又殘酷的閃光。兄長連忙提劍防禦，只可惜這個動作一點意義都沒有。

「大哥────────!!」

在胞弟淒厲的慘叫聲中，兄長的身體連同手中長劍一起被劈成兩半，當場倒地。

看著那灑了一地的鮮血與內臟，無論動用何等高端的恢復技能都肯定沒救了。

「混、混帳！你竟敢殺了大哥！」

胞弟因兄長之死勃然大怒，隨即架槍朝黑暗發動突擊。不過這等舉動形同自殺，只見現場又出現一道閃光，胞弟的身體同樣被斬成兩半。

「咿、咿咿咿咿咿！法、法廉兄弟居然都……!?」

杜林眼見最終希望的法廉兄弟慘遭秒殺後，驚恐得當場癱坐在地，發出像女人一樣的尖叫聲。

戰鬥宣告結束，拔刀出鞘的【刀劍士】——昊牙從暗處走了出來。完成修練順利升階的他，就這麼直接秒殺法廉兄弟。

昊牙揮刀甩下沾附於上頭的鮮血，以熟練的動作收刀入鞘，然後對著親手斬殺的法廉兄弟雙手合十。

「二位想如何憎恨老子都行，但至少此刻讓老子來為你們禱告。」

看著正在默哀的昊牙，我能感受到自己情不自禁揚起嘴角。

「太出色了，這小子明明才剛升階，居然能大氣都不喘一下地殺死同階對手，看來他已經脫胎換骨了。」

「不過有件事你可別忘記，昊牙是為了你才變強喔。」

面對雷翁說教般的口吻，我不由得皺眉。

「所以呢？難道要我摸摸他的頭嗎？」

「假如你認為這舉動適合的話，我覺得你也可以這麼做。」

「啐，到時我會撥一筆獎金給昊牙，這樣總行了吧？」

雷翁看我發出咂嘴聲，無奈地露出苦笑。

「你還真是不坦率耶。」

「住口，這種事我自己最清楚，用不著你來說。」

當我叼著菸別過頭去時，亞兒瑪大搖大擺地走向我，不難看出她那張姣好的面容上寫滿了對我的怒火。

「喂！諾艾爾！那到底是怎麼回事⁉」

「妳突然之間是怎麼了……？」

「我可沒聽說你會帶那個大小姐上賓館喔⁉更何況這不在原定計畫裡吧⁉已經做得太超過了！」

原來是指這個啊。我將抽完的菸隨手一扔，不禁笑說：

「蠢斃了，難不成妳在嫉妒那女人嗎？」

「沒錯！所以我也要親親！親親！」

亞兒瑪不顧一切地說完心底話後，隨即踮起腳尖閉上雙眼向我索吻，而且還十分貼心地用手指著自己嘟起的嘴唇。我本來氣得想賞她一巴掌，但又立刻改變主意。或許是我至今都隨口將她打發掉，她才這麼小瞧我吧？既然如此，我該採取的舉動只有一個。

「好吧，那就如妳所願囉。」

「……咦？」

我迅速摟住亞兒瑪，一口奪走她那紅潤的豐脣。不出所料，她萬萬沒想到我會這麼做，於是睜大眼睛當場驚呆。我沒有理會全身僵住的亞兒瑪，繼續讓彼此的脣瓣交疊在一起，接著能感受到她漸漸使不上力，想必是她已達到極限了。亞兒瑪被我放開之後，只見她光是站穩腳步就相當勉強。

「這下妳滿意了吧？」

「……唔、嗯。」

亞兒瑪尷尬地點了個頭，踏著如酒醉般的蹣跚步伐慢慢遠離我。依照她的反應，應該這陣子都不敢再造次了。在我感到一陣心滿意足之際，卻發現雷翁和修格正冷眼看著我。

「差勁，我真是看錯你了，諾艾爾。」

「你這個女性公敵，小心哪天被人捅刀喔。」

「要是二位有意見的話，就由你們去應付那丫頭啊。」

結果兩人連忙撇頭避開我的目光。哼，所以我才受不了光說不練的傢伙。我嘆了口氣遠離兩人之後，站在想偷偷溜走的杜林背後。

「你想上哪去啊？」

杜林慢慢回頭看向我，臉上只剩下恐懼二字。

「今夜還很漫長，供我們找樂子的時間非常充裕，而且充裕到超乎你的想像。」

「看來已經結束了。」

藉由使魔（蟲子）目睹事情始末的貝娜黛妲，位於空無一人的屋頂如此低語。她自然不覺得諾艾爾會輸給區區黑幫，但還是打算在危急時出手相救才跑來這裡。當然前去支援的將是使魔（蟲子）而非她自己。

「話說回來，沒想到連昊牙也升上A階了……」

根據現場狀況來研判應該不可能出錯，要不然昊牙豈能秒殺頗具實力的法廉兄弟。如此一來，包含嵐翼之蛇的團長諾艾爾在內，此戰團已有五名A階探索者。即便人數偏少，仍舊成為一支實力不辱七星之名的戰團。

貝娜黛妲從口袋拿出一條蛇形吊墜。這是諾艾爾所贈，代表嵐翼之蛇的戰團徽章。她注視著上頭那條既美麗又充滿邪氣的羽翼之蛇，開始思考今後的對策。她已制定好如何利用諾艾爾的計畫，只要她自己沒有搞砸的話，接下來必能水到渠成。

可是，這方法當真正確嗎？

貝娜黛妲已做好為了目標犧牲一切的覺悟。無論是與身為惡魔的罪惡囊聯手，或是冒充成黑社會的傳奇人物蒼蠅王，全都是為了完成自己的使命。

話雖如此，貝娜黛妲卻覺得哪裡不太對勁。儘管難以化成言語來解釋，但每當她試著回想自己冒充成蒼蠅王的起因，腦中就會出現多個自相矛盾的回憶，彷彿自己的記憶已遭人竄改……

「好痛！」

忽然有一股頭痛欲裂的感覺襲向貝娜黛妲，當她承受不住劇痛放棄思考後，痛楚才漸漸舒緩。

「……奇怪，總覺得自己正在思考某件非常重要的事情……」

貝娜黛妲拚命回憶，但終究還是想不起來。現在的她只是非常慶幸自己能擺脫劇烈的頭痛，內心也終於恢復平靜。在她失去思考能力有如夢遊般佇立於原地之際，身旁有一處空間突然出現裂縫，只見罪惡囊從中走了出來。

「原來妳在這呀，貝娜黛妲。」

罪惡囊站在貝娜黛妲的面前，臉上浮現出開朗的笑容。

「與之前那名男子，也就是跟羅達尼亞特務合作的那個計畫，已正式拍板定案了。」

「妳只為了通知此事，就特地跑來找我嗎？」

「沒錯，畢竟這個計畫非常重要，透過念話難保會被竊聽不是嗎？」

「說得也是，那我該怎麼做？」

面對貝娜黛妲的提問，罪惡囊正色道：

「就按照一開始的計畫，由妳的使魔（蟲子）與異界教團信徒們在七星杯複賽當天發動大規模的破壞行動。至於其他細節、行程規劃、如何與羅達尼亞特務配合等部分，妳就依據紙上的內容去做。」

貝娜黛妲點頭肯定，收下罪惡囊從乳溝之中取出的計畫書。

「如此一來，這個世界就會變成我們想要的模樣。」

面對一臉邪笑的罪惡囊，貝娜黛妲回以笑容掩飾過去。沒錯，這樣就能改變世界，而且是再正確不過——

「小杜林以前並沒有那麼愚蠢喔。」

此處是菲諾袞的宅邸，於會客室內迎接我的菲諾袞深深地嘆了口氣。在擊敗來犯的鎚赫德幫之後，我把身為主謀的杜林押送給菲諾袞。菲諾袞如今已是路基亞諾幫的總帥，制裁犯錯的幹部自然也是他的職責。

由於雷翁等人先一步離去，因此會客室裡只剩下我與菲諾袞。至於惹事的杜林也已對他做出裁決了。

「雖說他從以前就很惹人厭，卻非常有男子氣概，因此即使他是亞人（矮人）也很受弟兄們信賴，進而成為路基亞諾幫的幹部。瞧他如今淪落成這副德行，曾認他做大哥的小妹我是打從心底非常難過……」

菲諾袞哀傷地垂下柳眉，豎著小拇指端起紅茶喝了一口。我也喝了口紅茶潤潤喉，開口同意菲諾袞的說法。

「我能體會你的心情，最令人難過的事情，莫過於被自己寄予厚望的人給背叛了。」

「小艾艾你也一樣過得很辛苦呢……」

「但我現在想開了，已把那些往事當作成長的養分。」

「人家有朝一日也能這麼想嗎？」

「嗯，我相信會有這麼一天的。」

「呵呵呵，你今天怎麼特別溫柔，叫姊姊我很是心動呢。」

「呵呵呵，麻煩你別說這種噁心話，害我把嘴裡的紅茶吐出來。」

當我和菲諾裘相視而笑時，一道彷彿來自地獄的淒厲叫聲傳進會客室。此聲音正是源自於杜林。

「住手啊啊啊啊啊啊！快停下來啊啊啊啊啊啊啊啊!!好痛！好痛啊！要死啦啊啊啊啊啊啊啊啊啊啊啊!!拜託饒命啊啊啊啊啊啊啊啊!!」

杜林目前位於地下室接受懲罰，他因為承受不住劇痛，以幾乎快喊破喉嚨的音量厲聲慘叫。從會客室至地下室理當有一段距離，而且途中還有各種障礙物，卻依舊能清楚聽見杜林的尖叫，想來是正在承受無比煎熬的痛苦吧。

不過這也是理所當然，畢竟活生生把身上皮膚一片片撕下來，想必是痛苦到令人情願一死了之。

「居然想留存那種醜陋大叔的標本，看來瘋狂小丑的癲狂還真是永無止境，我是打從心底敬佩你。」

「你在說什麼傻話嘛，人家豈會把那樣的醜東西存放在屋子裡。」

菲諾裘明顯露出嫌惡的表情擺了擺手。

「是人家的顧客裡有人體蒐藏家，對方剛好想要一個矮人標本。儘管小杜林是個醜陋大叔，但他曾是路基亞諾幫裡響噹噹的大幹部，因此人家相信對方會願意高價收購。」

「而且……」菲諾裘話鋒一轉。

「不管怎麼說，最終還是演變成流血事件了。」

「關鍵就在於道義。既然你現在已是眾所公認的總帥，杜林襲擊身為顧問的我就擺明是想造反，因此我的正當防衛完全成立，你也有了處決他的正當名義，自然任誰都不敢有怨言對吧？」

「意思是這些打從一開始都在你的算計內嗎？人家唯一死都不想敵對的人就屬你了。」

菲諾裘感到傻眼地輕輕一笑，接著躺靠在椅背上。

「話雖如此，人家這下子就能除掉最想造反的惹禍精。一旦沒有小杜林，其他幹部理當不敢忤逆人家才對。」

「不，你還沒除掉最主要的眼中釘。」

我瞇起雙眼，說出此人的名字。

「那就是前任總帥的兒子，也就是現任少帥亞雷修。」

「亞雷修？但他是支持人家成為總帥吧？」

「那也只是眼下罷了，這傢伙終有一天會為了奪取總帥的寶座展開行動。」

「……此話怎說？」

面對探出身子詢問的菲諾裘，我壓低音量開始解釋，將主動和我接觸之探索者新人基斯·薩帕的相關情報娓娓道來。

「從現況來研判，這小子肯定與亞雷修有著非常密切的關係。依照我套他話時的反應來看，他十之八九是私生子。」

「真令人家意外，沒想到基斯竟然是亞雷修的私生子……小艾艾你委託我處理掉的情報販子，就是和基斯有關吧。」

「沒錯，我本以為人事管理方面萬無一失，結果對手技高一籌。明明我也非常清楚，防守方永遠比攻擊方吃虧……」

我露出苦笑繼續說：

「因此我們不能掉以輕心，要繃緊神經做好準備。亞雷修與杜林截然不同，並非能夠輕易剷除的對手。」

「說得沒錯，而且剷除後也會損失慘重。畢竟亞雷修至今以總帥繼承者之姿，忠實履行身為少帥的義務，不僅是他對全幫的掌握，甚至各方面的人脈都不是剛繼位的人家有辦法匹敵。另外人家不覺得亞雷修會像杜林那樣魯莽行事。」

「這對父子著實非常棘手——將會給我們帶來更多樂子對吧？」

我笑著提問後，菲諾裘深深地點了個頭。

「就讓那些傢伙搞清楚，你和人家的羈絆更加堅定。」

「說得好，而且我也有做好調整，以免在那之前先耗盡壽命。」
「咦。」菲諾裘的眼中閃過一絲動搖。
「小艾艾，你說壽命是什麼意思？」
「很抱歉有點晚才告訴你，其實我的壽命大約只剩十年左右。」
「你只剩下十年的壽命!?這、這是怎麼回事!?你快從實招來！」
我向慌了手腳的菲諾裘解釋來龍去脈。
「相信你也知道——我與人魚鎮魂歌的團長約翰大戰一番對吧？」
「是、是的……雖然細節不太清楚，但的確聽說過此事……」
「因為我在當時過於逞強，導致自身的壽命大幅折損。」
「不會吧……」
「根據醫生的診斷，我的壽命只剩下十年，而且這還是沒給身體造成負擔，保持靜養才能夠活那麼久。要是我繼續從事探索者工作的話，最多只能再活三年。」
菲諾裘聽完說明後，臉上失去表情地注視著我。
「……難道完全沒辦法改善嗎？」
「是啊，唯獨這件事是改變不了。」
菲諾裘狀似再也說不出話來，就這麼沉默不語。我們不發一語地任由時間流逝，而杜林的慘叫早在之前就已經中斷，接著菲諾裘露出乾笑，慢慢地張嘴說：
「小艾艾，其實人家早就在猜你或許真有這麼一天喔。人家會這麼想也不過分吧？

誰叫你的生活方式簡直像是趕著投胎，猶如天上流星瞬間散發出耀眼的光芒，然後很快消失無蹤，而你就是這種男人，所以人家自認為聽見這類消息不會有任何感觸……沒錯，人家本以為是這樣才對。」

一滴淚水劃過菲諾裘的臉頰落了下來。令世人聞風喪膽的瘋狂小丑，號稱帝國最瘋狂的黑社會人士，如今正靜靜地流著淚。

「菲諾裘，我——」

「你先別說了。」

菲諾裘伸手制止我繼續說話，然後順勢低下頭去。

「……現在先讓人家獨自靜一靜，等到了明天，人家便能夠繼續奮戰。」

我默默地點了個頭，起身離開會客室。菲諾裘的手下們跟在我的身旁擔任護衛，不過當我一走出宅邸，卻發現大門前站著一名熟悉的男子。

「昊牙，你怎麼在這？」

大門敞開後，昊牙朝我走來。

「……你總是需要護衛吧？由老子送你回去。」

「你怎會突然自告奮勇要來做這種事情？」

我歪著頭提問，但昊牙沒有回應。迫於無奈，我遣走菲諾裘的手下們，讓昊牙來護送我。

我和昊牙走在街燈昏暗的道路上，他從頭到尾都沒說話，我也只是自顧自地抽著菸，無意主動找他攀談。走了一段距離，前方已能看見我下榻的星雫館，於是我停下腳步，將目光對準昊牙。

「送我到這裡就好，你願意來擔任護衛真是幫了大忙。」

「……嗯。」

「拜啦，期待你明天在場上的表現。」

我簡短道別後，轉身背對昊牙。

「諾艾爾！」

我因為昊牙突然的大喊回過頭去，發現他一臉嚴肅地看著我。

「老子不想看著你死去……就算你的壽命再短，老子都會做為你的劍陪伴至最後一刻，所以拜託你答應老子，假如老子在七星杯中奪冠，請你今後別再逞強了。」

「你當真覺得自己能奪冠嗎？」

「沒錯！老子就是為此才變強的！」

昊牙雖笨，卻絕不是傻子，即使已升上A階，他也非常清楚想打贏複賽的選手們絕非易事，不過他依舊這麼誇下海口。既然如此，我就以嵐翼之蛇團長的身分——以朋友的身分，相信他所說的這句話。

「好，那就以外祖父布蘭頓・修特廉之名起誓——你一定要奪冠喔，昊牙。」

「好！包在老子身上！」

昊牙笑著點頭同意，我也回以微笑。

堅定的信念往往能引發奇蹟，而一介凡人則需要累積超乎想像的諸多奇蹟，才得以成為名留青史的燦星（英雄）。至於閃耀於夜空中的無數繁星，究竟是誰會成為那顆最耀眼的星星，答案終於即將揭曉。

世界啊，刮目相看吧，就此讓真正的七星杯刻入歷史之中——

七星杯複賽當天——

凱烏斯與護衛們位於競技場頂樓的其中一間貴賓包廂內，至於這些護衛分別是前暗殺者教團的教團長賽門．格雷高里、嵐翼之蛇的亞兒瑪、白眼虎團長梅斯以及太清洞團長智賢師。

亞兒瑪是聽從諾艾爾的指示前來擔任護衛，梅斯和智賢師則是基於沒有參賽才主動請纓。另一個原因是儘管兩人都立下顯赫功績，卻已被認定為不適合擔任冥獄十王一戰的總指揮官。

由於梅斯的戰團成員皆為血親，而智賢師則是來自他國，因此協會擔心他們沒有足夠的能力去領導其他探索者，再加上前者恐怕是以血親特有的合作方式為基準來因應戰況，後者則單純基於外國人的身分難以取得外界信賴。而且兩人也明白自己並不適任，所以與其親自參戰爭取總指揮官的寶座，倒不如讓麾下年輕人參賽累積經驗。

霸龍隊團長維克托爾也基於相同的理由沒報名參加七星杯，而是由副團長吉克和夏蓉參賽。至於維克托爾率領旗下團員在另一個房間——位於對側的貴賓包廂裡，負

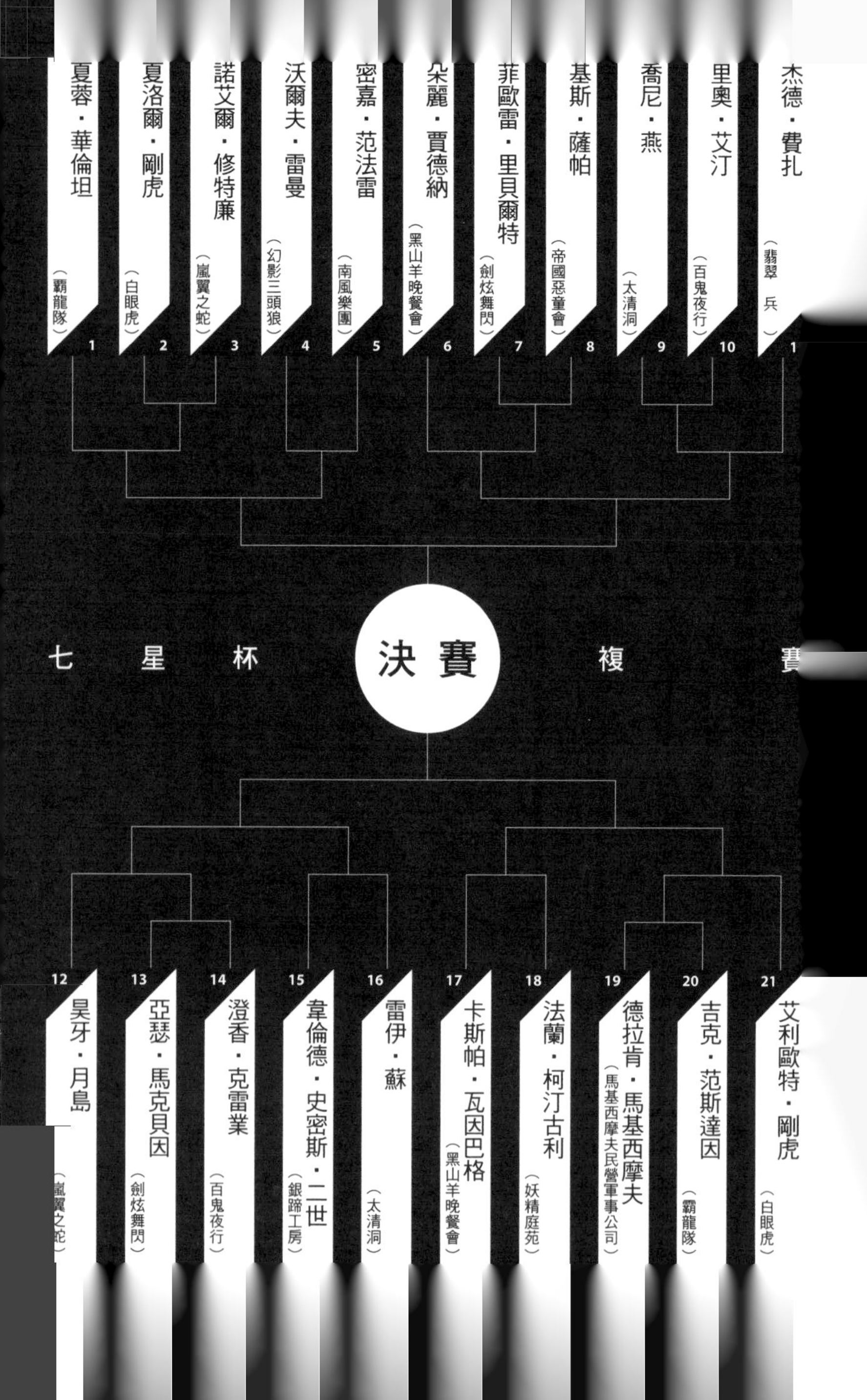
七星杯決賽複賽
1 夏蓉・華倫坦（霸龍隊）
2 夏洛爾・剛虎（白眼虎）
3 諾艾爾・修特廉（嵐翼之蛇）
4 沃爾夫・雷曼（幻影三頭狼）
5 密嘉・范法雷（南風樂團）
6 朵麗・賈德納（黑山羊晚餐會）
7 菲歐雷・里貝爾特（劍炫舞閃）
8 基斯・薩帕（帝國惡童會）
9 喬尼・燕（太清洞）
10 里奧・艾汀（百鬼夜行）
11 杰德・費扎（翡翠兵）
12 昊牙・月島（嵐翼之蛇）
13 亞瑟・馬克貝因（劍炫舞閃）
14 澄香・克雷業（百鬼夜行）
15 韋倫德・史密斯・二世（銀蹄工房）
16 雷伊・蘇（太清洞）
17 卡斯帕・瓦因巴格（黑山羊晚餐會）
18 法蘭・柯汀古利（妖精庭苑）
19 德拉肯・馬基西摩夫（馬基西摩夫民營軍事公司）
20 吉克・范斯達因（霸龍隊）
21 艾利歐特・剛虎（白眼虎）

責保護以皇帝為首的其他王公貴族。

凱烏斯之所以沒有與皇帝等人待在同一個房間，就是為了避免遭叛亂組織襲擊時，兩人就這麼雙雙殞命。即使帝國的探索者們再優秀，一旦國家失去領導人，最終也只會慘遭他國單方面蹂躪——以上理由只是搪塞外人的說詞，其實純粹是凱烏斯非常厭惡自己的親人。雖然他礙於體面曾在預賽時與家人們身處同一個包廂，但心情是糟糕透頂。

事實上凱烏斯還在心中默默期待自己的家人們——希望那群早已淡忘為政者的榮耀，被各政要從背後操弄的傀儡們通通死在叛亂分子的襲擊之下。

「喔、終於公布賽程表了。」

當凱烏斯被負面思緒束縛之際，一旁傳來梅斯的聲音。開幕典禮早已結束，工作人員正在擂臺上準備空間轉播機。其實對戰組別早已透過抽籤決定，卻遲遲沒有公布。究竟誰與誰會狹路相逢，觀眾皆心情緊張地等待結果揭曉。一段時間後，畫面以倒四角錐的形狀投影於半空中，將賽程表斗大地公開在眾人面前。

現場傳來吵鬧的喧囂聲。凱烏斯看清楚公布的內容後，不由得睜大雙眼。

「這真是太令人吃驚了……」

智賢師滿心好奇地喃喃自語，梅斯則摸了摸下巴點頭同意。

「沒想到我家長子（副團長）與小不點大爺竟在第一戰就碰上了……」

梅斯的長子夏洛爾・剛虎身為白眼虎的副團長，正值弱冠之年的他是個足以勝任七星副團長的天才探索者，也是諾艾爾的首戰對手。

雖然夏洛爾是梅斯的兒子，卻是一名體態勻稱的優雅男子，除了那頭白髮以外與父親長得很不一樣。不過撇開外表不提，他仍有完美繼承身為探索者的才華。夏洛爾是【槍兵】系A階職能的【大戰槍（Terminator）】，身材纖瘦的他能夠輕鬆駕馭巨型斧槍，十歲左右就已馳騁沙場，是個參與討伐魔王多達二十次的強者。

由於夏洛爾無論身處何種戰場，他身上那套純白色的優雅鎧甲從未弄髒過一次，因此又被稱為純白殺戮者（Killing doll）。

可說是才華、臂力或經驗等各方面都凌駕在諾艾爾之上的選手。面對這種敵人當真是非常吃虧。與之交手的諾艾爾光是能夠撐過幾回合就已經老天保佑，總之絕非【話術士】有辦法戰勝的對手。

凱烏斯此刻是冷汗直流，雖然他是相信諾艾爾的承諾才提供協助，不過諾艾爾要是首戰就被淘汰的話，也就無法在其他王公貴族面前立威。假如身為關鍵人物的諾艾爾沒能展現出其價值，無論七星杯本身辦得多麼成功也等於枉然。

「當初那樣誇下海口，結果首戰就被淘汰……換作是我絕對會羞恥到當場自盡。」

聽完智賢師的諷刺，梅斯也跟著笑了。

「我在平日裡就有叮嚀過夏洛爾，不管對手是誰都要全力以赴，因此他絕無可能掉以輕心。儘管對小不點大爺不太好意思，但這場比賽將在一瞬間就落幕了。」

梅斯與智賢師已認定諾艾爾會慘遭淘汰。支持諾艾爾的凱烏斯是很想對他有信心，無奈內心深處只充滿疑慮和不安。

「請放心，皇子殿下。」

位於一旁的亞兒瑪，以只有凱烏斯能聽見的音量小聲說著。

「贏家肯定是諾艾爾。」

「……妳說什麼？」

「諾艾爾比您想像得還要強大。」

「……此話當真？」

面對凱烏斯的質疑，亞兒瑪只是微笑以對。那表情看起來不像是在撒謊。事到如今，凱烏斯也只能堅信諾艾爾會取得勝利，於是他挺直腰桿，專注看著下方的擂臺。

「就麻煩你親自證明，你戰勝約翰的那份實力絕無半點造假……」

至於擂臺上，諾艾爾與夏洛爾的對決即將開始。

「諾艾爾選手已完成魔素濃度檢測。」

手持小型檢測器的工作人員已測量完魔素濃度，藉此證明當事人身上並未在開賽前施加增益技能。由於七星杯只准選手使用賽前申請的兩項技能，因此若是偷用其他技能或維持使用狀態登上擂臺都會直接喪失比賽資格。檢測魔素濃度就是維持賽事公正的應對方式。

「那麼，請配戴好這個裝置。」

工作人員遞給我一個黑色手環。這就是與方尖柱連線的手環。只要配戴這個手環，於擂臺上受到的一切傷害都會轉嫁給方尖柱，不過方尖柱吸收的傷害達到上限時，就會暫時剝奪選手的行動自由，而這也是促成這場賽事的關鍵裝置。

我在配戴手環的同時，順便觀察這次的對戰選手夏洛爾·剛虎。夏洛爾似乎尚未完成魔素濃度檢測，單手拿著小型檢測器的工作人員很努力地想盡快完成測量。

「請選手站好！不要亂動！」

工作人員忍不住大聲提醒。原因是夏洛爾不斷朝著觀眾席擺出各種耍帥姿勢，偏偏他每換一次動作，手中的斧槍就會隨之揮舞，搞得工作人員難以接近，再加上輔助員莫名在一旁潑灑玫瑰花瓣，更是把工作人員惹得很不耐煩。

「哈哈哈，別生氣嘛，這位小弟！我也很想別亂動，偏偏我的天使（粉絲）們不允許我這麼做！對吧？各位天使！」

夏洛爾對著觀眾席拋了個飛吻，馬上引發一陣高分貝的女性尖叫聲。面對女粉絲們的熱情聲援，他擺出更加浮誇的姿勢做為回應。

「啊～這是何等悲劇！我的天使們竟然不惜妨礙我！但我必定會跨越這個試煉！哈～哈哈哈!!」

「夠了！若是您再不配合，就直接判您失去比賽資格喔!?」

我默默望著放聲大笑的夏洛爾與工作人員的互動時，擔任輔助員的雷翁已來到身旁。

「這男人還真愛胡鬧耶……但也是不可小覷的對手。」

「嗯，這我明白。那小子明明正在耍猴戲，卻從未放下對我的警惕。怪不得年紀輕輕就能當上白眼虎的副團長。」

「相信他已想好戰勝你的對策了。」

我點頭同意雷翁的分析。這場大賽裡的所有選手肯定都認為，我這個最弱【話術士】的唯一勝算就是《狼之咆哮》。原因是無論再厲害的高手一旦陷入停止狀態，就只能乖乖等著被魔槍一發轟出局。

不過此招的應對方式同樣非常簡單，包含停止在內的各種精神異常狀態是只要承受過一次，當事者就會暫時產生抗性。換言之，選手只需在賽前挨過一次相同效果的攻擊，就能以獲得抗性的狀態上場比賽。

根據官方統計，首次產生抗性會維持十分鐘，第二次是維持三十分鐘，最多可以延長至二十四小時。因為除了《話術士》之外也有許多職能可以附加精神異常狀態，所以這是能夠輕鬆付諸實行的對策。另外關於精神異常狀態的抗性，就只會令當事者的體質暫時產生改變，並不會導致魔素濃度上升。

一旦做好應付《狼之咆哮》的對策，【話術士】就是弱小到完全不足為懼的對手。畢竟這是眾所周知的事情，無須明說我也再清楚不過。

正因為如此，這也是我展示自身價值的絕佳舞臺——

「諾艾爾選手，夏洛爾選手已完成準備，請上臺。」

在工作人員的催促下，我往前邁出腳步。

「諾艾爾，就讓世人親眼見識你真正的實力吧。」

我笑著點頭回應緊握雙拳的雷翁，緩緩站上擂臺。負責陪我練習的雷翁，非常清楚我會如何戰鬥——我確實沒想過在七星杯裡奪冠，但也不打算敗給任何人。

「那麼，眾所矚目的七星杯複賽A區第一戰即將揭開序幕！」

會場內傳來實況播報員露娜的聲音。

「對戰組合是出乎預料的兩位選手！一方是白眼虎副團長夏洛爾・剛虎！另一方則是本大賽的主辦人之一，身為嵐翼之蛇團長的諾艾爾・修特廉!!」

無比興奮的露娜以近乎破音的語調繼續介紹。

「一邊是名為【槍兵】的頂尖前鋒職能，另一邊則是公認的最弱輔助職能【話術士】，相信觀眾都認為比賽結果是顯而易見，但諾艾爾選手並非一般的【話術士】！他可是成立戰團僅僅半年就擠入七星之列的天才！所以他接下來會有怎樣的表現，著實令我既期待又興奮到無以復加！負責解說的菲諾裘姊姊大人，您對這場戰鬥有何見解呢？」

被點名的菲諾裘稍微停頓一下才開口回答。

「……【話術士】之所以被評為最弱職能，原因就在於本身欠缺自保手段。這個缺點不光在團體作戰，與人單挑時是尤其明顯，因此諾艾爾選手若能顛覆大家的認知——」

「若能顛覆大家的認知？」

「他就是夠格站上所有探索者頂端的男子。」

因為菲諾裘的這句話，更加炒熱會場內的氣氛。五萬名觀眾高聲對著擂臺上的我們發出喝采。即便我再冷靜，也忍不住跟著熱血沸騰。於是我避免被夏洛爾發現深吸一口氣，藉此穩定情緒。結果是立即見效，我心中僅有的動搖隨之消失，專注力也跟著提升至極限。

「諾艾爾先生，很抱歉我無法手下留情。」

夏洛爾面露微笑說：

「這場比賽的贏家是我，不過你放心，我絕對會將你的名字寫入我的英雄傳記裡，畢竟英雄的義務就是必須背負輸家的名字走下去。」

夏洛爾耍帥地撥了一下頭髮，當場做出勝利宣言。我對此輕輕一笑。

「這當真是其志可嘉，的確值得讓人仿效。」

等我們都就定位後，露娜扯開嗓門大聲宣布。

「兩位選手已各就各位！衷心期盼開戰的銅鑼聲能趕緊敲響！令世間女性無一不怦然心動的兩位美男子，最終會是誰脫穎而出呢!?銅鑼就在這時敲響了！」

宣布比賽開始的銅鑼聲才剛敲響，夏洛爾便架槍朝我衝來。這一記沒有任何預備動作和前兆的奇襲，快到已超出音速的好幾倍。我一看就知道這招是同時動用速度提升技能和攻擊力強化技能的一擊。

身為【話術士】的我難以防禦或躲過攻擊，不過正因為我是【話術士】，才有辦法預測出夏洛爾的攻擊動作。

多虧【話術士】的高速演算能力，讓我能夠透過觀察周遭的狀況來預測出下一瞬間的未來，於是夏洛爾將會如何行動的畫面就這麼浮現在我的腦中，而這就是短時間內的預知能力。再加上我已升階為【真言師】，思考速度又提升了一個檔次，令我能以『時間暫停』的狀態來接收自己所預知的未來。

我已完整掌握夏洛爾的攻擊時機和套路，當然光憑這樣還是不行，不管我將夏洛爾的動作看得再清楚，身體沒做出反應就毫無意義。要是我直接挨揍的話，光是這一擊就足以把我打出界，所以我在同一時間『迎擊』來襲的夏洛爾。

我運用無法目視且無法閃避的密技，迫使夏洛爾陷入停止狀態。

此密技自然不是《狼之咆哮》，而是從口腔發出能導致三半規管錯亂的噪音——也就是吹口哨。

夏洛爾宛如飛射出去的箭矢，全靠慣性在移動。我抓準時機躲過失去勁道的刺擊，並順勢一腳蹬向斧槍的握柄。這讓我得以借用刺擊的威力，令身體彷彿陀螺般高速旋轉，就這麼一口氣繞至夏洛爾的背後，而我在此同時又往上一跳，藉由離心力對他的後腦杓賞了一記肘擊。

利用口哨導致對方的三半規管失靈，再讓自己化成陀螺高速旋轉，對準敵人的後腦杓使出肘擊的這招密技，就某種角度上而言是產生兩次漩渦。第一次是音波進入漩渦狀的三半規管，第二次是使出漩渦狀的步法。

基於此因，我將這招密技命名為——

「——『渦潮』。」

能從手肘感受到這一擊紮實命中對手的後腦杓，要是夏洛爾沒有與方尖柱連接的話，這一擊將徹底打爛夏洛爾的後腦杓。儘管最終並未造成實質傷害，但方尖柱仍把傷害忠實重現於連接者的身體上。

「咳、呃……」

後腦杓是中樞神經所在的部位之一，像這樣受到一記重擊之後，絕無可能還保有意識。夏洛爾因此昏厥，就這麼當場倒地，至少是不可能在這場戰鬥中重新起身了。

面對這樣的結果，五萬名觀眾鴉雀無聲。大家會有如此反應也是在所難免，畢竟就算是作夢也想不到我竟然能取得勝利。

我為了向觀眾表示自己已經獲勝，於是準備高舉握拳的右手，偏偏身體傳來一陣劇痛，令我無法順利舉起右拳。這是對夏洛爾施展渦潮造成的反噬，其中又以發動肘擊的左臂特別疼痛，一個不小心我可能會痛暈過去。這情況換作在實戰裡，產生的反噬足以當場震碎我的左臂，所以會痛成這樣也是理所當然。

我強忍痛楚在臉上擠出笑容，一鼓作氣將右拳伸向天際，藉此宣示自己的勝利。

觀眾至此終於搞清楚狀況，紛紛大聲歡呼。

「第、第一戰已分出勝負!!由諾艾爾選手取得勝利!!」

露娜驚慌地宣布我的勝利。

「居、居然發生令人難以置信的狀況！赫赫有名的夏洛爾選手竟被身為【話術士】諾艾爾選手一招秒殺！難道這就是諾艾爾選手真正的實力嗎!?但我相信有看懂發生什麼事的人相當有限，至少我就看得一頭霧水！懇請菲諾裘姊姊大人來幫忙解說一下……姊姊大人？」

我將視線移往轉播臺，發現露娜歪著頭望向已從座位上起身的菲諾裘。只見菲諾裘此刻熱淚盈眶，並為我獻上熱烈的掌聲。

「明明還只是第一戰，他也太誇張了吧。」

我笑著轉過身去，就這麼離開擂臺。

「豈、豈有此理……」

看完諾艾爾與夏洛爾的對決後，智賢師只覺得驚駭莫名。

「即便雙方階級相同，輔助職能竟正面戰勝前鋒職能……而且還沒有使用技能……」

「先聲明一下，我家小鬼並不弱喔。」

梅斯一臉嚴肅地說著，智賢師點頭回應。

「這我知道，畢竟夏洛爾的快攻非常完美，而是能躲開攻擊的蛇太匪夷所思了……」

由於一切都發生於剎那間，我就只能看出個大概，不過蛇似乎從嘴裡發出能擾亂三半規管的音波，成功打斷夏洛爾的行動吧。」

「依照我的觀察也得出相同見解。儘管已做好對抗《狼之咆哮》的準備，但是小不點——不，諾艾爾的攻擊並非使用職能所賦予的異能（技能），而是單純藉由修練獲得的戰技（技能）。若是第一次碰上這招，根本沒人能做出應對……」

「雖然音波攻擊相當可怕，不過最令人膽寒的部分，就是他一招撂倒夏洛爾的那記肘擊……單靠離心力使出的肘擊絕無可能達到那等威力，我敢肯定他有發動透勁……」

「透勁!?」

梅斯錯愕地大叫。

「記得透勁是針對人體內部攻擊的戰技吧，但那不是你祖國的戰技嗎？為何諾艾爾會使用？」

「這你就問倒我了……可是能將透勁運用於實戰裡的高手，老實說就連我的祖國裡也是屈指可數……這表示諾艾爾・修特廉的對人戰鬥技術已非常人所及……」

兩人生硬地嚥下口水，就這麼暫時陷入沉默。片刻後，梅斯才緩緩開口。

「……錯不了了，諾艾爾的天性是適合前鋒職能。」

「沒錯，我也抱持相同意見。儘管在命運的捉弄下導致他獲得並不符合其天性的職能，他卻依舊發揮出非比尋常的實力。」

「假如他獲得符合其天性的職能……」

「如此可怕的事情，我可是完全無法想像出來……」

梅斯和智賢師都是赫赫有名的強者，卻臉色蒼白地緊閉嘴巴，而且兩人臉上明顯流露出恐懼的神色。

「我說過了吧。」

站在凱烏斯身旁的亞兒瑪露出微笑。

「贏家肯定是諾艾爾。」

「我已明白這個男人的確非常強大，但他尚未全力發揮對吧？」

「若您是指技能的話，我相信下一場戰鬥就能夠欣賞到了。」

「下一場戰鬥……所以是霸龍隊的夏蓉・華倫坦囉……」

這位構築近代探索者論的創始者，同時也是霸龍隊前副團長的實力，絕非夏洛爾能夠相提並論。如果夏洛爾是英雄，夏蓉就是大英雄，因此要是諾艾爾可以戰勝夏蓉的話，他將登上無可比擬的崇高境界。

「諾艾爾・修特廉，你——」

（將在我面前展現出何等價值？）

凱烏斯緊握雙拳，壓抑住不斷從心底湧現的那股興奮，但他終究克制不住心中的激動，於是在臉上露出一張令人駭然的笑容。

（帝國的歷史將在今天重新改寫。）

凱烏斯莫名確信此事終將成真。

「身體狀況如何？」

在競技場最高樓層的選手休息室裡，雷翁使用恢復技能治好我的傷勢，接著我從座位上起身，開始確認身體的狀態。儘管體內仍留有些許酥麻感，但至少不妨礙行動。

「狀況很不錯。謝啦，雷翁。」

「不客氣。」雷翁笑著回應我的道謝。

「話說你的運氣真差，居然首戰就碰上強敵。雖然最終是順利取勝，不過下一場比賽就……」

「唯獨籤運是莫可奈何，抱怨再多也無濟於事。」

我之所以能秒殺夏洛爾，全都多虧戰術成功奏效。夏洛爾絕不是軟腳蝦，他的戰力在複賽裡完全能擠入前段班，因此我必須全力以赴——甚至得無視身體必須承受的負擔。

「下一個對手是鼎鼎大名的夏蓉・華倫坦，而且她已見識過你的戰鬥方式，所以你無法再像碰上夏洛爾那樣秒殺她了。」

「這我知道。」

「你已藉由戰勝夏洛爾向世人證明自己絕非一般的支援職能，這樣的成果算是相當足夠了吧？再繼續增加負擔將對計畫造成影響，我個人認為你應該棄賽。」

「……我也知道。」

「方尖柱確實會吸收來自外界的傷害，問題是當事者受到的運動傷害並不包含在內，倘若你繼續採取戰勝夏洛爾的那種打法，即便有我的治療也很可能留下後遺症……諾艾爾，你確定自己有想清楚嗎？」

「我都知道。」我再度點頭以對。

我能夠打贏夏洛爾，不只是因為我在對人戰鬥能力方面技高一籌，而是我有順便解除大腦的限制，也就是所謂的『潛力爆發（over clock）』狀態。

我以方尖柱的受驗者之姿承受過各種疼痛，變得能有意識地去降低痛覺，其附加效果就是我也可以做出超越肌肉極限的動作。不過忽視名為疼痛的警訊迫使自己超越極限，自然也會對肉體造成嚴重的負擔，雷翁會感到不安也是情有可原。

「……唉，看來我再如何勸阻也是白費口舌。」

雷翁對著遲遲沒有給出明確答案的我發出一聲嘆息。

「什麼叫做沒打算奪冠，我看你是志在必得吧。」

「我可沒有這麼自不量力。」

「不過……」我笑著把話說下去。

「既然機會難得，我想盡可能享受到最後一刻。就只是這樣而已。」

我的確無意奪冠，卻也不打算輕易落敗。若是我當真順利奪冠，這也同樣是其中一個結果。

我站在窗邊，耐心等待下一場比賽的到來。選手休息室和所有貴賓包廂都同樣位於最高樓層，因此能夠從這裡觀賞比賽。其他尚未上場的選手們和我一樣都站在窗邊。

接下來輪到沃爾夫上場，對手也是從預賽中脫穎而出的選手，雖然並非來自七星戰團，卻也並非能輕易打發的弱雞。

「既然你曾經那樣當面嗆我，就可別讓我失望喔。」

我如此喃喃自語之際，室內忽然傳來一陣敲門聲。雷翁出聲回應並把門打開，發現來者是哈洛德。

「您辛苦了，諾艾爾先生。」

臉上掛著優雅笑容的哈洛德走了進來。

「方才的勝利當真是非常精采。您在公眾面前如此大展身手之後，相信再也沒有人敢說您是『只會躲在同伴們身後，高高在上耍大牌的廢渣』。」

「謝謝你的讚美啊。」

即便街頭巷尾對於我年紀輕輕就成為七星團長一事，大多都是給予正面評價，但仍有不少人數落我只是個受到優秀同伴們眷顧的雜碎。因此一如哈洛德所言，自從我戰勝夏洛爾以後，應該能成功顛覆這類評價才對。

「先撇開實力不提，諾艾爾的確經常高高在上耍大牌喔。」

「喂。」

我皺眉看向耍嘴皮子的雷翁，此舉惹得哈洛德開懷大笑。

「哈哈哈，畢竟諾艾爾先生傲慢無禮的態度，並不是現在才有的。」

「死老頭，你只是為了捉弄我才跑來這裡嗎？」

「豈敢豈敢。」哈洛德雙肩一聳。

「您這麼說可就冤枉人了，我純粹是想來幫您打氣而已。」

「是嗎……」

「另外我即將動身前往托梅基德，才想在離去前跟您打聲招呼。」

「現在嗎……？未免也太倉促了吧。」

哈洛德被調去托梅基德一事的確早有耳聞，可是生效日期就從沒聽說過了。

「事實上本該更早前往當地，是我百般請求才拖到現在。因為我至少想親眼見識一場您的比賽。」

「原來如此，那有令你滿意嗎？」

「是的，簡直叫人大呼過癮，您果真是非常出色。」

哈洛德露出心滿意足的笑容。

「我本想待到決賽結束後再離開，無奈這麼做會趕不上機關車的發車時間，因此請容我先告辭了。」

帝國重啟鐵路計畫已有兩個多月，儘管距離正式營運還有一段時間，但沃爾岡重工業得到國家的全面贊助，在有效利用取得的技術和龐大的資金之下，連接帝都與各大主要都市的鐵路幾乎全面開通了。

由於相關人士在測試運作期間能順便搭乘，因此走後門經由鐵路前往的話，大約半天的時間即可抵達托梅基德郊區。哈洛德恭敬地行完禮後，便轉身離開房間。

「希望哈洛德先生別被捲入事端才好……」

我點頭回應憂心忡忡低語的雷翁。

「對他國而言，單單讓該處的地脈失控就能馬上讓冥獄十王降世，因此很可能會被當成目標。」

「但這終究是未必吧？帝國也相當清楚該處的重要性，所以戒備非常森嚴，我不覺得光靠幾名他國特務就有辦法攻陷那裡。」

「前提是只有他國特務的話……」

腦中閃過日前的爆炸事件，我在當時確實感應到有別於人類的魔力。

「……此話怎說？」

「當我沒說。」我搖頭回應雷翁的問題。

「既然是由哈洛德擔任警備主任，就算當真遇襲也不要緊才對。真要說來，反倒是擠滿政要的七星杯這邊更有可能遭到襲擊。」

「說得也是……嗯？難不成你之所以舉辦七星杯，就是為了把他國特務吸引過來嗎？一旦這裡遇襲，七星主要成員都在此處，自然可以請他們幫忙討伐敵人。我有猜錯嗎？諾艾爾。」

「這我就不予置評了。」

我將目光從雷翁身上移回擂臺，下一場比賽恰好已完成準備，沃爾夫與對戰選手——來自南風樂團的密嘉．范法雷正在擂臺上對峙。

「那麼，A區的第二場比賽正式開始！」

在播報員露娜大喊的下個瞬間，隨即傳來宣布開戰的銅鑼聲。

†

「真是有夠驚險的～……」

結束比賽回到休息室的沃爾夫，坐在椅子上鬆了一口氣。

「差點就要輸掉比賽了……」

對手密嘉是【弓箭手】系B階職能【鷹眼(hawk eye)】。既然能通過預賽，表示此人確實是名強者，不過沃爾夫看對方是B階探索者便有些大意，結果立刻慘遭對手猛攻，差點就這麼直接敗下陣來。

沃爾夫勉強在賽中重整態勢，最終順利取得勝利，但在歷經這場哪方落敗都不足為奇的戰鬥之後，他那狂跳的心臟到現在仍難以平復下來。

「你這個笨狼！」

「好痛！」

身為幻影三頭狼副團長的維洛妮卡破口大罵，並用力戳了一下沃爾夫的頭。

「明明預賽時漂亮戰勝A階對手，剛才那副糗樣是怎麼回事!?」

「吵、吵死啦！反正有打贏就好啦！」

沃爾夫摸著發疼的腦袋提出反駁，同樣身處在休息室內的突擊隊長洛岡重重地發出一聲嘆息。

「唉~我原以為你在成為團長之後會改進這個缺點，結果你還是死性不改。」

「你、你說的是哪個缺點啊？」

「就是你每次得意忘形時就會無法發揮實力。」

沃爾夫被堵得啞口無言。另外兩人見狀後是十分傻眼地搖搖頭。

「雖說你有順利晉級，但下一場肯定沒戲唱了。」

「對呀，以沃爾夫你的本事來說，這結果算是相當不錯了。」

「喂，你們別擅自斷定我接下來絕對會輸喔！」

盛怒的沃爾夫從座位上起身，伸手指著兩人說：

「我絕對會打贏諾艾爾！之後絕不會再大意了！」

兩人聽完沃爾夫的宣言後，不禁睜大雙眼。

「你在胡說什麼呀……他接下來可是會對上名聲響亮的夏蓉・華倫坦喔？諾艾爾確實非常厲害，但我不覺得他有辦法打贏夏蓉。若要制定戰術的話，還是以夏蓉為假想敵吧。」

對於維洛妮卡的糾正，沃爾夫搖搖頭正色道：

「沒那回事，諾艾爾是不會輸的。」

沃爾夫一改平日的輕佻態度，散發出由不得人反駁的氣勢，令維洛妮卡有些退縮。

「沒錯，我也認為那小子不會輕易落敗。」

洛岡豪邁一笑，開口支持沃爾夫的意見。

「諾艾爾不僅精通體術，而且到現在尚未動用技能，重點是那小子絕不會如此容易就投降的。」

沃爾夫與洛岡朝著彼此點了個頭。這兩人平時一見面就會起爭執，現在卻意見一致。

「真是的，所以我才受不了男人……」

「懶得陪你們胡鬧。」維洛妮卡搖搖頭，接著看向一旁的麗莎。

「麗莎，妳也來說說這兩個笨蛋啦！」

「……咦？啊～說得也是……」

偏偏麗莎只是含糊地點了個頭就沒再多說什麼，繼續心不在焉地望著半空中發呆。

「這個小妮子仍然沒有振作起來……」

面對麗莎的反應，沃爾夫無奈地搖搖頭。

「她自從得知諾艾爾與貝娜黛妲相親之後，就一直是這個調調。之前看她繃緊神經時表現得還算正常，我才委託她來擔任輔助員，結果稍微放鬆就馬上變成這副鳥樣。照此情況看來，她恐怕得花上一段時間才會振作囉……」

維洛妮卡點頭同意沃爾夫的話語。

「這也是莫可奈何呀，就先讓她靜一靜吧……」

兩人同情地望著失魂落魄的麗莎時，洛岡突然興奮大喊。

「喂！下一場比賽開始了！」

A區第三場比賽是通過預賽的基斯對戰劍炫舞閃的年輕王牌攻擊手，職能為【劍王(sword master)】的菲歐雷‧里貝爾特。預賽裡全憑一招前踢過關斬將的基斯，究竟會如何對抗階級在自己之上的A階高手，可謂是眾所矚目的一戰。

「對手是【劍王】……而且是劍炫舞閃的王牌攻擊手。反觀基斯是後衛職能吧？此次對手有別於以往，我不認為他能繼續光靠體術打贏比賽……」

沃爾夫站在窗邊提出自己的分析，洛岡和維洛妮卡都點頭肯定。

名列七星的劍炫舞閃正如其名，是一支以『劍』為主的戰團。旗下成員大部分都是【劍士】，即使是【劍士】以外的職能也以劍做為武器。由於後衛職能的團員們全都有學習劍術，堪稱是全面貫徹戰團的宗旨。

不過其團長亞瑟並非基於偏執才這麼做，而是他堅信此方針是最能夠讓團員們變強的做法。

馬克貝因流劍鬥術是被譽為帝國最強的武術門派，其歷史長達四百年，就這麼代代相傳直到現在。馬克貝因流劍鬥術比其他門派更優秀的一點，就是並非單純傳授最適合【劍士】的劍術，而是其武學也適用於以【魔法使】為首的各種後衛職能。

事實上此門派就曾由【魔法使】或【弓箭手】擔任宗主，多虧這些人所發展出來的這套遠近通用武學，甚至讓此門派以外的後衛職能都能夠當成參考，因此已被探索者養成學校列為一門必修技術。

在相傳是歷代最強的現任宗主亞瑟親手調教之下，承襲正宗馬克貝因流劍鬥術的【劍王】，其實力令人光在腦中想像就頭皮發麻。

所有人都認為基斯必敗無疑，不過這位當事者的臉上卻掛著一張游刃有餘的笑容……不，那表情與其說是游刃有餘，形容成嘲諷對手的訕笑會更貼切。

「難不成這孩子想自殺嗎？」

對於維洛妮卡並沒有想換來回應的這個問題，只見沃爾夫和洛岡不禁露出苦笑。

儘管相隔遙遠，依舊能看出被基斯如此挑釁的菲歐雷臉色相當難看。遭弱者這般鄙視，出現上述反應實屬正常。恐怕他已在腦中想像自己是如何秒殺面目可憎的基斯吧。

話雖如此，這場比賽竟以超乎眾人想像的形式落幕——

「A區第三場比賽已分出勝負！獲勝者是——」

播報員露娜語氣興奮地宣布贏家的名字。

「基斯・薩帕選手！身為B階的他成功戰勝A階對手！就此完成反殺強敵的壯舉！在複賽裡出現這種結果真是叫人跌破眼鏡!!其中最令人吃驚的部分——」

露娜稍微停頓一下，然後一口氣將比賽的最高潮轉述出來。

「就是基斯選手僅憑『一招』拿下勝利！而且還使出跟諾艾爾選手一模一樣的招式!!簡直是令人難以置信！難不成他們是師承同一人的師兄弟嗎!?」

「怎麼可能有那種事嘛……」

沃爾夫有氣無力地否定這項說法。

基斯確實是使用與諾艾爾一樣的招式打贏對手。面對比賽剛開始就憤怒使出快攻的菲歐雷，基斯宛如諾艾爾那樣化解攻勢繞到他背後，再以高速旋轉朝對手的頭部使出一記肘擊取勝。

可是沃爾夫等人從沒聽說過諾艾爾有個師弟，再加上看不出兩人有血緣關係，理當沒有任何關係才對。既然如此，基斯為何能使出與諾艾爾相同的戰技？得出結論的沃爾夫他們感到一陣不寒而慄。

「那小鬼居然光看一次，就把諾艾爾的戰技偷學來了。」

「太、太扯了……這到底是什麼情況……？」

「真、真誇張……竟有辦法偷學那種絕技……」

沃爾夫、洛岡以及維洛妮卡在目睹資歷不如自己的基斯，居然展現出如此蠻橫的實力之後，全都暫時說不出話來。

當三人啞口無言之際，A區已開始第四場比賽的準備。對戰組合是百鬼夜行的團長里奧·艾汀和太清洞的年輕王牌攻擊手，職能為【死徒(death)】的喬尼·燕。

雖然兩者皆隸屬七星，但反觀屬於三等星的百鬼夜行，太清洞則是二等星，單以戰團名次是太清洞占上風。不過以探索者的階級來看，里奧就在對手之上。畢竟他可是偌大的帝國之中僅有三名的EX階探索者。至於神域抵達者(EX階)的實力有多麼蠻橫，沃爾夫等人同樣非常清楚，因此這場比賽的贏家非里奧莫屬。

「這場比賽……不太可能再跌破眾人眼鏡吧？」

沃爾夫臉色僵硬地擠出乾笑，另外兩人也回以相同的表情。兩名選手皆已登上擂臺，一方是太清洞的王牌攻擊手・【死徒】，另一方是頭戴獅子面具的神域抵達者・【武神】。

這場對決在轉瞬間就分出勝負——

「A區第四場比賽結束！獲勝者是頭戴面具的團長里奧・艾汀選手！這真是一場披露神域抵達者的實力，堪稱神乎其技的比賽！老實說我根本看不懂發生了什麼事～～!!有請菲諾裘姊姊大人來幫忙解說！」

儘管露娜請求菲諾裘進行解說，卻遲遲得不到回應。原因是菲諾裘此刻目瞪口呆，彷彿化成石像般僵在椅子上。

「……你們有看清楚發生了什麼事嗎？」

面對沃爾夫的問題，另外兩人都左右搖頭。其實看不懂發生什麼事情的人並非唯獨露娜一人，沃爾夫他們也是半斤八兩。在這座競技場裡，恐怕絕大多數的人都無法用肉眼捕捉到里奧的攻擊。

也不清楚是用拳擊還是腳踢，總之比賽才剛宣布開始，里奧的對手就已從擂臺上消失，整個人嵌入後方的牆壁裡。之所以能確定是里奧出手攻擊造成的結果，理由是在擂臺上那道觸目驚心的裂痕。由於里奧使出無法用肉眼辨識的神速攻擊，因此於擂臺上留下一道清晰可見的直線裂痕，從他所站之處一路延伸出去。

沃爾夫等人被里奧逆天的實力嚇到無法言語。即使在嵐翼之蛇對抗人魚鎮魂歌當時曾親眼目睹過神域抵達者（EX階）的能耐，但還是遠不如眼前情況令人震撼。很明顯和與生俱來的才華是相去甚遠。

不只是里奧，就連基斯也擁有遠在三人之上的天賦。放眼全天下的探索者，他們三人都優秀到夠格被稱為天才，並對此抱有自信。但這也沒什麼，正所謂人外有人、天外有天罷了。

「喂，快看那邊。」

洛岡用下巴指向諾艾爾的休息室。諾艾爾同樣站在窗邊觀賞比賽，不過他對這場勝負所產生的反應，與沃爾夫等人截然不同。

「那小子居然在笑……」

諾艾爾雙手環胸，臉上掛著一張猙獰的笑容，低頭俯視下方的里奧。那模樣彷彿一頭盯上獵物露出獠牙的猛獸。

「明明親眼目睹如此驚人的戰鬥，為何他還有辦法露出那種表情……？」

里奧確實很可怕，但是此刻的諾艾爾更令人恐懼。沃爾夫能感受到自己臉色發青，而且心驚膽顫到不禁一陣頭暈。

「沃爾夫。」

維洛妮卡直視著沃爾夫，以嚴肅的語氣說：

「你真心認為自己打得贏諾艾爾嗎？」

沃爾夫沒有回應。縱使已被諾艾爾超前，沃爾夫仍把他當成競爭對手，無奈現實中橫擋在兩人之間的距離是如此遙遠。

「我倒是想到一個還不錯的妙計喔。」

就在休息室裡瀰漫著一股凝重的沉默時，原本彷彿成了一件擺飾的麗莎突然出聲，嚇得另外三人扭頭注視她。

「妳說的妙計是什麼？」

麗莎神情嚴肅地回答提問的沃爾夫。

「你們聽聽看這樣如何，就是當比賽開始之後──」

三人聽完麗莎的說明後震驚不已。

「麗莎，妳是認真的嗎⁉」

「妳這是什麼歪主意啊⁉」

面對維洛妮卡與洛岡語帶責備的反應，麗莎回以一張苦笑。

「我、我也知道這不是什麼值得讚揚的手段啦。」

接著她正色補上一句但書，而那正是她在對抗惡魔時才有的表情。

「唯獨這個方法能避免被諾艾爾牽著鼻子走。」

倘若情況順利的話，沃爾夫確實頗有勝算，只是這裡面有個很嚴重的問題。

「……麗莎說的頗有道理，外加上諾艾爾的個性既好鬥又不服輸，很有可能願意睜一隻眼閉一隻眼……」

維洛妮卡將一手貼在臉頰上如此低語後，沃爾夫搖搖頭說：

「有那種想法是不行的。」

「什麼意思？」

「麗莎提出的計策本身是值得考慮，維洛妮卡對諾艾爾的評價也非常正確，問題出在實際上場的我是抱持何種心態。」

「聽好囉。」沃爾夫環視三人繼續說下去。

「假如覺得諾艾爾願意原諒我使出卑劣的手段，到時就算當真取勝，也只是諾艾爾故意將勝利拱手讓給我罷了。」

「這……」

「因此我認為最重要的一點，就是我必須抱持既然使出卑劣手段就非贏不可，對於任何汙名都甘之如飴，即便到時失去比賽資格也行，不管怎樣都想跟諾艾爾同臺較勁的心情。」

「無論如何都不能為自己找藉口。」沃爾夫開口強調。

「我是抱有這層覺悟，但這件事並非我一個人的問題，這是一場縱使獲勝也只會失去更多的戰鬥，倘若你們不同意的話，我會立刻罷手。」

身為提案者的麗莎似乎早已做好覺悟，洛岡和維洛妮卡在稍作思考後，彷彿認輸似地點頭同意了。

「隨你們高興吧。」「我也一樣，相信其他團員都會諒解的。」

「謝啦。」沃爾夫向同伴們鞠躬道謝。

「假如真有萬一，所有責任由我一人扛下，因此麻煩各位讓我贏得這場比賽。」

†

Ａ區的第四場比賽已經結束，接下來得針對人數進行調整再開始比賽。參加七星杯複賽的選手總共是二十一名，為了消化所有比賽，必須按照選手數量增加比賽次數。

而Ａ區的適用對象分別是諾艾爾、基斯以及里奧三人，因此第五場比賽是諾艾爾的第二戰，同時也是夏蓉的首戰。

夏蓉步出休息室，與輔助員一同走向擂臺（戰場），並在腦中回想著與團長維克托爾之前的對話。

「由我擔任第二位參賽選手？」

維克托爾把夏蓉找去辦公室，就是希望她能代替自己參加七星杯。

「沒錯，拜託妳了，夏蓉，因為妳比我更適合。」

「你可是神域抵達者（EX階）喔，相信戰團裡沒有比你更適合上場的人選吧。」

夏蓉納悶地歪過頭去，維克托爾不禁露出苦笑。

「因為我已經老了，如今只剩下與Ａ階差不多的實力。」

「就算這樣──」

夏蓉仍想繼續反駁，維克托爾抬手制止她說下去。

「我明白妳的意思，妳想說我依舊能戰勝絕大多數的選手對吧？」

夏蓉默默地點頭回應，維克托爾深深地嘆了一口氣。

「即使能打贏大多數的選手也毫無意義……因為我並不想輸給任何人。」

「……此話怎說？」

「我在全盛時期時確實是帝國最強的探索者，與你們攜手開創各種豐功偉業，以客觀的角度來說這也是不爭的事實……所以我很害怕，總覺得自己一旦落敗，所有功績都會化為烏有，這令我無比恐懼……到時候，我肯定再也無法以身為探索者的自己為榮……」

「維克托爾……」

聽完維克托爾的傾訴，夏蓉不禁感到一陣鬱悶。看見這位聯手率領霸龍隊一路走來，最令自己信賴的戰友首次展露出軟弱的一面之後，她只覺得心痛無比。

事實上不論維克托爾年紀再大，各方面的表現仍凌駕於其他探索者之上，無論是戰鬥能力或指揮能力都達到一流水準。

可是歲月依舊不斷腐蝕他身為探索者最強大的部分──也就是所謂的『心靈』。身為不老精靈的夏蓉並不會面臨這種情況，不過歷經這幾十年來的交情，她還是可以理解維克托爾的心痛。

「好的，就由我來參加七星杯吧。」

夏蓉一邊回憶著與維克托爾的對話，一邊繼續往前走，片刻後便抵達擂臺。此次的對戰選手蛇——諾艾爾似乎先一步來到現場，他正在接受工作人員的魔素檢測。

兩人一瞬間四目相交，諾艾爾臉上浮現出高傲的笑容，夏蓉則是厭惡地柳眉深鎖。諾艾爾象徵的是『年輕』與『破壞』，反觀夏蓉則是象徵『品格』和『維持』，所以兩人的關係堪稱是水火不容。雙方唯一的共通點就是彼此都選用『魔槍』來當作武器，而且從槍套裡散發著冷冽如刃的殺氣——

做好戰前準備的我跟夏蓉，雙雙站上擂臺相互對峙。

「那麼，第五場比賽即將開始！對戰組合是【真言師】諾艾爾選手VS【魔彈射手(black shooter)】夏蓉選手！儘管雙方職能不同，但同為魔槍手的兩人將會給大家帶來何種戰鬥方式呢!?決定命運的銅鑼就在此刻正式敲響！」

在露娜大聲宣布並敲響銅鑼的瞬間——我馬上拔出魔槍對準夏蓉，朝她發射靈髓彈(garm bullet)。一旦命中，其破壞力將能大幅削弱方尖柱的耐久度。不過靈髓彈在即將命中夏蓉時，竟以詭異的方式改變彈道。

「居然是《射擊無效(antimissile)》!?」

《射擊無效》是【槍手(gunner)】與【弓箭手】才能夠學習，可以令所有遠程武器失靈的強力防禦技能。不過七星杯的規則是每名選手只准使用兩種技能，所以我認為不太可能有人會選用這招。原因是【射擊無效】只會影響遠程攻擊，倘若碰上不使用遠程攻擊的對手，此技能就完全派不上用場。換言之，夏蓉只為了徹底克制遠攻型對手而選用《射擊無效》。

「我非常厭惡你，看我讓你在無從還手的情況下結束比賽。」

當夏蓉以充滿敵意的語氣誇下海口之際，我立刻感應到來自四面八方的殺意。經由高速運算所產生的預知，在我腦中浮現出自己被無數靈髓彈擊中，就這麼慘遭魔力爆炸吞噬的畫面。

這是魔彈技能《銃王之路（royal road）》。此招式能無視與目標之間的距離，讓攻擊直接命中對手。不過利用預知看穿所有彈道的我，在千鈞一髮之際成功擺脫魔彈的包圍網。

我整個人往前跳，運用魔力爆炸產生的風壓再次加速，衝向位於前方的夏蓉，並且高速揮動握住魔槍的那隻手。只見夏蓉輕輕一笑，她肯定認為我會以投擲魔槍做為最後的掙扎。問題是投擲物也在《射擊無效》的影響範圍內，這麼做根本無法擊中她。

但我並非想投擲魔槍，早已把魔槍收進槍套裡的我是手無寸鐵。我從空手狀態順勢將手腕一轉，快速揮出一記反手拳，破空產生的『風之魔彈』直接擊中夏蓉的臉部。

「唔、我的眼睛!?」

這招名叫『蜉蝣』。雖然夏蓉發動《射擊無效》，不過蜉蝣是沒有形體的風之魔彈，也就不會受到影響。基於此因，其威力只能令對手稍稍仰頭，可是這殺得敵人措手不及的一擊直接命中臉部，就此戳瞎夏蓉的雙眼。

看著夏蓉痛苦地捂住雙眼，我決定乘勝追擊，於是我對準她的心臟，卯足全力揮出一拳，欲利用心臟震盪使她昏厥。這與方尖柱的耐久度無關，一旦引發心臟震盪就是我贏了。

我對準夏蓉的胸口，一鼓作氣揮出右拳——下個瞬間，本該被蜉蝣戳瞎雙眼的夏蓉竟然睜開眼睛。

「可惜啊，我的兩眼都是『義眼』。」

在我驚覺不妙之際，夏蓉朝我的太陽穴使出一記上段側踢。雖然我以左手擋下這記威力強大的反擊，代價卻是左臂在方尖柱忠實反映傷害之下變得無法動彈。倘若這是實戰，這一腳足以踢斷我的左手。

被踢飛的我，腦中浮現出魔彈藉由《銃王之路》從全方位襲向我的光景。於是我連忙將右手撐向地面，僅憑單手迅速使出後空翻，擺脫《銃王之路》的攻擊。繼續順勢後空翻好幾次的我，得以與夏蓉拉開距離。只不過像這樣被迫拉開距離，在對戰【魔彈射手】時等於是自找死路……

「你的身手真不錯。包含方才的招式在內，若論體術是你在我之上。」

夏蓉的臉上浮現出一張冷笑，補上但書繼續說：

「相信你已經發現自己贏不了我吧？在你像隻猴子跳來跳去時，我可是未曾移動過半步喔。」

這句話是千真萬確，就連夏蓉在反擊我的時候，也依然待在原地。

「另外，我已看穿你選用的技能了。記得會提升思考能力的職能，可以根據周遭狀況來預知一定程度的未來。可是想完全識破我的《銃王之路》，光靠你一個人的視角理當非常困難，意思是你具備你以外的視角。這足以證明你是利用【話術士】的《思考共有》，藉此來運用同伴們的視野吧。」

完全正確。撇開使用真祖之力的時候，光憑現在的我無法獨自徹底看破《銃王之路》，因此我在與夏蓉開戰的那一刻起就持續發動《思考共有》，讓位於高處觀戰的亞兒瑪和雷翁與我共享視野。此技能原本只能傳送念話，但在我升為A階之後便獲得強化，現在是就連視野也可以共享。多虧三個視角讓我得以進行更準確的預知，我才能夠精準躲過《銃王之路》。

「因此你選擇的技能是《思考共有》以及《狼之咆哮》。對於身為【話術士】的你而言，只有這兩招在比賽中派得上用場。雖然可以透過體術使出妙招，不過我已識破你的伎倆，休想還會對我管用，看我直接完勝你。」

夏蓉加深臉上的笑意，再次發動《銃王之路》。我藉由預知接連躲過從槍口直接飛至我身邊的魔彈之雨。即便夏蓉的彈藥有限，但我的體力會先被她耗光，再加上就算靈髓彈沒有直接打中我，接連產生的爆炸仍會對我造成傷害。

五分鐘後，我的身體已瀕臨極限。不只是左臂，就連右腿也報銷了。夏蓉見我宛如稻草人般只能單腳站立後，出言嘲諷說：

「真虧你能撐到現在，是時候該結束了。」

夏蓉並未大意輕敵，毫不放水地準備發動《銃王之路》攻擊無法動彈的我。不過正如夏蓉並未大意輕敵，我也同樣沒有一絲鬆懈。

「發動真言技能《神句號令（God flagments）》——持劍者終將被劍所滅。」

我低語完的下個瞬間，夏蓉的魔槍突然從手中飛了出去。

「怎、怎麼回事!?」

夏蓉大驚失色，我見狀後放聲大笑。

「哈哈哈，看來妳被魔槍討厭囉。」

沒理會我的夏蓉繼續跑向魔槍，結果是魔槍再次彈飛出去，彷彿擁有自我意識般在抗拒著夏蓉。

「……這是你的技能嗎？」

我點頭肯定夏蓉的詢問。

「沒錯，妳的確很聰明，卻猜錯了一個答案，那就是我挑選的技能裡沒有《狼之咆哮》而是選擇了《思考共有》和這招真言技能《神句號令》。」

「你說真言技能!?鑑定士協會當初對外公布說【真言師】只是支援職能而已吧!?不可能會有如此直接的效果呀！」

「沒錯，那是鑑定士協會的謊話，我花錢拜託他們幫忙隱瞞此職能真正的能力。」

「什、什麼……」

看著驚呆的夏蓉，我加深臉上的笑意。

「若想控制身為公家機關的鑑定士協會，總是需要花費大把鈔票，但事實證明這筆錢沒有白花，至少妳就完全上當了。」

我直視著懊惱到咬緊牙根的夏蓉繼續說：

「在《神句號令》發動期間，有效範圍內的目標都無法持有武器。至於範圍是以我為中心的半徑三十公尺，而此擂臺是長寬皆為二十公尺，意即妳想脫離有效範圍的話就得自動出界。」

「目標無法持有武器!?以支配他人精神的技能而言，怎麼可能存在效力如此強大的類型！肯定都會被對方阻絕（resist）才對！」

「妳答對了，所以這個技能有些限制。第一點是受影響的不光是目標，我也同樣無法倖免。第二點是為了發動這項技能，必須已與目標保持在十公尺以內的範圍連續長達五分鐘。」

「藉由限制來提升效果的技能……」

技能裡存在著得要滿足特定條件才可以發動的類型，而且效果遠比尋常技能更加強大。諸如【斷罪者（punisher）】的《神罰覿面（judgement）》，發動條件就是當事者得先被目標拒絕三次請求，一旦達成，原則上沒有任何方法能讓該技能失效。假如雙方階級相同，目標的心臟就一定會被挖出來。

「我已搞懂你的技能，不過——」

夏蓉取回原有的冷靜，握拳擺出戰鬥架勢。

「就算我少了魔槍，也不覺得自己會打輸已經傷痕累累的你。」

「是啊，我也不認為自己能夠就這麼取勝。」

夏蓉見我坦率地點頭認同，隨即對我提高警覺。她說得很對，再這樣下去我將沒有勝算，所以我讓《神句號令》進入下個階段。驚覺異狀的夏蓉迅速衝向我，很可惜一切都太遲了。

「妳以為我是基於好意才主動公開技能效果嗎？蠢蛋，這是發揮下個效果的條件啦！」

在夏蓉揮拳擊中我之前，我開口做出宣言。

「放下力量吧，並認清我才是真理。」

《神句號令》第二階段的效果，就是當目標位於有效範圍內，由職能提供的能力加成將全數失效。在這情況下不只是無法發動技能，體能也會大幅降低。儘管我同樣會受影響，不過《神句號令》仍會持續發動，至於身為【話術士】的我就只有思考能力有獲得加成，除此之外沒什麼改變。

反觀身為【魔彈射手】的夏蓉，其變化就極為劇烈。當職能加成消失後，身手不再如同往常那般敏捷的她，攻擊動作慢到就連遍體鱗傷的我都有辦法化解。

「這場戰鬥帶給我不少樂趣喔，夏蓉・華倫坦。」

我配合夏蓉的動作原地跳起，在一把抓住她的手臂時，順勢用雙腿夾住她的頸部——使出三角鎖喉。這是利用對手的肩膀，勒住對手頸動脈的擒拿技。頸動脈遭壓迫的夏蓉，不出幾秒就失去意識。這與方尖柱的耐久度無關，在頸動脈竇感壓反射的作用下，當事人的血壓會隨之驟降，終將陷入昏厥。

我鬆開已經昏迷的夏蓉，搖搖晃晃地站起身來，然後如同第一場比賽那樣，面向觀眾高舉拳頭，五萬名觀眾紛紛對我發出震耳欲聾的歡呼聲。

「……居然連夏蓉也落敗了。」

位於貴賓包廂內負責保護王公貴族的維克托爾，目睹比賽結果如此喃喃自語。不過他臉上沒有一絲詫異的神色，彷彿早已看穿結局般面無表情地望著擂臺。

「這真是太令人驚訝了！不愧是不滅惡鬼的孫子！」

年輕男貴族興奮到破音地說出感想。

「明明身為輔助職能還漂亮地取得勝利！反觀夏蓉女士的表現就相當令人失望，誰叫她在被逼入絕境之前都沒有認真戰鬥。」

身為門外漢的男子自以為很內行地說完之後，其他貴族口徑一致地紛紛表示贊同。

「她應該更早全力猛攻才對。」「我看她是沒能有效利用自己的無效化技能。」「話說她真的很厲害嗎？」「或許她的名聲都只是誇大其辭吧？」

貴族們對於夏蓉的評論逐漸轉變為人身攻擊，最終有一句決定性的侮辱飄入維克托爾的耳裡。

「不管她多麼戰功顯赫，終究只是一名亞人（精靈），根本不是優秀人族的對手。」

面對這句帶有嚴重歧視的發言，維克托爾怒氣沖沖地瞪向開心聊天的貴族們。這群人在感受到維克托爾的憤怒後，光是被這麼一瞪就開始瑟瑟發抖，一個個神情尷尬地把頭撇開。

（這就是世人對輸家的評語吧。）

維克托爾在心中如此感嘆，並把目光移回擂臺上。身為贏家的諾艾爾沐浴在觀眾的喝采聲中，至於落敗的夏蓉則是可憐兮兮地倒在地上。

（僅僅一次的敗北，就令昔日的榮耀通通付諸流水。）

既然如此，維克托爾等人到底是為何而戰？倘若探索者的宿命是必須不斷獲勝，僅剩這副年邁肉體的自己還能做什麼？看著癱倒於擂臺上的戰友，維克托爾不由得聯想到自己。光是想像自己被打趴在贏家身旁，還得承受這群俗物的冷嘲熱諷，他就不由得感到一陣想吐。

（我想要力量。）

維克托爾感受到一股怒意從體內深處湧現出來。

（我想取回原本的力量。）

這股怒意化成熊熊燃燒的黑色火焰，就這麼蔓延至五臟六腑。

（我想取回年輕時期的那股終極力量。）

沒錯，為了實現這個心願——

「要我以自身一切為代價也無妨……」

位於選手休息室內等待下一場比賽的里奧，那雙紅色的眼眸緊盯著位於擂臺上高舉一隻手的諾艾爾。

「那就是蛇，也是不滅惡鬼的真正傳人……」

如此自言自語的里奧，臉上的面具在與聲音共鳴之下詭異地微微震動。由於他下令不許任何人入內，因此室內就只有他一個人。里奧厭惡弱者，光是與他們呼吸相同的空氣就令他作嘔。他追尋的只有強者，所以他對諾艾爾不抱任何期待，參加七星杯也單純是受人挑釁罷了。

可是諾艾爾其實強悍無比，他的強大完全凌駕於他人之上，就連被譽為最強的里奧也被諾艾爾激得熱血沸騰。

「諾艾爾·修特廉……」

如此低語的里奧摘下面具。

「你就是我尋求許久的存在嗎？」

里奧伸手摸著窗戶喃喃自語，玻璃上只倒映出他那張猙獰的笑容。

†

基斯·薩帕認為天才二字是專為自己所創的一個詞彙。

基斯打從有印象以來就沒有任何事情能難倒他，甚至還表現得比其他人更優秀。

比方說數學，他僅僅花了一年就可以完美驗證難倒無數著名數學家的問題。當他學習鋼琴之後，其演奏足以令帝都最優秀的鋼琴家感動落淚。

命運女神賦予基斯各種才華，使其成為一名萬能天才，其中最出色的莫過於身為探索者的天賦。他在職能被喚醒後，便聽從父母的意思開始接受探索者修行，當他年滿十五歲長大成人時，已具備夠格被稱為一流探索者的實力了。

當然在號稱探索者聖地的帝都裡，有許多人類似基斯那樣從小就被當成一名才子。不過基斯仍認為自己比任何人都優秀，實際上也漸漸展現出符合其自信的才華。

若說基斯心中唯一的例外，那就是——

「激戰！兩名選手在擂臺上展開龍爭虎鬥!!」

露娜亢奮不已的轉播聲傳遍整個會場。

「A區第六場比賽的對戰組合是【大天使(archangel)】朵麗選手VS【死靈法師】基斯選手!!兩人本該都是後衛職能，卻上演一場超乎大家想像的激戰！高速你來我往的拳擊和腳踢！這完全就是高水準的肉搏戰吧!?難道我們正在作白日夢嗎!?不，這是現實！是堪稱帝都內最極致的一場後衛職能之爭!!」

基斯和朵麗的這場戰鬥，兩人從一開始就以體術正面交鋒。一方是【魔法使】系B階職能的【死靈法師】，另一方是【治療師】系A階職能的【大天使】。對上述職能一知半解的人，往往會誤以為兩者都不擅長肉搏戰，不過這兩種職能都可以習得克服這項弱點並化為長處的技能。

死靈技能《英靈附體》是透過解析死者的靈魂，轉換成刺青刻劃於皮膚表面，把死者生前的職能加成套用在自己身上。基斯目前所使用的靈魂，就是昔日某位赫赫有名的【龍拳士】。拜其職能加成所賜，基斯才得以展現出如此高水準的近身戰鬥。

至於朵麗是利用別種方式，讓自己類似基斯那樣大幅強化體能。【治療師】是掌管生命的職能，達到A階時不光能夠替人療傷，甚至活化自身肉體來提升肌力也不在話下。

展開激烈肉搏的兩人，儘管遲遲無法給予對方致命一擊，不過他們在極近距離下使出的拳打腳踢，堪稱是不亞於正宗近戰職能的顛峰之戰。隨著觀眾忘情的喝采，雙方的攻防速度越來越快。

就在朵麗逐漸加快攻擊動作，基斯的反應卻是相形見絀。原因就出在技能消耗的魔力有段差距。即便基斯的體術技高一籌，但再繼續下去只會耗光魔力。心生一計的基斯在躲開朵麗犀利的踢擊時，用力往後一跳拉開距離。

「哈哈哈，不愧是七星戰團的團長，真有一套。」

基斯在臉上擠出一張游刃有餘的笑容，對朵麗提議說：

「再這樣打下去，我完全不覺得自己有勝算。可是這樣的取勝方式，相信朵麗小姐妳也不樂見吧？」

「此話怎說？」

基斯對著一臉納悶的朵麗繼續解釋。

「面對體力快被耗光的對手，於是將計就計拿下勝利的方式，老實說太沒意思了。對我這種小菜鳥來這套是無所謂，但是身為堂堂七星團長就得注重這部分。妳看，就連觀眾也沒之前那樣興奮囉。」

「這種事因人而異。既然如此，你打算怎麼做？」

「我同樣不想打一場無趣的比賽，所以——」

基斯突然散發出滔天殺氣。

「就讓我們一口氣分出勝負!!《魍魎行軍》!!」

剎那間，無數探索者出現在基斯面前。死靈技能《魍魎行軍》的效果是透過魔力將刺青於身上的靈魂實體化。現形的探索者一共有十三名，而且全是A階以上的高手。此招在發動上相當費時，而且施展後的副作用是當事人一整天都無法行動，不過這是基斯目前扭轉頹勢的唯一方法。

基斯是趁著與朵麗交談時，就開始準備發動自己當作殺手鐧所挑選的第二項技能。這招奇襲一如基斯所料非常成功，十三名英靈同時衝向朵麗，看情況是絕無機會躲過攻擊。當朵麗即將被甦醒的英靈們擊中身體之際，她竟得意洋洋地露出微笑。

「《死天降臨》。」

朵麗的身後突然出現一隻長著翅膀的羊頭怪，它雙手握住一把刀刃上有無數眼睛和嘴巴在蠕動的巨型鐮刀。基斯這下終於明白，朵麗早就看穿他的意圖，於是也發動技能做好召喚高階者的準備。

「GYEEEEAAAAAAAAA!!」

怪物發出如野獸死前般的淒厲叫聲，以驚人的速度揮舞鐮刀。被盯上的英靈們全都毫無招架之力地被砍成兩半，當場化成一粒粒的光點。接著怪物消失於朵麗的影子之中，但它不同於英靈們，而是順利完成自己的使命。

勝負已分，朵麗踏著優雅的步伐來到渾身乏力、氣喘吁吁的基斯面前，她臉上浮現風情萬種的笑容歪著頭問說：

「還想繼續嗎？」

「……不必，是我輸了。」

認輸的基斯舉手投降後，隨即響起宣布比賽結束的銅鑼聲。

「比賽結束！稱霸這場激鬥的贏家是朵麗選手!!」

露娜高聲宣布獲勝者的名字。疲憊不堪的基斯就這麼直接躺倒在擂臺上。

「啊～累死我了～～～！」

朵麗低頭看著等待工作人員用擔架把自己運走的基斯，大感不可思議地開口發問。

「小弟弟，難道你對於打輸比賽一點都不懊惱嗎？」

「沒那回事，我可是感到非常懊惱，但我早就知道很難戰勝朵麗小姐妳——當然也只是現在而已。」

「你還真囂張呢，不管打幾次結果都一樣，就憑小弟弟你是無法贏過我的。」

朵麗臭著臉轉過身去，就這麼離開擂臺。

「妳錯了，下一次會是我贏。」

基斯笑著低語，並看向自己的右手，該處有個不同於其他刺青的骷髏圖案——也是代表能夠升階的證明。

基斯在參賽之前就已獲得晉升A階的資格，但他仍刻意維持B階來挑戰。理由是以較弱的姿態參戰，將更有機會獲得優質的戰鬥經驗。實際上他在對抗完比自己更強的朵麗以後，有感受到自己的才華得到磨練變得更強，同時也深刻體認到自己仍有不足之處。

依然躺在地上的基斯，將視線飄向他想尋找的某人。此人就位在最高樓層的其中一間選手休息室裡。

「真遙遠，看來我還是完全比不上他。」

諾艾爾・修特廉，他就是儘管缺乏才華仍逐步登上頂點，唯一得到基斯認同的真正探索者。

「不過我會把所有的勝利與失敗都化為養分，終有一天會戰勝他——」

基斯彷彿想抓取天上的燦星般，將手往上高舉一把抓住虛空。

†

七星杯複賽在沒有受到恐攻威脅的情況下順利進行，繼A區第六場比賽落幕之後，第七場比賽也宣布結束。這場賽事的贏家是里奧，他與前一場相同，仍以肉眼無法看清的攻擊，直接秒殺來自翡翠獵兵（king fisher）團的杰德・費扎。

結束七場比賽的A區進入下個環節——也就是準決賽，第一場比賽是諾艾爾VS沃爾夫。兩人都背負前一場比賽受到的傷害，從休息室朝擂臺走去。

「話說回來，真虧妳能想出這種計策耶。」

在前往擂臺的途中，沃爾夫傻眼地對著身旁的麗莎開口。

「果然是因為那個嗎？因為失戀所產生的怒火？」

沃爾夫笑著發問，麗莎隨即射出一道憤恨的眼神。

「……你說什麼？」

「沒、沒事，當我沒問……」

面對麗莎那股遠比惡魔更駭人的殺氣，沃爾夫嚇得縮起身子連忙道歉。看著露出一副窩囊樣的沃爾夫，麗莎不由得重重發出一聲嘆息。

「……其實我並沒有怨恨諾艾爾，而且我跟他只是稍有交情，相親的消息還是從報紙上得知，他完～全沒和我提過這件事呀～」

麗莎猶如鬧彆扭地低聲抱怨，惹得沃爾夫露出苦笑。

「誰叫那小子很忙嘛。」

「想想諾艾爾已經闖出一片天了。明明他在不久前還與我們是同個等級，如今卻是七星的團長，而且召開這麼盛大的比賽，對我們來說根本就是雲端上的存在。」

「不過……」麗莎直視著沃爾夫。

「我們不能就這麼輕言放棄，必須讓諾艾爾見識到我們同樣有兩把刷子。」

「也對，嗯，說得沒錯。」

沃爾夫深深地點了個頭。就在這時，選手走道遠處傳來觀眾的歡呼聲。看來應該是諾艾爾先一步入場了。沃爾夫在認清自己接下來就要與諾艾爾交手之後，雙腿忽然不停發抖，再這樣下去是不行的。

「喂，麗莎，麻煩妳賞我一巴掌幫我打氣。」

「咦？我不要，這樣感覺好噁心。」

「喂！妳好歹也該懂得看氣氛咩！」

「逗你的啦，這種事我也知道——那我就不手下留情囉？」

走道內隨即傳出一陣響亮的巴掌聲。拜麗莎的巴掌所賜，沃爾夫的雙腿不再顫抖了。

「好！出發吧！」

身體好疲倦，腦筋也有些遲鈍，明顯是與夏蓉交手後留下的後遺症。雖說最終是順利取勝，不過我的身體早已瀕臨極限。雷翁直到剛剛都不斷勸我棄賽，但我依然站在擂臺上。其實我也非常清楚，如果只是為了讓計畫成功，我完全沒必要做到這種地步。

可是——

「諾艾爾，我可不會放水喔。」

沃爾夫得意一笑——唯獨這傢伙，我是死都不會選擇避戰。

「你這個手下敗將少在那邊猖狂嗆聲，看我一口氣秒殺你。」

「這是我要說的，看我一口咬碎你那傲慢的自信。」

在我與沃爾夫對嗆時，會場內傳來露娜的聲音。

「A區準決賽第一戰是由【真言師】諾艾爾選手VS【劍鬥士】沃爾夫選手！根據獨家消息指出，兩人似乎把對方視為競爭對手！接下來究竟會以怎樣的方式在擂臺上分出勝負呢？眾所期待的一戰正式開始!!」

銅鑼聲隨之響起。我為了一如宣言那樣秒殺沃爾夫而將手摸向魔槍，可是下一刻目睹超乎想像的光景。

「輔助員舉手抗議!?」

身為沃爾夫的輔助員・麗莎居然舉起一隻手，意思是她對我的行動提出質疑。按照比賽規則，輔助員有權提出異議，不過只准在比賽開始前或結束後，因此既然銅鑼已經敲響，麗莎的抗議自然是無法生效，況且我也沒做出任何違規的舉動。當我一頭霧水地注視麗莎時，只見她順勢將上半身往後仰。

「唔、嗯～伸懶腰還真舒服呢～」

面對麗莎的睜眼說瞎話，我完全是目瞪口呆。看她的反應明顯是想提出抗議，難道是中途發現此舉無效，才這樣打馬虎眼嗎？在我暫時愣住之際，耳邊突然傳來雷翁的提醒。

「諾艾爾！前面！」

因為這股聲音回神的我，立刻把視線從麗莎身上移向沃爾夫。不，確切而言我沒有看向沃爾夫，是透過《思考共有》注意到他的動作，他迅速拔出背上的兩把劍打算攻擊我。

原來如此，麗莎那麼做是為了轉移我的注意力。我確實有一度分神，反應稍微慢了半拍，不過憑我的體術仍有辦法化解沃爾夫的攻擊——當我如此心想時，沃爾夫竟做出超乎我想像的舉動。

「什麼!?」

襲向大驚失色的我是兩把劍。沒想到沃爾夫居然是把自己的劍朝我扔來。不過這種程度的攻擊，我完全能夠輕鬆躲開，反倒是失去武器的沃爾夫比較吃虧——可是當我計算投擲的軌道時，才驚覺自己失算了。不行，就算躲過擲來的兩把劍，身體也會失去平衡。

如迴旋鏢丟來的兩把劍在半空中劃出兩道弧形，恰好從我的左右兩側通過。想躲過兩把劍是很簡單，但我將沒有餘力擋下沃爾夫衝上前來揮出的一拳。

我透過《思考共有》掌握沃爾夫的行動，換作是往常就會發動預知能力，讓我在躲過劍之後順便化解沃爾夫的攻擊。無奈我方才被麗莎的舉動轉移注意力，慢一拍才發動預知能力。再加上我在前兩場比賽過度依賴預知能力，導致無法預知時的判斷力變遲鈍。

終於發動的預知能力，讓我看見自己失算所造成的結果。因為我躲過丟來的兩把劍暫時失去平衡，沃爾夫順勢朝我的臉揮出一拳。明明都已看見結果，我卻沒辦法進行閃躲。於是乎，未來與現實的光景就在這一刻相互重疊。

「唔喔喔喔喔喔！」

放聲大吼的沃爾夫一拳擊中我的臉。我被打得眼冒金星，即使想反擊，卻因為傷害導致意識逐漸潰散，就連想站穩腳步都有困難，沒有餘力發揮足以輾壓前兩場對手的體術——這個混帳，居然打從一開始就想逼我陷入這種狀況。

沃爾夫見我暫時無法行動，於是不斷揮拳猛攻。雖說我勉強用雙手擋住攻擊，但再這樣下去遲早會被揍倒。方尖柱如實重現的傷害逐漸累積在我的體內。

我要輸了嗎？從不輕言放棄的我就這麼輸了？不，我豈能容許這種事情發生！

「少瞧不起人啦啊啊啊啊啊!!」

我發出咆哮的同時，卯足全力使出一記頭槌。這一擊正好命中沃爾夫的鼻梁，迫使猛攻就此中斷。剎那間，我對準沃爾夫的心窩使出一記前踢。

「噗呼！」

沃爾夫一臉痛苦地被踢飛出去。我本想馬上追擊，只可惜傷痕累累的身體無法邁出腳步。迫於無奈，我大口深呼吸把氧氣送入大腦，努力取回身體原有的機能。

「……哼哼哼，難得看你知道要動腦筋嘛。」

我忍不住笑出聲來，並主動向沃爾夫攀談。

「你果然是只要有心就做得到嘛，我就誇獎你一下吧。」

「閉嘴，你很明顯就只是想利用交談趁機恢復體力吧。」

「肚子挨了一腳、苦不堪言的你也半斤八兩啊。」

沃爾夫不同於我，沒有方法能舒緩痛楚。儘管我受到的傷害比較大，不過多虧大腦已能正常運作，我應該可以比沃爾夫早一步做出行動。

「那就讓我們繼續吧？」

在我朝沃爾夫跨出一步的時候——

「沃爾夫你這個小人！難道你不惜做出這種事也想贏嗎⁉真是不知廉恥‼」

觀眾席傳來辱罵沃爾夫的聲音，而且抗議者不只一人，接踵而來的指責聲浪連同輔助員麗莎也成了眾矢之的。

「妳這個臭精靈！竟敢使出如此骯髒的手段！」「有本事就光明正大戰鬥啊！」「幻影三頭狼！我真是錯看你們了‼」「這場比賽根本無效吧！」「營運方快宣判沃爾夫喪失資格！」「卑鄙小人快給我滾下臺！少在那邊丟人現眼！」

五萬名觀眾最終異口同聲地不斷高喊下臺的口號，沃爾夫與麗莎則完全沒有提出反駁，就這麼任人咒罵。我起先沒搞懂發生了什麼事，不過站在觀眾的立場上，兩人的舉動已近乎犯規。大概是自己經常採用各種卑劣的手段，才慢一拍想通此做法有何問題。

「會場內持續傳來要求選手下臺的呼喊！老實說，我也認為沃爾夫選手的偷襲已經違規！菲諾裘姊姊大人，您覺得呢？」

被露娜徵詢如何判定的菲諾裘，緩緩地開口說：

「人家也覺得這是刻意干擾比賽的惡質行為。」

「那麼，沃爾夫選手會被宣判失去比賽資格嗎？」

「關於此事……人家是想這麼做……」

語塞的菲諾裘將目光移向我，意思是交由我來做出最終判決。其實答案早在一開始就出來了，明知此舉得背負汙名，卻一心只求戰勝我的兩人，豈會抱有任何惡意，反倒值得好好表揚。於是我輕笑一聲，對著觀眾扯開嗓門說：

「各位觀眾稍安勿躁!!」

觀眾漸漸安靜下來，只剩下交頭接耳的私語聲。

「關於沃爾夫選手的行為，我身為一名選手，並以營運方其中一員的身分，認為此事僅限於這場比賽可以得到容許！」

觀眾開始騷動，我搶在情況失控前繼續把話說下去。

「的確依照比賽規則，沃爾夫選手的行為已近乎犯規，直接判他失去資格是很簡單，不過本大賽絕非單純的同場競技，另一個主要用意是想讓大家明白選手們做為一名探索者還能做些什麼。縱使是對人戰裡屬於相當卑劣的計策，但要是把這些智謀活用於狩獵惡魔的話，終將能夠造福我們每一個人。因此我裁定沃爾夫選手這次的行為，純粹是出於探索者的基本理念。」

觀眾在聽完我的辯解後，絕大多數都選擇接受。儘管少部分人仍抱持疑慮，不過身為當事者的我都出面維護沃爾夫了，局外人自是不便插嘴。

「當然考量到競技的公平性，今後比賽不得再有類似的行為，因此我提出的折衷方案，就是希望大家能同意這場比賽繼續下去。其實我把沃爾夫選手視為自己的勁敵之一，所以不想讓任何人來妨礙這場對決。」

在我做完勁敵宣言後，立刻炒熱現場的氣氛。

「諾艾爾，你……」

沃爾夫狀似相當感動地暫時說不出話來。

「畢竟民眾就愛這類戲劇性的發展。如此一來，也就不會再有人妨礙比賽了。」

休息時間到此結束，我把魔槍拋出場外，對沃爾夫擺出放馬過來的手勢。

「來吧，沃爾夫，就讓你親身體會我倆之間的差距。」

「好！接招吧！諾艾爾!!」

沃爾夫手無寸鐵，我也主動扔掉魔槍，而這就是一場僅憑自身拳頭來證明實力的硬派對決——

†

「他到現在還沒清醒耶，這樣真的不要緊嗎？」「我已施加過治療技能了，只能說他頂著早已瀕臨極限的身體，又以那種方式戰鬥……」「咦，若是他再不清醒會很不妙吧？」「嗯～就先來試試催醒劑吧。」「比起那種東西，由我來吻他一下就搞定了。」「等等！之後挨罵的人可是我喔！」「這麼可愛的睡臉，讓姊姊我來獻上一個起床之吻吧～親～～」「唉～隨妳高興吧！」

我被上述對話吵得睜開雙眼，立刻看見亞兒瑪的臉近在眼前，嚇得我連忙朝著她的鼻梁揮出一掌。

「好痛！你做什麼啦⁉」

我沒有理會摀著鼻子抱怨的亞兒瑪，從長椅上撐起身體。記得我剛剛還站在擂臺上，如今卻躺在選手休息室內。

「可惡，腦袋還昏沉沉的……難不成我暫時失去意識了？」

「只能怪你自己硬要上場迎戰沃爾夫呀。」

雷翁傷腦筋地笑著解釋來龍去脈——似乎我與沃爾夫互毆到雙雙失去意識，因最終是兩敗俱傷，所以沒人成功晉級。

「你們的比賽博得滿堂彩，相信沃爾夫等人之後不會遭人指指點點。假如這些都在

他的算計之內才付諸執行，這等智謀足以與你平起平坐喔。」

「那傢伙跟我不一樣，是個以破天荒的舉動來掌握人心的男子。」

正因為如此，我才能夠坦蕩蕩公開宣布自己把他視為競爭對手。

「不過，凱烏斯皇子為此勃然大怒喔。」

亞兒瑪臭著臉接著說：

「他說你竟然以這種方式遭到淘汰，虧他對你寄予厚望等等。」

「哈哈哈，這還真是對不起他了。」

見我開懷大笑後，亞兒瑪發出一聲嘆息。

「因為不便透露計畫內容，害我只能陪笑掩飾過去，結果他居然嫌我礙眼，就把我趕出來了……這個臭皇子，我們走著瞧吧……」

本來負責保護凱烏斯的亞兒瑪之所以會出現在這裡，原來是基於這個理由。

「凱烏斯皇子最終自會明白的，現在就先別理他吧。」

我起身走向窗邊。

「比賽進行到哪裡了？」

「B區的第五場比賽。」「準備輪到昊牙上場了。」

「已比完那麼多場了!?」

我吃驚地回過頭去，兩人紛紛點頭以對。

「比賽之所以進展得這麼快，是因為實際開戰的場次並不多。」

雷翁將手中的賽程表放到桌上，能看見上頭有註記比賽結果。

A區第一場準決賽無人晉級，第二場是百鬼夜行的里奧不戰而勝，決賽同樣是里奧不戰而勝。

B區第一場比賽是劍炫舞閃的亞瑟晉級，第二場是太清洞的雷伊・蘇晉級，第三場是妖精庭苑(fairy garden)的法蘭不戰而勝，第四場是霸龍隊的吉克晉級。

「你跟沃爾夫都遭到淘汰之後，接下來本該上場的朵麗竟宣布棄賽。」

「棄賽？這是怎麼回事？」

「好像是突然有急事要處理。該戰團的另一名選手卡斯帕也跟著棄賽。基於此因，場次比原先預計少了一些。」

原來如此，既然黑山羊晚餐會是全體棄賽，表示朵麗追查的那個教團有所行動吧。

「所以A區是里奧沒有進行後續比賽就直接晉級，然後直接進入B區的賽程。」

「而現在剛好輪到昊牙上場。」

我點頭回應雷翁的話語，並將目光移向擂臺。比賽已準備就緒，兩位選手都站在擂臺上。昊牙的對手是七星三等星劍炫舞閃的團長亞瑟・馬克貝因。既然是碰上亞瑟，就算昊牙已升上A階仍相當吃虧，勝率幾乎不足一成，但即便如此——

「就讓我見識一下你的靈魂吧。」

我如此喃喃自語，並替自己點上一根菸。

「七星杯複賽的比賽剩下沒幾場！B區第五場比賽的對戰組合是【鬥將(braver)】亞瑟選手VS【劍魂】昊牙選手!!」

聽著露娜的轉播與觀眾的喝采，昊牙不禁回想起當自己還是一名劍奴的時候——自己並不想戰鬥，也不願傷害其他人，可是身為劍奴的自己沒有選擇權。倘若可以的話，他再也不想上戰場了。

「但在歷經許多事情後，老子是憑著自身的意志站在這裡……」

昊牙如此嘲諷命途多舛的自己。他重獲自由後所選擇的道路，竟是為自己看上的男子漢而戰。但他並未感到後悔或恐懼，心中只有鞠躬盡瘁的使命感。

「昊牙，你記得該怎麼做吧？」

身為輔助員的修格從身後如此提醒。昊牙扭頭望去，只見位於擂臺下的修格神情認真地注視著自己。

「安啦，一切包在老子身上。」

昊牙對修格露出微笑，隨即將視線移回前方，能看見身為對手的亞瑟處之泰然地站在那裡。兩人都是A階，但亞瑟的實力遠在昊牙之上。如果直接硬碰硬，昊牙肯定很快就會敗下陣來。事實上，亞瑟的前一場比賽便是如此——

「——即使是A階的迦樓羅族也被打得無力招架……」

B區第一場比賽是亞瑟對戰百鬼夜行的副團長澄香・克雷業。身為迦樓羅族的澄香，其體能本該比人族更出色，再加上她還是A階職能【劍豪】，因此昊牙認為縱然澄香的資歷略遜一籌，依舊可以有著不錯的表現。不過實際開戰之後，亞瑟是徹底輾壓澄香，把對手玩弄於股掌間，甚至並未動用技能，單靠劍術就完勝澄香。

「以亞瑟的實力，就算對手是A階的迦樓羅族也無所謂，畢竟他是來自門派歷史長達四百年，身為帝國最強武術門派馬克貝因流劍鬥術的顛峰存在。」

站在昊牙身旁一起觀戰的修格，神色緊繃地張嘴說：

「我在傭兵時期曾受僱與亞瑟並肩作戰，當時就近觀賞過他的戰鬥，老實說是強如鬼神。昊牙，雖說你已經變強了，但你終究不是他的對手。」

「可是老子……」

「這我明白，你為了諾艾爾想打贏比賽對吧？那你就收下這個吧。」

修格遞出一把刀刃閃閃發光的東洋短刀，而這正是以【傀儡師】技能製造出來的武器。

「你用這把刀也許能戰勝亞瑟。聽著，這把刀是——」

——昊牙直視著亞瑟，同時將注意力放在修格相贈的東洋短刀上。背上扛著兩把長劍的亞瑟，其職能是【劍士】系A階的【鬥將】。從【騎士（knight）】晉升上來的【鬥將】，雖然防守方面比不上同階級的【聖騎士（paladin）】，卻是擁有多種輔助技能的前鋒職能。

反觀昊牙的職能是【劍魂】。在他出生的故鄉金剛神國裡，劍字發音『FUTSU』是源自於刀劍的揮舞聲，魂字則意味著靈魂。同階級的【劍豪】並非一味提升攻擊力，而是具備多種延遲發動技能、可以設置陷阱和造成持續傷害的職能。

以單挑來說，【劍魂】是比較有利，不過身懷卓越劍術的亞瑟，可說是一道絕非三兩下就有辦法跨越的高牆。

「在擂臺上對峙的兩名劍客，究竟何人在劍術上技高一籌？代表開戰的銅鑼——就此敲響了！」

露娜高聲宣布，銅鑼發出聲響——亞瑟拔出兩把長劍的同時衝向昊牙。昊牙也以行雲流水般的動作拔出東洋刀迎擊，接連擋下亞瑟的猛攻。交錯的刀光劍影在兩人眼前接連激出火花，雙方以無法眨眼的速度不斷出刀，碰撞的刀劍不停發出眼花撩亂的閃光。

手持雙劍的亞瑟對決揮舞單刀的昊牙，在這場比拚裡出乎意料竟是昊牙的招式更為凌厲。儘管二刀流的好處是能用兩把劍同時進攻，不過單手持劍的代價是揮擊速度和力道都會大打折扣。一旦兩者正面交鋒，肯定是雙手持劍較占優勢。話雖如此，昊牙卻隱約察覺亞瑟在逐漸提升揮劍的速度與力道。

「我要加速了，你可得跟上喔。」

原本板著一張臉面無表情的亞瑟，當他揚起嘴角的下個瞬間，便一如宣言那樣大幅提升雙劍的攻勢。

「唔！這、這是!?」

隨心所欲控制雙劍的亞瑟，每一劍的威力幾乎都凌駕在昊牙的全力揮砍之上。這等凌厲的猛擊，甚至讓昊牙有種同時對上兩名亞瑟的錯覺。並非亞瑟比昊牙更有力氣，而是善用武器重量的劍術絕非昊牙能與之匹敵。

「啐！翱翔漫舞於天際的飛刃——《天羽羽斬》!!」

昊牙再也扛不住亞瑟的猛攻，伴隨咂嘴聲發動技能。劍魂技能《天羽羽斬》是《祕劍燕返》的進階版本，除了能瞬間解放固定於空間裡的所有斬擊，同時具備自動追蹤及提升威力的效果——固定於空間中的無形斬擊化為刀刃，從四面八方向亞瑟飛射而去。

「嗯，此舉差矣。」

可是亞瑟輕輕鬆鬆就用雙劍截下所有刀刃，原因是即使威力再強且出招再多，但是像這種沒有假動作的自動追蹤攻擊，在他的劍術面前就與微風無異——昊牙自然也明白這個道理。

「還沒完！寄宿於刀刃之中的神氣——《天叢雲劍》!!」

劍魂技能《天叢雲劍》是會依照注入刀刃之魔力提升威力的攻擊招式，並且能將魔力灌進被砍中的目標體內，透過侵蝕產生破壞內臟的效果，堪稱是一擊必殺的絕招。發動《天叢雲劍》的昊牙以《天羽羽斬》做為掩護，從死角迅速逼近亞瑟，隨即令刀刃化做一道白光。

「嗯，此舉甚好！」

亞瑟往後一跳，輕鬆躲過來自死角的斬擊，還朝昊牙臉上賞了一記空中迴旋踢。被當場踢飛的昊牙差點失去意識，不過他以一個後空翻重整態勢，落地之際還不忘提防亞瑟的追擊。偏偏亞瑟沒有繼續追擊，只在臉上掛著一張充滿傲氣的笑容。

「……你這是什麼意思？」

亞瑟見昊牙一臉狐疑地提問後，隨即放鬆臉上的表情。

「你沒聽說七星會議上發生的事情嗎？雖說我與諾艾爾互相對立，但我對他其實沒有任何負面的看法。畢竟維克托爾昔日有恩於我，我只是基於道義罷了。」

「……你到底想表達什麼？」

「我喜歡強者，尤其是蘊含驚人可能性的年輕原石——像這樣以劍交流後我明白了一件事。昊牙啊，你能夠變得更強，相信你在與我一戰之後可以登上更高的境界。好好學習，你確實具備接受指導的資格。」

說白了就是亞瑟會透過比賽來進行鍛鍊。雖然昊牙早就隱約感受出這點，不過亞瑟確實徹底將他瞧扁了。不，別說是瞧扁，亞瑟是壓根沒把昊牙放入眼中。根據兩人在實力上的落差，會產生這種想法也是理所當然，但終究還是很令人火大。

「那還真是感激不盡，可是老子已經有師父了。」

昊牙用拇指往後一指，順著方向即可看出所指之人正是修格。事實上昊牙能夠晉升為A階，的確全拜修格所賜——

「——明白了。昊牙，那我接下來會卯足全力殺死你。」

在遠征途中的訓練裡，修格曾對無論怎麼做都沒法突破極限的昊牙展露殺意，他推開想出面阻止的雷翁，以冷若冰霜的口吻說：

「除了雙方認真廝殺到最後一刻以外，你是絕無可能推開名為才華的大門。如果你不想死的話就立刻離開，從今以後都別再出現在我們面前，畢竟這也是為了你好。另外你放心，今後就由我們來支持諾艾爾即可——你已經不被需要了。」

昊牙對於那晚到底發生什麼事不太有印象，不過他記得自己沒有逃走，在沒有逃避與修格的全力一戰之後，他順利逼退修格，並成功升階了。

「昊牙，你務必謹記一件事，那就是你曾經單獨一人戰勝過我。」

昊牙之所以能有今天，一切全拜修格全心全意協助修行所賜，因此昊牙不允許自己敗下陣來——無論如何非贏不可。

「……你這是什麼意思？」

亞瑟收起笑容眉間深鎖。原因是昊牙拔出修格所贈的東洋短刀，擺出二刀流的架勢。

「喔～～昊牙選手終於拔出身上的第二把刀！意思是接下來才要全力以赴嗎!?原本臉上掛著一張悠哉笑容的亞瑟選手也似乎跟著提高警覺了！」

隨著露娜的轉播，觀眾紛紛大聲喝采。偏偏亞瑟的想法恰恰相反。

「別因為打不贏就虛張聲勢，想必你非常清楚二刀流的缺點。此舉差矣，你將無法透過戰鬥學習新知。」

昊牙沒有回答，也沒有解除二刀流的架勢，亞瑟見狀後重重地嘆了口氣。

「包含諾艾爾在內，我完全無法理解，為何你們總要趕著投胎？別心急一步步慢慢學習的話，有朝一日必能獲得與自身相符的實力，是什麼驅使你們這麼做？我再說一次，換回單刀——」

「少說廢話，有種就趕快放馬過來。」

昊牙以挑釁打斷亞瑟的忠告。經過片刻的沉默，亞瑟收起臉上的表情，只留下殘酷的殺意。

「……好吧，我對你已不抱期待了。」

下個瞬間，擂臺上颳起熊熊烈焰。這陣無需燃料便不斷產生的火焰，肯定是亞瑟催動技能的結果。

「這招名叫《破滅之炎(flamehazard)》，被我砍中的對象會持續被火焚燒，即便是空間也不例外，因此你沒有任何手段能擋下這個攻擊。」

「接招吧。」亞瑟靜靜地說出這句話，以追風逐電的速度砍向昊牙——好快，這速度絕非先前有辦法比擬。昊牙勉強躲過攻擊，並以二刀流發動反擊，卻被亞瑟輕鬆化解。理由是持刀方式從雙手改為單手，攻擊速度自然會大打折扣，這時再攻擊就只會露出破綻，於是昊牙很快就陷入頹勢，體力不斷被亞瑟的猛攻與周邊火焰削減。

（好熱，快喘不過氣了。火焰不只是很燙，還會奪走附近的氧氣——不，情況沒那麼單純，老子體內的魔力正在逐漸消散！）

「這、這火焰是以敵人的魔力為燃料嗎!?」

昊牙終於明白自己之所以會異常疲憊，是因為《破滅之炎》具有剝奪目標魔力的效果。相較於沒有露出絲毫倦容的亞瑟，以及越燒越旺盛的火勢，能看出昊牙已瀕臨極限——

「這下就結束了!!」

昊牙因疲倦而腳底一滑，亞瑟抓準破綻揮動雙劍，眼下的情況已經無法化解或躲開攻勢——不過，昊牙就在等待這一刻，等待亞瑟堅信自己勝券在握，大意輕敵的這一刻——

「結束的是你才對!!」

「什麼!?」

剎那間，昊牙的東洋短刀射出一道白光，亞瑟見狀大驚失色。畢竟任誰都不會想到那把東洋短刀居然內藏射擊功能。

內藏其他功能的武器往往特別脆弱，一旦與對手激烈交鋒，三兩下就會直接報銷，因此就連身經百戰的亞瑟也沒料到昊牙竟會使用這種武器，更別提昊牙就是抓準亞瑟使出致命一擊的短暫破綻，這結果當真是徹底出乎他的預料。

話雖如此，亞瑟反射性發動自己選用的另一招技能張設護盾。【鬥將】乃是【騎士】的高階職能，當然也很擅長防禦技能。於是飛射而來的刀刃，就這麼被亞瑟的護盾攔截下來——看著插在護盾上的刀刃，亞瑟不禁鬆了一口氣露出笑容，但在這轉瞬間——

「還沒完咧！爆發吧，《天叢雲劍》!!」

昊牙引爆插在護盾上的刀刃。提前注入於東洋短刀上的魔力，在昊牙的控制之下當場炸裂。

護盾應聲粉碎，亞瑟被炸得整個人向後仰。昊牙連忙全力揮砍手中的東洋刀，破綻百出的亞瑟依舊提起雙劍擋下斬擊。白刃交鋒的下一刻，雙方武器都被震飛出去。

失去武器的亞瑟焦慮地暗道不妙，反觀武器脫手的昊牙則心想機不可失而乘勝追擊。明明兩人同為劍客，武器離手時的想法卻是南轅北轍。那是因為昊牙就算失去武器，他仍記得對人戰鬥技巧之中的最強奧義。

其名為──

「──轟雷!!」

昊牙原地跳起，對準亞瑟的心臟使出一記迴旋踢。遭受重創造成心臟震盪的亞瑟，猶如一尊斷了線的傀儡當場倒地。

「亞瑟選手倒地！獲勝者是昊牙選手!!稱霸這場劍客對決的招式，出乎意料竟是驚天一腳!!這樣的結果真叫人跌破眼鏡啊!!」

聽見露娜興奮轉播的昊牙，至此終於露出微笑鬆了一口氣。

「抱歉啊，亞瑟先生，有朝一日對我們來說就已經太遲了。」

昊牙向亞瑟一鞠躬，隨即轉身跳下擂臺，來到臉上浮現滿意笑容的修格面前。兩人先是沉默片刻，隨後便笑容滿面地互相擊掌，以這股清亮的聲響來代替歡呼。

在七星杯複賽順利進行的同時，於暗地裡活躍的一群人也開始行動。

操控異界教團的仲介商人，假名蕾仙實為罪惡囊的她，位在自己設立於帝都內的其中一個基地裡，與打算顛覆帝國的羅達尼亞特務們正在進行計畫的最終確認。一切準備已然就緒，接下來只需依照原定計畫付諸執行即可。當眾人都如此心想時，基地內忽然尖叫聲四起。

「是敵人嗎!?難道這裡已被對方發現了!?」

立刻驚覺事態不妙的其中一名特務，慌張向罪惡囊提問。反觀罪惡囊不為所動，臉上露出一抹淺笑點頭回應。

「似乎是這樣，真叫人傷腦筋呢。事已至此，就只能正面迎戰了。」

「正面迎戰!?這裡有足夠的戰力嗎!?」

面對焦慮到漸漸失去冷靜的特務，罪惡囊搖頭以對。

「這怎麼可能嘛，大多數的教團成員都已前往指定地點，蒼蠅王也包含在內，所以此處只剩下無法戰鬥的幹部們而已。」

「妳說什麼!?那這下該如何是好!?」

「這是要我如何回答你嘛，就只能請你們憑自己的本事逃出生天囉。手無縛雞之力的我只有辦法擔任啦啦隊了。」

「臭娘們!!」

正當特務氣得準備衝向罪惡囊之際，房門突然被炸開來，只見一名髮色鮮紅如血、臉上掛著妖豔笑容的女人站在那裡。

「是黑山羊晚餐會的團長朵麗・賈德納……」

特務以驚恐又顫抖的嗓音說出朵麗的名字。

「哎呀哎呀，這可是強敵喔，要是你們不加油的話將會沒命喔。」

眼見罪惡囊仍不改其悠哉的態度，特務們全都火冒三丈，但為了擺脫眼前的窘境，仍將朵麗團團包圍。

「別大意！這女人是七星戰團的團長！大家一起拿下她！」

特務們一起向朵麗發動攻擊。

不過——

「少礙事。」

已強化自身體能的朵麗連續出拳，輾轉間就讓特務們化成再也無法出聲的屍塊，他們的鮮血與內臟隨之灑落於房間各處。罪惡囊用食指抹掉沾染於臉頰上的鮮血，接著淡淡一笑，用她那鮮紅色的舌頭舔掉食指上的血漬。

「居然能瞬間秒殺一群同為A階的對手。」

「喲~原來是A階呀，我還以為是C階呢。」

「真是的，按照原定計畫，妳本該顯得更加疲倦才對……」

「事情果然沒辦法那麼順利。」罪惡囊不禁發出嘆息。

「我並沒有預計要和妳交手，只可惜我現在也溜不掉了。沒辦法啦，就由我來擔任妳的對手，黑山羊魔女。」

看著罪惡囊擺出戰鬥架勢，朵麗臉上浮現一張殘酷的冷笑。

「雖然我對報仇不感興趣，但唯獨妳就不同囉。看我來把妳蹂躪至死，請妳盡情享受活生生遭人肢解的恐懼吧。」

†

持續了很長一段時間的七星杯複賽，如今也只剩下最後兩場比賽——

「讓各位觀眾久等了，B區的決賽即將開始！」

五萬名觀眾在聽完露娜的宣布後歡聲雷動。此時登上擂臺的兩人分別是吉克與昊牙。吉克於第六場比賽擊敗來自白眼虎的艾利歐特之後，由於隸屬黑山羊晚餐會的卡斯帕已經棄賽，因此跳過準決賽直接挺進決賽。而昊牙在準決賽裡戰勝來自太清洞的雷伊，就此站在吉克面前。

兩人都經歷兩場比賽，但相較於輕鬆晉級的吉克，昊牙是任誰都能看出他已疲憊不堪。縱然他順利戰勝太清洞的雷伊，身體卻受到無法輕易恢復的損傷。

昊牙現在的狀態奇差無比，於亞瑟一戰中使出的小手段也不管用，偏偏阻擋在他面前的對手，還是最強神域抵達者的其中一人，獲勝機率極為渺茫，可是他不能輕言放棄——

「對戰組合是【劍聖】吉克選手VS【劍魂】昊牙選手！面對最強的神域抵達者，成功擊敗亞瑟選手的昊牙選手將如何應戰!?宣告比賽開始的銅鑼——正式敲響！」

銅鑼聲響起的同時，昊牙立刻跨出馬步，將手放在尚未出鞘的刀柄上，而此架勢正是來自極東的拔刀術·居合。

【刀劍士】有個名叫《居合一閃》的技能是只在拔刀瞬間才可以發動，無奈昊牙並未挑選這招，所以目前不得使用。他之所以擺出這個架勢，單純是想施展居合。拔刀攻擊除了能提升速度和威力以外，也不易被人看穿攻擊時機跟路徑。另外以居合應戰，也能向對手表明自己將在這一擊賭上一切的覺悟——

「一決勝負吧！吉克·范斯達因!!」

昊牙對吉克如此大吼，藉此傳達『你也要在這一擊賭上一切』的意思。而他就是看準身為神域抵達者，身為帝國最強戰團的副團長，並且堅信自己才是最強探索者的吉克，絕不可能在五萬名觀眾的面前怯戰。如今已無多少餘力的昊牙若想迎戰下一場比賽的里奧，就只能採取這種任誰都能一眼看穿的激將法，設法在短時間內擊敗吉克。

「好吧，畢竟我也不想在對戰期間累癱倒下。」

「我就接受你的挑戰。」吉克笑著給出回應，然後擺出與昊牙一模一樣的架勢。不過吉克的武器是劍，施展拔刀攻擊並不會像東洋刀那樣有任何益處，反倒還會大幅拖垮攻擊速度。

而這就是吉克的答覆，以行動來表示『我根本無須認真應付如此弱小的你』。對一名探索者而言，若說自己沒有感到不甘心肯定是騙人的，不過昊牙現在只想贏，他已將尊嚴等情感通通拋諸腦後，一心只求戰勝對手。

「老子是──」

昊牙如冰塊融化般忽然全身放鬆，在上半身即將接觸地面之際，抓準最佳時機一口氣驅動渾身上下鬆弛的肌肉，以遠超出子彈的速度衝上前去──這招名叫縮地，是傳承自極東的神速戰技。

「──非贏不可!!」

昊牙逼近仍維持拔劍姿勢的吉克，全力拔出已於刀鞘內蓄滿魔力的東洋刀，就此施展劍魂技能《天叢雲劍》。一旦直接命中，就算是吉克理當也承受不住。昊牙揮出的刀刃化為閃光，朝吉克的頸部劈過去──剎那間，昊牙確實清楚聽見吉克的低語聲。

「看來他有一位很棒的同伴──只可惜並不是我的對手。」

以現實來考量是絕無可能出現這種情況，不過壓縮至極限的轉瞬間，將昊牙囚禁於無限時間的牢籠裡──揮出的刀刃不管經過多久都沒能擊中吉克。彷彿南柯一夢般徹底停止流逝的時間，就這麼突然宣告結束。

只見鋪天蓋地的藍色閃光，當場淹沒昊牙的意識──

——昊牙甦醒後，發現已躺在自己的休息室裡。他連忙想要起身，但身體完全不聽使喚，於是他轉動勉強堪用的脖子，結果發現修格雙手環胸站在一旁。

昊牙以眼神向修格詢問比賽結果。即便答案再明顯不過，但昊牙就是非要再確認一次。修格稍微停頓一下，才緩緩地搖了搖頭。

頃刻間，昊牙萬萬沒料到自己竟會落下眼淚。他最終還是敗給吉克。明明自己不惜犧牲一切也想奪冠，無論如何都想實現與諾艾爾的約定——說什麼都想幫諾艾爾分勞解憂，但下場竟是一敗塗地。

昊牙泣不成聲，發出無聲的哭喊，宛如一頭慟哭的野獸。他對無力的自己感到既懊惱又難以原諒，直到耗盡最後殘存的體力時，就這麼失去意識。

「……你已經表現得很好了，我是打從心底以你為榮。」

修格輕聲表達沒能在昊牙清醒時說出口的這句話，然後靜靜退出休息室。就在這時，他聞到房門外瀰漫著一股淡淡的菸草味。因為他對這氣味一點都不陌生，無須多想就知道來者的身分，於是他忍不住噴笑出聲。

「他還真不坦率呢……」

†

「我在小時候曾目睹住在附近的男孩子們，將蚱蜢的腳一隻隻拔下來當成遊戲。我直到現在仍記得當時的自己義憤填膺，疑惑他們怎會做出如此殘酷的舉動——不過實際體驗之後，出乎意料還滿好玩的。」

「總覺得會令人上癮。」朵麗露出殘酷的冷笑，將手中的右臂扔到一旁。至於在她眼前的人，正是失去右臂不停喘息的罪惡囊。

「蕾仙，經過前一次的教訓，我知道妳可以透過某種能力導致技能失靈，不過改以肉搏戰對付妳，簡直就是不堪一擊。」

朵麗對蕾仙的真名自然不得而知，但她仍以絕頂的實力單方面輾壓蕾仙——也就是罪惡囊。

「樓下似乎也清理乾淨了。」

豎起耳朵聆聽周圍聲音的朵麗，隨之加深臉上的笑意。原本不斷傳來的慘叫聲已通通消失，腳步聲也減少許多。照此情況看來，想必是黑山羊晚餐會的團員們已把教團幹部全數處死。

「那麼，就讓這場遊戲繼續下去吧。」

眼見朵麗慢慢逼近，罪惡囊卻沒有露出一絲恐懼，甚至沒流下一滴冷汗，反而露出游刃有餘的笑容。

「真是個殘忍的女人，讓妳繼續當人類簡直是暴殄天物。」

「我可是很溫柔的，不過得看對象，畢竟妳不是人類吧？」

「而是一名惡魔。」朵麗斂起表情，以斷然的口吻出聲譴責。

「妳已經穿幫了。雖然我不清楚妳如何能在深淵以外的區域活動，反正只要抓來解剖並分析就能知道答案了。」

「是嗎？妳連這點都看穿啦，既然如此——反而令我很失望呢。」

「……妳說什麼？」

「既然妳知道我是惡魔，難道沒料到我會多麼不擇手段嗎⁉」

罪惡囊將僅剩的左手伸進異空間，從中取出一個『東西』扔向朵麗。以投擲暗器而言根本是毫無威力，假使當真蘊含足夠的威力，像這樣從正面直接丟過來，朵麗還是可以輕鬆躲開。

不過朵麗看清楚該物的瞬間，身體完全不聽使喚。明明身體無法動彈，大腦卻仍在高速運轉。

——這已是近乎十年前的往事，當年還只有十五歲的朵麗，與青梅竹馬的老公育有一子，不過老公竟在孩子臨盆當天意外身亡。沒有足夠積蓄和門路獨力扶養孩子的朵麗，只能悲痛欲絕地把孩子託給孤兒院，隻身一人外出賺錢。

朵麗選擇的工作是探索者，幸運的是她擁有無與倫比的才華，於是她轉眼間就在探索者之路上闖出一片天，甚至成為七星之一的戰團團長。而不幸的是其才華過於洋溢，導致朵麗即便已獲得足以迎接孩子同住的地位與財力，可是晉升為強者的她開始對自己被名為母親的立場所束縛一事產生排斥，因此最終沒去迎接孩子，就只是持續提供大筆金錢資助孩子。

但朵麗終歸是個有血有肉之人，說她不曾受到罪惡感的苛責肯定是假話。沒能獲得滿足的母性，就這麼紮實地刺在朵麗的內心深處，所以她有那麼一次曾前往孤兒院探望自己的孩子。成長後的孩子與她小時候極為相像，唯獨那頭黑髮遺傳自亡夫。

以上是發生於沒多久前的事情。因自己誤判而導致部下身受重傷，心靈極度脆弱的朵麗，忽然百般掛念自己當年棄養的孩子是否安好。在確認孩子活得很好之後，安心的朵麗驚覺自己竟因此獲得莫大的撫慰。於是她萌生一個念頭，就算只能躲在遠處偷看，她還是想再挑個時間去見見孩子。

——朵麗回憶到此之際，僵硬的身體終於能夠行動。她迅速邁出腳步，上前『接住』罪惡囊扔來的『東西』而非閃躲，最終成功接住該物。既溫暖又柔軟且有股淡淡奶香的『嬰兒』，在朵麗懷裡露出一張天真的燦笑。

「……幸好沒傷著了。」

被接住的嬰兒毫髮無傷。這本該是陌生人的嬰孩，朵麗卻莫名重拾昔日失去的溫情而柔柔一笑，就在此時——

「唉~不小心扔錯了。」

罪惡囊以令人背脊發涼的嗓音虛情假意說著——朵麗這才猛然想起教團暗地裡的可怕真相，也就是會把教徒改造成活體炸彈。不過一切都太遲了，當嬰孩開始發光時，自知在劫難逃的朵麗沒有扔掉孩子，而是緊緊擁入懷中……

†

「那麼，七星杯複賽至此迎向最後一場比賽了!!」

露娜前所未有的興奮嗓音傳遍整座競技場。

「眾所矚目的這場最終決賽，將由兩名神域抵達者同臺較勁!!雖然比賽期間屢次出現以弱剋強的情況，但神域抵達者終究是不同凡響!!一路過關斬將所促成的這場神級對決，現在準備揭開帷幕了!!」

想想以神級來形容還真是莫名貼切，畢竟吉克與里奧即使皆為凡人，可是那身力量卻堪比天神。所以此時此刻位於現場的五萬名觀眾，都將成為這場神話之戰的見證人。

「能夠像這樣與你正面交手，老實說我已記不清自己期盼這一天有多久了。」

吉克露出冷笑，主動向里奧攀談。

「正因為同為神域抵達者，我完全能夠體會你那種鬱悶的心情。明明身懷神一般的力量，卻難逢對手的苦悶和孤單。你之所以配戴面具掩飾自我，行屍走肉地活在世上，就是基於這個原因吧？不過你放心，那種鬱悶的心情只到今天為止，就由我來帶給你名為敗北的刺激吧。」

相對於喋喋不休的吉克，里奧則是維持一貫的沉默，卻能隱約聽見面具裡傳來一陣嗤之以鼻的聲音——明白自己被人瞧扁的吉克，氣憤到臉色變得相當難看。

「【武神】里奧選手VS【劍聖】吉克選手!!一方是噬王金獅子，一方是玲瓏神劍，而且雙方都絕非浪得虛名!!以稱號體現的兩股終極之力，就在此時此刻——正面衝突!!」

當宣布比賽開始的銅鑼一被敲響，里奧立刻以神速的拳頭襲向吉克。在前兩場比賽裡單方面秒殺對手、速度快到肉眼看不清楚的拳擊，吉克竟輕輕鬆鬆躲開，而且反擊的右拳就這麼打在里奧臉上。被打得整個人往後仰的里奧，在差點飛出場外的位置上穩住身形。

「我沒用劍就只是單純放你一馬，但休想再有下次——給我認真打，里奧。」

吉克對里奧如此宣言的下個瞬間，里奧臉上的面具有部分粉碎，露出他那顆深紅色的左眼。吉克從那顆慢慢瞇起的眼睛裡，感受到一股逐漸散發出來的瘋狂氣息——來了，渴望鮮血的金獅子正式露出獠牙——

「……這真可謂是神話級的一戰。」

位於選手休息室內觀戰的雷翁，臉色蒼白地喃喃自語。吉克與里奧以形同天災的火爆程度大打出手，設置於擂臺上的防護罩裝置遲早會承受不住。

在之前吉克對決約翰當時，雷翁就已經見識過神域抵達者的戰鬥，但程度之激烈更勝以往。吉克的劍術比起對戰約翰時成長許多，至於里奧的體術本就在約翰之上，更何況憑雷翁的眼力也無法精準掌握戰況，只不過是勉強以肉眼捕捉到兩人打鬥後造成的結果，慢上數拍才推測出發生什麼事。

「……不行，我只有辦法看清楚七成的動作。」

站在一旁的亞兒瑪懊惱地說著。

「原以為再過不久就能趕上他們，到頭來還是這麼遙不可及……」

嗓音顫抖低語的亞兒瑪雙眼微微泛淚。就連嵐翼之蛇裡最具戰鬥天賦的亞兒瑪，在目睹吉克和里奧的交戰都不由得陷入絕望，而這也足以證明神域是何等至高無上的境界。

不過，唯一能踏入該境界的男子就站在一旁——

「——吉克發動劍聖技能《旋風烈波(air burst)》對擂臺進行全範圍攻擊，里奧跳至半空中，吉克進行追擊，兩人踏破虛空在半空中展開攻防戰。里奧做出假動作，在空中揮出一拳就補上高踢腿，吉克後仰上半身躲過後使出上砍迎擊，里奧往後跳開躲過攻擊，就這麼落至地面，在即將與從空中高速逼近的吉克正面衝突之際發動武神技能《護法拳神》。透過預測確認他腳下那片蓮花狀的陣法裡會同時飛出三千顆拳頭。吉克施展《旋風烈波》與之正面對抗。兩技能相互抵銷，雙方立刻重啟肉搏戰。吉克開始施展高速連擊，將第十七下的中段刺擊改為假動作，當里奧側身閃躲之際就改為橫砍，不過里奧用拳頭化解斬擊——」

諾艾爾高速說出目不暇給的戰況，重點是這些皆為即將發生的未來，而非事後產生的結果。吉克和里奧就這麼以行動如實重現諾艾爾所預測的未來。

不過正如直視神明之人會被灼瞎雙眼的傳說那樣，清楚掌握神域級別之戰的諾艾爾逐漸付出慘痛的代價，從他雙眼流下的血淚便彷彿遭受天譴的其中一環。

「諾艾爾!?夠了！你已經達到極限了!!」

這是連續進行預知所產生的後遺症。不只是流出鮮血的雙眼，持續進行高端演算處理的大腦勢必受損更嚴重。再也按捺不住的雷翁欲上前制止諾艾爾，卻被亞兒瑪伸手攔住了。

「不行，雷翁，要是你現在制止諾艾爾的話，他一切的付出將全數白費。」

「可是再這樣下去，諾艾爾的大腦會先燒掉！好歹也幫他治療一下！」

「……這也不行，諾艾爾有說過吧？治療技能雖然會提升目標的恢復能力，但代價是導致大腦的思考能力暫時下降。一般情況下無傷大雅，不過對於正在預知未來的諾艾爾而言是極為致命。」

無法提出反駁的雷翁，就只能咬牙承受這股無力感。他理當完全明白這是計畫所需的一環，但在實際置身於這種只准眼睜睜看著諾艾爾受苦的狀況時，這股悲痛欲絕的感受徹底超乎他的想像。

「……關於昊牙說過的那番話，其實我也知道再正確不過。」

亞兒瑪同樣露出強忍悲痛的表情訴說著。

「我們不能把所有事情通通交給諾艾爾承擔……」

雷翁猶如垂下頭地點頭同意。

他們非得變強不可，因為像這樣交由命不久矣的同伴解決一切問題所迎來的勝利，根本一點價值都沒有──

「──時機成熟了。」

即使雙眼不停流著血，諾艾爾仍露出一張狂妄不羈的笑容說：

「接下來便是重頭戲。雷翁，做好隨時都能下去的準備，另外你可要遵照計畫別擋在我面前喔。」

「啊、嗯……我明白了！」

面對諾艾爾不由分說的指令，雷翁只能點頭答應。

神與神激鬥所產生的餘波，令擂臺的防護罩裝置即將迎來極限。沒注意到此狀況的五萬名觀眾對著這場極限戰鬥持續大聲喝采，就算對戰況看得一頭霧水──不，正因為完全看不懂，才促使他們心中的敬畏和興奮之情達到極限，漸漸進入痴迷的狀態。

兩位神明所在的競技場宛如神殿，當著五萬名信徒面前上演的雙神對決則是越演越烈──

在戰鬥中，吉克能感受出自己的劍術愈發凌厲。與強者交手能獲得何等驚人的經驗，他早在對戰約翰時就體驗過了。

當他的力量無止盡向上提升，甚至湧現一股就連天上的恆星都能當場劈開的優越感時，心底深處卻猶若白紙被染上黑墨般，有股焦慮感正在不斷蔓延。

（他的實力竟然……深不見底!?）

這場對決是你來我往，吉克明明沒有落於下風——他卻莫名有種在一片黑暗之中持續揮劍的錯覺。心急如焚的他，腦中閃過諾艾爾曾經說過的一句話——

『……雖然我並未親眼見過里奧，不過按照他的戰鬥紀錄來分析，是里奧比較強。當今最強的探索者，十之八九就是里奧。』

——吉克突然感到一陣膽怯，而這稍縱即逝的雜念，就是足以讓神被貶為凡人的雜質。

「唔！咳呃!!」

里奧以一記準確無比的剛拳命中吉克的腹部。這股非比尋常的破壞力，令遭人趁虛而入的吉克受到幾乎快失去意識的傷害。儘管他連忙把劍刺入擂臺，才得以避免被打出場外而落敗，但是方尖柱反饋的重創仍足以害他快要不支倒地。

隨之而來的劇痛和苦悶足以令吉克只要稍有鬆懈就會失去意識，不過幸好還沒達到方尖柱所能承受的極限。只要調整好呼吸就能繼續行動，比賽尚未結束，方才純粹是自己大意了，接下來必能扭轉戰局——吉克如此心想的瞬間，全身突然竄出一股自己已遭人取下首級的惡寒——倘若這是實戰，他早在剛剛那一擊就死於非命。

吉克忽然感到眼前一花。傷害理當漸漸退去，呼吸也慢慢調整過來，他之所以會出現上述感受全是因為內心十分迷惘。里奧狀似已經看穿吉克心中的動搖，於是沒有繼續追擊，就只是露出一道冰冷的眼神。

「…………哼，哼哼哼。」

吉克忍不住發出笑聲，並終於想通一件事，那就是自己遠不如里奧，正因為如此，才無法在綁手綁腳的舞臺上使出全力——

「之後得找個機會向諾艾爾先生道歉才行。」

吉克自言自語完，便扭頭將視線對準場外的輔助員。

「你不必待在這了，趕緊找地方避難去。」

「咦……？您說避難是什麼意思？」

「我現在心情很差，同一句話絕不說第二次。」

「遵、遵命!!」

吉克的輔助員連忙轉身逃離現場。

「幸好當初為了以防萬一，我才挑了個聽話的部下來擔任輔助員……」

吉克笑著低語，然後朝著與里奧所在位置截然不同的方向揮出一劍——在他使出斬擊的下一刻，只見與他同步的方尖柱應聲斷裂，當場倒塌毀壞。

「正因為有這種東西、有這樣的後路才導致我變軟弱。在真正的對決裡不需要他人的救助，也沒有所謂的勝敗，唯有生與死兩種結果!!」

吉克把劍尖對準里奧，彷彿想振作精神似地放聲大吼。

「接下來才是重頭戲。里奧，我要賭上自身的一切戰勝你!!」

重拾鬥志的吉克提劍擺好架勢，反觀里奧則是單用眼神命令輔助員離去，並以踢擊摧毀方尖柱做為回應。

「好，我就如你所願，讓我們來一場『死鬥』吧。」

里奧擺好應戰架勢做出宣言後，觀眾隨即發出近乎慘叫般的歡呼聲。

「居、居然宣告要進行殊死戰!?吉克選手跟里奧選手接連在我們面前做出賭上自身性命的覺悟了!!」

露娜語氣興奮地播報，同時又顯得驚慌失措。

「但、但這樣已經違反大會規定！菲諾裘姊姊大人，您以營運方的身分會做出何種判決!?」

「……營運方絕不容許選手進行死鬥。」

「不過……」菲諾裘彷彿好不容易才擠出聲音地把話說下去。

「又有誰能夠阻止那兩人呢……」

神已扯斷束縛自我的鎖鏈化為凶神，如今沒有人能夠阻止這場惡鬥，就算營運方強行介入也只會徒增傷亡。兩名凶神彷彿印證菲諾裘的恐懼般，雙雙發出威猛的咆哮。

「「殺!!」」

兩強在轉瞬間正面衝突。吉克發動劍聖技能《神魔絕界(world end)》，此乃他在對戰約翰時習得的極致劍術，無論神與魔——就連世界都能斬斷的終極一擊，突破音速直逼光速的白刃無堅不摧。在藍色閃光逼近里奧的那一刻，他也跟著發動技能。

「蒼天同為地獄，讓輾轉的靈魂殘渣得以救贖──《六道輪迴》。」

里奧的拳頭發出金光，一舉吞噬吉克的藍色閃光──

這是讓一切回歸於無，同時代表救贖與毀滅的光芒，遭到直擊的物質將會徹底從世上消失。雖然這一擊跟《神魔絕界》正面衝突後導致威力大減，卻還是令正面承受的吉克身受重傷。

倒地的吉克尚有意識，但是就連一根手指頭都不聽使喚──瀕死的他耳邊傳來了由死亡發出的腳步聲。在那片模糊的視野之中，能看見里奧的紅色眼眸裡散發著近乎瘋狂的駭人殺氣。

「──受死吧，螻蟻。」

一記剛拳轟向無法動彈的吉克，當他意識朦朧地做好一死的覺悟時，竟從天上出現兩道人影。

「《絕對聖域（ex-invincible）》!!」

落地瞬間便發動技能的雷翁，以能夠防禦一切攻擊的絕對護盾擋下里奧的攻擊。

不過──

「兩個雜碎膽敢來礙事，那我就一併殺掉你們。」

里奧毫不理會反彈至自己身上的傷害，向雷翁揮出一拳──這一刻卻發生令人難以置信的事情。身為輔助職能的諾艾爾竟然像在掩護本該擔任肉盾的雷翁，朝里奧發動強襲。

「我已經分析完你的行動了。」

諾艾爾在半空中一個轉身，猶如與里奧的剛拳交錯般使出迴旋踢。至今都是一招了結強者，唯獨同為神域抵達者的吉克才有辦法應對的拳擊，諾艾爾竟精準抓住最後一刻成功躲過，並使出跳躍行雲流水地切入里奧的懷中。

吉克在目睹這幕破天荒的光景之際，終於頓悟出一件事。諾艾爾就只是為了實現這一刻，才策劃這場名為七星杯的賽事——

「諾艾爾，我已看出你真正的意圖了。」

距今大約一個月前，修格推敲出我舉辦七星杯的真正理由。

「你說過不會打輸比賽，卻也沒打算取得優勝對吧？要是我沒猜錯的話，你其實是想利用吉克與里奧之間的對決。」

似乎因為想出答案而有點過於興奮的修格，隨即用手扶正臉上的眼鏡。

「身為神域抵達者的兩人一旦交手，最終必定會衍伸出其他問題，你的目的是親自阻止這件事，藉此來向大眾證明你比那兩人更優秀對吧？」

「你答對了。」在我點頭肯定後，雷翁不解地歪過頭去。

「衍伸出其他問題？」

「畢竟我不是諾艾爾，具體情況我也說不準，不過那兩人的個性倘若真如傳聞所言，他們恐怕會無視七星杯的規則，當場展開賭上生死的決鬥。」

修格摸著自己的嘴脣，一臉沉思地開口回答，雷翁聽完嚇得瞠目結舌。

「意思是要親自上前阻止失控的神域抵達者嗎⁉這如何能辦到⁉」

「你的《絕對聖域》可以做到這點，以能夠擋下一次所有攻擊的這招絕對防禦，正面介入那兩人之間的戰鬥。」

「問、問題是只能擋一次喔⁉在那之後該如何是好⁉」

「還有諾艾爾的『轟雷』。」

轟雷——朝敵人的胸膛使出強力踢擊，藉此引發心臟震盪的招式。雷翁對修格的答案發出沉吟，雙手環胸後繼續提問。

「……可是轟雷真能命中神域抵達者嗎？」

「當然能。」一旁的亞兒瑪代為回答。

「同時面對兩人肯定是行不通，但只有一人就沒問題了。換言之，最好的情況是一方已經倒下，另一方也疲憊不堪，外加上諾艾爾在此之前一直持續分析戰況的話，即可運用預知躲過對手的攻擊，進而讓轟雷得以命中。」

「就算真的命中，有辦法對神域抵達者造成心臟震盪嗎？」

「即使是神域抵達者，身體構造依然與常人無異，這部分我能掛保證。」

「對了，記得亞兒瑪妳是亞爾戈的後裔……」

生前曾擔任過暗殺者教團教團長的亞爾戈·尤迪卡雷就是神域抵達者，同時是亞兒瑪的生父，因此由亞爾戈親自調教接受戰鬥訓練的亞兒瑪，自然與我這位不滅惡鬼的外孫一樣，都對神域抵達者的極限是再清楚不過。

「所謂的心臟震盪，就是因為心臟受壓迫而陷入痙攣狀態，所以無須多少力量就能成功引發，而這其中的主要關鍵就在於對心臟造成壓迫的技巧。只要技巧純熟，就算對手是神域抵達者也照樣有效。」

「原、原來如此……」

雷翁點頭回應後，修格稍微輕咳一聲。

「亞兒瑪，關於轟雷的解釋已經說完了嗎？」

「嗯。」亞兒瑪點頭肯定，然後將臉湊到我的耳邊低語。

「修格他這個人平常話不多，可是一興奮起來就會打開話匣子。」

亞兒瑪的音量出乎意料非常大，修格理當也有聽見，但他眉頭都沒皺一下，不為所動地接著說下去。

「言歸正傳，當賽事按照諾艾爾的計畫發展下去，不管對戰組合或各場的勝負結果是怎樣都無所謂，反正吉克跟里奧將在比賽裡不斷晉級，最終一定會狹路相逢。」

「至於成功阻止兩人失控的那個人，即可證明自己更為優秀……」

「沒錯，縱使諾艾爾沒能在賽事中奪冠，不過一旦當著世人眼前控制住神域抵達者，面對註定到來的冥獄十王一戰，任誰都會覺得諾艾爾是夠格擔任總指揮官的最佳人選。」

「要是有其他探索者先一步阻止的話該怎麼辦？」

「即便有一群A階探索者想上前阻止，我不認為有誰敢在毫無對策的情況下前去挑戰神域抵達者。你也親眼目睹過神域抵達者之間的戰鬥吧？就算再不怕死的人也絕對會心生遲疑。」

「……的確在毫無準備之下衝進去，只會把自己的小命賠進去。」

「唯一有可能做到這點的人，就是同為神域抵達者的維克托爾，只可惜他已白髮蒼蒼，沒有足夠的實力阻止吉克和里奧。」

「另外……」修格補充說明。

「神之間的對決可不是隨處可見，比起上前攔阻的理性，一般人的心態更偏向於想看見勝負結果——差不多就這樣吧？」

面對向我徵求解答的修格，我笑著點頭以對。

「你表現得非常好，給出的答案完全正確。」

——在加速至極限的思考之中，我置身於萬物完全靜止的世界裡。

飄散於周圍的無數光點，是雷翁為我附加的護盾所化成的碎片。雖說我成功躲過里奧的拳頭，不過光是餘波就已將護盾全數震碎。

以現實時間來說，我的轟雷將在零點零一秒後命中雷翁的胸口。這已不是人類來得及反應的時間，不過神域抵達者依舊有辦法在如此短暫的時間內做出應對。但里奧不為所動，理由是他與吉克交手後已有些疲憊。

即便里奧完勝吉克，可是他仍歷經超越人知的高速戰鬥，又在最後使出大絕招，其實力相較於平常是大打折扣，因此他無法閃避或擋住我的轟雷。

話雖如此，里奧的那顆紅色眼眸——正流露著笑意。

憑里奧的能耐，他肯定已看出我想做什麼，畢竟他在昊牙對戰亞瑟時見識過轟雷。不，就算這是他第一次目睹，還是能憑著逆天的戰鬥才華識破我的意圖。

可是里奧眼中沒有一絲恐懼或焦慮，只有無盡的猙獰殺意和喜悅。從他的眼神能夠看出，一旦我的攻擊沒能奏效，他就會馬上反擊殺死我。

事實上轟雷對里奧生效的可能性是微乎其微。他確實是有些疲倦，可是比我想像中留有更多餘力。再這樣下去，就算轟雷命中里奧的胸口，引發心臟震盪的機率仍趨近於零。

正在發動的預知能力，讓我在完全靜止的里奧身邊看見轟雷沒能生效，他馬上做出反擊的身影。在那個未來裡，我被里奧一拳打穿胸口。

未來的確尚未成真，但在現實時間裡，距離轟雷擊中里奧的胸口只剩下零點零一秒。一如里奧無法躲開轟雷，我同樣不能停下攻擊。

——但那又怎樣？

在剎那之中無盡延長的時間裡，一段昔日回憶湧上心頭。

「——平均是每十次會成功一次。」

原先失去意識的外祖父，摸著胸口坐起身來說：

「非常好，你的轟雷就連我這個神域抵達者都能打昏，我已經沒有什麼能再教你的了。」

相較於心滿意足豪邁一笑的外祖父，我對此頗有微詞。

「像這種成功率只有十分之一的招式，在實戰裡根本派不上用場啊。」

「你這是啥鬼話，即使我再老，好歹也是神域抵達者喔？就算你接受過鍛鍊，光是能用轟雷踢暈我就已叫人嘆為觀止。諾艾爾，我以不滅惡鬼之名向你保證，你的體術早已達到神域級別了。」

「……但這樣還是毫無意義啊。」

我重重地發出一聲嘆息，直視著外祖父說：

「外公你答應過會將我培育成最頂尖的探索者吧？我確實拜外公所賜變得更強，也向你學習請教過惡魔的相關知識、戰鬥技巧、軍事以及其他各種學問，但這同時讓我悟出一個道理。那就是身為【話術士】的我，想在探索者之路上闖出一片天是困難重重……」

【話術士】的輔助能力確實相當強悍，問題是有不少非輔助職能也能學習輔助技能，令戰力與自保手段低落的【話術士】相形見絀，自然就無法擠入『顛峰』之列。

「多虧外公，我相信自己的表現能達到中堅水準，不過一想到自己拚死努力至今竟然只有這點程度……」

「令你感到很空虛嗎？」

「可以這麼說……」

外祖父見我露出乾笑點頭回應後，便正色道：

「諾艾爾，你明白我為何要把無法對惡魔生效的轟雷傳授給你嗎？」

「咦……？是為了避免我在莽夫眾多的探索者業界裡被人瞧不起吧？」

只要我精通對人戰鬥的技巧，就算與其他探索者起爭執也能夠自保。

外祖父在平日裡對我的教誨就是與惡魔交戰之前，先設法在人與人的競爭裡拔得頭籌。

「不光如此，而是轟雷會成為你的『支柱』。」

「……什麼意思？」

「如你所言，【話術士】並非適合成為探索者的職能，但你又具備足以戰勝神域抵達者的招式，儘管你目前對此沒有任何體會，不過它將會成為你心目中舉足輕重的精神支柱，同時或許會變成其他探索者所沒有的全新可能性。」

「……其他探索者沒有的全新可能性？」

「畢竟……」外祖父——外公和顏悅色地瞇起眼睛。

「你可是我的外孫啊。」

——我將意識全神貫注於此時此刻。

里奧一拳打穿我胸口的影像變得更加清晰可見，但我依舊對勝利堅信不移……

不，是我豈會抱有一絲懷疑。

里奧，強如天神的你確實是最強，恐怕足以與全盛時期的不滅惡鬼分庭抗禮。

因此我不能輸，我說什麼都不能輸，縱使當今最強的人物阻擋在我面前，我也絕不容許被外祖父寄予厚望的自己吞下敗仗。如果你是最強，我就要登上更高的『巔峰』。

因為諾艾爾・修特廉是不滅惡鬼的外孫——

「——轟雷!!」

我使出的迴旋踢一腳踹中里奧的胸膛，隨之而來是彷彿落雷般的驚天巨響，至於我命喪黃泉的未來影像也逐漸與現實同步——

「……怎、怎麼會……？」

里奧並未對我發動反擊，而是苦悶地一說完話就當場倒下。這才是真正的結局，也是未來——也是命運女神跪倒在我面前，憑藉轟雷戰勝天神的瞬間。

我沉浸於勝利的餘韻沒有多久，就將目光從倒地的里奧移向錯愕又困惑而鴉雀無聲的現場五萬名觀眾。畢竟觀眾正耐心等待戰勝天神的我開口說話。

「老實說，我並不想阻止兩人的對決。」

我扯開嗓門向觀眾侃侃而談。

「可是他們的行為已與七星杯大賽的規定背道而馳，所以我不得不出面阻止。另一方面，我並不覺得他們有錯，畢竟不惜賭上性命也要成為最強的人生觀，是既純粹又美麗無比，我相信欣賞完所有比賽的觀眾也抱有同樣的感受。」

觀眾席立刻傳來表示支持的聲音。一開始只有寥寥幾人，不過音量逐漸變宏亮，原本保持沉默的觀眾也開始紛紛讚揚吉克與里奧——當然率先出聲的那幾人是我安插的暗樁。

這被稱為同步現象，當人身處於團體裡時會不自覺地做出與旁人相同的舉動。一旦有人率先出聲，而且其他人相繼響應之後，大眾的思緒最終就會被同一種意見所支配。再加上現場觀眾之間有著一整天共同欣賞七星杯的情誼，因此早就打好容易產生連帶感的基礎。

「正因為如此，儘管兩人原本都該喪失比賽資格，但我依然想宣布本大賽優勝者的名字——此人就是……里奧・艾汀!!」

里奧成為這場比賽的優勝者實至名歸。對於稱霸七星杯的里奧，狂喜的觀眾異口同聲地持續呼喊著他的名字。

博得滿堂彩的里奧，至此終於恢復意識。

「……難道你打從一開始就計畫這麼做嗎？」

里奧才剛清醒沒多久就已經掌握現況。這也是理所當然，畢竟觀眾在呼喊里奧的名字時，也對我投以敬佩的眼神。雖然里奧是大賽的優勝者，卻只是一個『虛有其名的冠軍』。

「里奧，你的確很強。」

我彷彿指向整座競技場般展開雙臂，笑容滿面地補上一句但書。

「但我比你更強。」

里奧暫時陷入沉默，接著突然放聲大笑。

「哼哼哼，哈哈哈哈哈!!這種事我確實模仿不來!!」

里奧開心地笑完後，將他的紅色眼眸直直地對準我。

「……見你三兩下就退場時，我是有懷疑你在打什麼歪主意，卻沒想到你竟然準備得如此周全。諾艾爾·修特廉，你的確是非常強悍。」

「你已經輸給我了，少在那邊高高在上地做出評語。」

「也對，我承認自己是輸給了你，所以——」

里奧忽然伸手摸向自己臉上的面具。

「我再也不需要這個了。」

里奧摘下面具，於世人面前展現出他那精幹勇猛的容貌。觀眾在看見里奧的真面目後，一起發出喝采。

「你可要記好這張面孔。我一定會殺了你，從今你以後就是我的獵物。」

里奧露出一張既瘋狂又殺氣騰騰，同時也充滿喜悅的淒涼笑容後，便轉身跳下擂臺。在我目送那道背影離去時，忽然發現雷翁像是顯得相當吃驚。

「雷翁，你怎麼了？」

「……沒事，請別在意，就只是覺得這世界還真狹隘。」

我納悶地歪過頭去，雷翁回以一臉苦笑。儘管我馬上看出他在隱瞞些什麼，卻沒有繼續追問。

「諾艾爾，現在適合幫吉克治療嗎？」

我搖頭回應雷翁的問題。

「在這種狀態下施展恢復技能太危險了，只會進一步削減生命力——而且醫療班已經趕過來了。」

醫療班出現後，用擔架運走身受重傷的吉克。

「走吧，戰鬥已經結束了。」

我們向觀眾席鞠躬行禮，在如雷的掌聲和歡呼聲之中一起離開擂臺，既漫長又短暫的七星杯至此正式落幕——

†

傷勢嚴重的吉克隨即被送進治療室。

由於他的體力嚴重不足，目前無法承受恢復技能，因此只施加一般治療。拜優秀的醫師所賜，他的狀態已穩定下來，醫師表示只需靜養一天，吉克就有充足的體力接受恢復技能。

渾身綁滿繃帶變得宛如木乃伊的吉克，在病床上露出責備的眼神望向我。

「雖說我早就知道你這個人心狠手辣，但萬萬沒想到竟會如此過分……」

面對低聲抱怨的吉克，我只能苦笑以對。由於吉克已先遣走旁人，因此治療室內沒有第三者，只剩下我和吉克而已。

「是你自己決定要那麼做的吧？少給我推卸責任。」

「是啊，被你這麼一堵，我確實是百口莫辯……」

吉克難得坦率地承認過失，重重地嘆了一口氣。

「……第一次的落敗比我想像得更令人煎熬。」

「抱歉，關於利用你一事，我在此向你道歉。」

「無妨，而且你這樣老實向我道歉，反倒讓我顯得更可悲。」

露出苦笑的吉克直視我說：

「麻煩你告訴我一件事，你究竟是何時想出這個計策？在你向我提出七星杯的計畫時，想必劇本早就已經完成了吧？」

「……嗯，其實我在更早之前就想好了。」

「你說的更早是？」

我稍作猶豫後決定坦白說出一切。

「在我十四歲剛來到帝都當時。」

「……意思是你在成為探索者之前就想出這些了？」

我點頭回應吉克的問題，繼續把話說下去。

「是我在調查帝都的局勢——諸如探索者和經濟狀況、政治動向、文化、民情以及黑社會當時想到的，當然計畫多少有經過修正。」

「當時甚至算不上是初出茅廬的你，光靠調查就想到這些了嗎？」

「沒錯，身為最弱輔助職能的我想登上頂點，就只剩下這個方法。」

我如此斷言後，吉克將視線移開。

「……為了登上頂點？你在說什麼傻話啊，當你想出這等空前計策的時候，你早就已經立於頂點了。無論世上存在多少強者，你在十四歲那年就已登上名為『最強』的寶座了……」

「事實上我也歷經過許多失敗，絕非打從一開始就是最強。」

「那我換個說法好了。」

吉克將目光對準我，說出以下這句評語。

「你是最狂——『最狂的輔助職能』。」

吉克以指頭在半空中寫下這個發音相同的單字（註1）。在我對他玩這種文字遊戲不禁露出苦笑時——竟有人沒敲門就粗魯地一把推開治療室的門。來者是我的同伴們。

「諾艾爾，發生暴動了!!」

率先開口的是副團長雷翁。

註1 於日文中，狂與強的發音相同。

「對方果然挑準眾人都已陷入疲憊的大賽結束之際。」

接著是修格以類似沉吟的嗓音說出感想。

「不過有件事很奇怪。」

我對一臉狐疑的亞兒瑪提問。

「哪裡奇怪？」

「發生暴動的地點是市區而非這裡。」

「什麼？妳說地點不是擠滿政要的此處，而是發生在市區裡嗎？這樣不就只能算是一場鬧劇罷了。」

「話不能這麼說喔……」

昊牙表情僵硬地回答。

「確實如同諾艾爾你當初所說，消息指出教團成員大多都是一般人。另外多虧提前掌握活體炸彈的情報，光靠憲兵隊是足以應付，但棘手的部分是敵人不僅有教團成員，還出現大量未知的蟲型使魔與被觸手寄生的怪物。」

「已能肯定是蒼蠅王採取行動了。」

修格如此斷言後，臉色極為難看。畢竟他當初就是被蒼蠅王誣陷才鋃鐺入獄，心情自然難以平復，臉上布滿掩飾不了的滔天怒意。

「因為他導致現場人員陷入苦戰，迫切需要幫手前往支援。」

「明白了，我們也去吧。」

我點頭後，雷翁取出一張羊皮紙。

「這是凱烏斯殿下交給我保管，由皇帝陛下親自批准，承認你能夠暫時指揮所有探索者的證書，效力直到戰勝冥獄十王為止。」

我看完有著皇帝親筆簽名的敕令後，再也掩飾不了心中的喜悅。

「居然懂得利用這個狀況發布敕令，這位皇子大人還真可靠耶。」

「競技場內所有人都在等待你的指揮，團長，請趕緊下令。」

我點頭回應雷翁的催促，接著環視眼前的同伴們。

「那我就公布第一道指令，先以你們四人為首編組各戰團與部隊，然後透過《思考共有》跟我分享現場狀況，趕緊鎮壓這群叛亂分子。諸位無須畏懼，我等嵐翼之蛇必能掌控一切!!」

「「「「遵命!!」」」」

同伴們快步離開治療室，當我緊跟在後時，位於後方的吉克忽然喊住我。

「我從現在起非常期待能在你的指揮下作戰。」

但他隨即加重語氣補上一句但書。

「我同樣會找機會一雪前恥，不只是你，還包含里奧在內——」

「那我就拭目以待囉。」

我扭頭朝背後揮了揮手，快步奔出治療室——

哈洛德搭乘的機關車沿著鐵路正在高速奔馳。

乘坐的感覺相當舒適。由於目前仍處於試營運階段，因此豪華的頭等車廂內除了哈洛德以外沒有其他乘客。他位於精心裝潢的車廂內，坐在天鵝絨材質的座椅上享用上等紅酒，令他莫名有種成了國王的錯覺。

因為正值冬季，窗外的風景略顯寂寥，卻別有一番風情。在行經市區附近時，沿途能看見對著機關車揮手的人們。看著滿臉笑容不停擺動手臂的孩子們，哈洛德也舉手回應，可是一轉眼就看不見他們的身影了。

從帝都發車至今已有四個小時，儘管曾多次在途中行經的車站卸貨，但終究比搭乘馬車省時許多。由於現今仍處於飛空艇難以普及的階段，因此同樣搭載著魔導引擎，可是燃料費卻遠比飛空艇低廉的機關車，勢必會在交通及物流方面掀起革命。

「真虧能在短短兩個月內，就鋪設出範圍如此之大的鐵路呢。」

雖然機關車的性能有目共睹，不過最令人吃驚的一點，就是沃爾岡重工業提出近乎完美的工程計畫，於短期內鋪設好接通帝國內各大主要都市的鐵路。即使撇開得到國家全面贊助的這點來看，無論是集結優秀的技術人員們、聘僱職能加成適合勞動的工人們，以及從不短缺的資源調度等等都很有一套。

事實上在約翰公布鐵路計畫的那一刻起，所有準備皆早已就緒，只是在諾艾爾的介入之下，導致計畫被迫暫時中斷。

「還真是個很會添麻煩的小鬼頭呢……」

儘管哈洛德開口數落，臉上卻掛著一張和藹老人的表情。

諾艾爾如同一陣風暴，只要是為了自身利益，甚至不惜把整個國家都捲入其中，不顧他人困擾掀起波瀾。不過正因為其所作所為的規模之大才吸引人，而且成了不可或缺的存在。正如此時此刻，左右帝國存亡的危機已迫在眉睫——

曾親身經歷過悲嘆川一役的哈洛德打從心底深信，名為冥獄十王的大災難絕對無法以常識來衡量，唯有如風暴般席捲一切的大英雄才能夠取得勝利。

「即便他已來日不多……」

帝國需要一位真正的救世主（Messiah），無奈諾艾爾若想發揮出超凡的才華，就必須付出極大的代價。哈洛德原本有義務得阻止諾艾爾，不該讓摯友最疼愛的外孫走上這條不歸路，可是他辦不到，甚至還在背後慫恿他。即便以公眾利益為考量是必須這麼做，但以布蘭頓的摯友而言，這是個罪不可赦的行為。

「若是我倆在地獄重逢，他肯定劈頭就把我暴打一頓吧……」

夕陽西下，天地漸漸被染成一片黃金色。哈洛德對著黃昏發出一聲嘆息，然後為自己點了一根菸——就在這時，通往其他車廂的車門忽然打開，一名身穿白色長大衣的黑髮男子從前面一節車廂走進來，接著他站在哈洛德的面前，臉上露出猖狂的笑容。

「我先確認一下，你就是哈洛德・詹金斯是嗎？」

被男子這麼一問，哈洛德狐疑地瞇起雙眼。見此人面生，絕非這輛列車的車長，也不像是管理貨物的工作人員。而且他理應是與對方初次見面，卻又莫名有種似曾相識的感覺。

「……失敬，請問閣下是？」

「我名叫……士魂之至高天。」

「士魂之……至高天？」

「這是我首次對你們進行自我介紹，相信你看完這個自會明白吧？」

自稱名叫至高天的男子伸出右手，在哈洛德提高警覺之際，男子的右手開始散發燐光，接著光芒化為實體，變成一把相當巨大的戰斧。

「這、這把戰斧是!?」

哈洛德在目睹男子手中的戰斧後，錯愕得暫時說不出話來。他知道這把造型粗獷的黑色戰斧叫做什麼名字，而且絕不會認錯。

「鬼神樂!?」

「沒錯，就叫做鬼神樂，這是我與那男人交手時獲得的戰利品。」

「難不成你就是……!?」

男子加深臉上的笑意，靜靜地點頭肯定。

「拔槍吧，哈洛德·詹金斯，我現在就要殺了你。」

†

帝都市區發生暴動，卻出乎意料沒什麼民眾傷亡，原因是民眾幾乎都已前往競技場觀賞七星杯的比賽，沒能買到門票的人們則群聚於場外的攤販區等地方。

競技場如今被當成避難設施，收容著包含政要在內的一般民眾，並交由留守此處的探索者們負責保障安全。

成為鎮暴指揮官的我，對編制好的部隊同時下達戰鬥和救援指示，並傾力追查蒼蠅王的下落。

依照現況來研判，蒼蠅王並沒有親自參戰，而是將戰鬥全數交由使魔與被使魔寄生的生物負責。一般來說，這類戰鬥職能是操控的使魔越多，控制範圍就會越狹窄。換言之，為了有效利用範圍內的使魔們，施術者必須待在進攻地點的中央處。

我根據各部隊提供的交戰情報，推測出蒼蠅王的潛伏位置。潛伏的候補地點一共有四處，不過沒必要全數調查，只要我外套口袋內的感應石開始震動，再依循震動強弱便能將我引導至蒼蠅王的藏身處。

此處是倒閉的廢棄飯店，我沒帶同伴孤身一人潛入這裡，透過感應石一路往樓上

前進──

一段時間後終於抵達頂樓，金黃色的晚霞布滿整片冬季晴空。在如夢似幻的絕美夕陽下，一道細長的黑色影子一路延伸至我的腳邊。

（有了，我想找的蒼蠅王就在前方。）

蒼蠅王目前背對著我，而我恰好又位於下風處，不太可能會察覺悄然接近的我，而且周圍也沒發現任何擔任護衛的使魔。想必是為了避免被人偵測到使魔散發的魔素而暴露行蹤。現場情況全都如我所料。

一股甘甜的花香隨著微風迎面飄來，我躡手躡腳接近正集中精神操控使魔的蒼蠅王，然後將冷冰冰的槍口抵在蒼蠅王的後腦杓上。

「你好啊，蒼蠅王──不，應該稱妳為貝娜黛妲才對。」

真佩服自己的嗓音能如此冷若冰霜。當我出聲後，貝娜黛妲緊張得挺直身體。

「這、這聲音是……諾艾爾嗎？」

眼見貝娜黛妲打算轉身，我將槍口抵得更緊。

「不准動(Freeze)，要是妳膽敢輕舉妄動的話，我就一槍轟掉妳的腦袋。」

「拜託你別胡鬧了！為何你要做這種事⁉」

「事到如今還想演這種蹩腳戲嗎？妳已經很難再自圓其說了，重點是跟妳在這種大冷天裡辯駁根本不好玩，總之妳先聽我說完。」

我持續以槍口箝制貝娜黛妲，接著把話說下去。

「老實說啊，我與妳第一次見面就起疑了。」

「……你說什麼？」

「基於職業關係，我對他人的恐懼非常敏感，而妳對於初次見面的我充滿恐懼，甚至達到近乎不自然的地步。」

「那是因為聽說過你的傳聞……」

「恐懼分成好幾種，我從妳身上感受到的是對於敵人的畏懼。依照妳的表情、嗓音和身體緊繃的程度來研判，我看出妳並非因為恐懼而想逃離現場，反倒是在思考該如何除掉可怕的對手。妳這個成天足不出戶的高汀家大小姐，為何會思考要怎麼殺死可怕的探索者呢？」

貝娜黛妲沒有回答，再加上她是背對著我，我無法看清楚她的表情，卻能感受出她現在極度緊張。

「儘管我樹敵無數，但實在不記得自己曾做過任何會令剛見面的千金大小姐抱有殺意的事情。於是我開始思考，或許這女人是在我不知道的情況下為敵，偏偏符合此條件的存在只有一人，那就是蒼蠅王，黑社會的萬事屋。唯獨此人與我有過節，並且單方面知道我的身分。」

關於蒼蠅王的真實身分，即便情報販子洛基親自出馬也一無所獲，但諷刺的是正因為我沒能掌握相關線索，才得以識破蒼蠅王的真面目。

「貝娜黛妲，妳就是蒼蠅王。」

「……這一切都是你的猜測吧？」

「呵呵呵，妳還真是不見棺材不掉淚，但是很可惜我已握有決定性的證據了。」

「……證據？」

「我送妳的那條吊墜裡裝有感應石。」

見貝娜黛妲倒吸了一口氣，我笑著繼續說明。

「感應石是製作通訊器的材料，其原理是切成兩半的感應石若有其中一顆被注入魔力，另一顆就會發出震動，再藉此轉換成聲音進行通訊。但就算石頭沒有裝在通訊器裡，也能透過這個方法來確認對方是否有發動技能。妳能聽懂我想表達的意思嗎？在這種情況下躲藏於此處施展技能的傢伙，其真實身分自然是不言而喻吧。」

明白自己已經中計的貝娜黛妲，深深地發出一聲嘆息。

「……所以你打從一開始就在算計我囉。」

「這點只能說是彼此彼此，純粹是妳在這場爾虞我詐之中敗下陣來。」

「那你為什麼放任我到現在？」

「第一點是我至今未能掌握確切的證據，第二點是就算有證據也難以把高汀家的千金抓來定罪，第三點是我在等待能以不幸意外處理掉妳的最佳時機。這下妳明白了嗎？大小姐。」

「……雖然我沒資格這麼說，不過你當真是非常邪惡呢。」

聽完貝娜黛妲的怨言，我不由得放聲大笑。

「哈哈哈哈哈哈，相信妳很清楚同行是怎麼形容我吧——？就是『蛇』。若論爾虞我詐和邪惡這兩點，根本沒人有辦法與我比肩。」

就算是神域抵達者或整個國家都被我當成棋子，區區蒼蠅王絕非我的對手。

「妳身為蒼蠅王已是不爭的事實，再如何否認也無濟於事，但在殺妳之前我想先確認幾件事，我也能按照妳給出的答案考慮放妳一條生路。」

「……………你想知道什麼？」

「為什麼妳要攻擊市區而非競技場？在沒什麼人的市區裡作亂對妳有何好處？」

「……我不知道。」

「臭娘們，真虧妳有膽在這種情況下跟我打馬虎眼。」

「我沒騙人，是真的連我自己也不清楚。我本該如你所言去襲擊競技場，可是那傢伙臨時改變計畫……對方表示情況有異，即使進攻競技場也毫無意義……」

「那傢伙？是妳的雇主嗎？」

貝娜黛妲輕輕點頭回應我的提問。

「是羅達尼亞共和國的特務嗎？」

「不是的，我與對方屬於合作關係。」

「除此之外還有其他人嗎？妳說的那傢伙是誰？」

「……我願意毫無保留地對你實話實說，問題只在於你是否願意相信，因為事態比你想像得更加複雜。」

光聽聲音難以確認貝娜黛妲所言是否屬實，藉由《真實喝破》的確能讓對方吐露實話，但假使事態真如貝娜黛妲說得那般複雜，我的問題不夠一針見血將導致效力大打折扣。既然如此，最簡單且確實的偵訊方法還是仔細觀察她在回答問題時的表情變化。

「看著我。」

我仍將槍口對準貝娜黛妲，接著往後倒退幾步。貝娜黛妲緩緩地轉過身來。一陣冷風颳過我們兩人之間。

「妳的眼神真不錯。」

轉身看向我的貝娜黛妲，不再是約會時那種不知人間疾苦的大小姐模樣，其眼神極其冷漠且犀利，展現出唯獨做好覺悟時才有的態度。

「若是現在的妳，我或許真能墜入愛河。」

我揚起嘴角露出淺笑，稍微晃了晃槍口。

「說，並且盡可能精簡點。」

「好。」貝娜黛妲點頭同意，神色堅定地張開嘴巴。

「我真正的雇主是——」

就在這時，銀髮男子突然出現在我身旁，於我耳邊細語說：

「它來了——」

我遵從直覺用力往後跳開，轉瞬間只見一道黑色落雷打在我原先所站的位置上，緊接著才產生爆炸聲跟衝擊波。穩住身形以免被吹飛的我，持續將魔槍對準前方。

「嗯～居然能躲過攻擊，難道這也是拜預知所賜嗎？」

在飛揚的塵土之中，從另一頭傳來陌生女子的嗓音，隨後颳起一陣強風吹散粉塵，女子於落日之下顯露出自己的真面目。

「妳是……」

我馬上就認出此人的身分。朵麗日前曾給我看過一張妖豔狐耳獸人的照片，能看出她正是照片裡的那個人——操控異界教團的仲介商人・蕾仙。

蕾仙對我露出一張冷酷的淺笑，接著把提在手裡的東西向我拋來。能看見『該物』飛到一半就落於地面，慢慢地滾至我的腳邊，我無須費力特地躲開——接著與『該物』四目相交。

「朵麗……」

蕾仙拋來的正是朵麗的首級。已然凝固的那張表情看起來莫名溫柔，至於那空洞的雙眼中倒映著我的身影。

「……我從朵麗那裡聽說過妳，妳就是仲介商人蕾仙吧？」

我將目光移向蕾仙，並把魔槍對準她。蕾仙則表現得落落大方，擋在我和貝娜黛妲之間。

「蛇，這是我第一次像這樣和你面對面呢。」

「既然妳認識我，那就應該很清楚自己會落得何等下場吧？別以為我會對女人手下留情，看我這就宰了妳。」

「好嚇人的殺氣，你跟地上的她有這麼要好嗎？」

「不，但光憑我對妳的厭惡，就足夠驅使我殺掉妳。」

「嗯～居然被討厭了，真叫人難過呢。」

蕾仙蹙眉搖搖頭。

「天底下最令人難過的事情，莫過於被自己的孩子討厭呢……」

「啥？妳剛剛說什麼？」

對於我的問題，蕾仙嫣然一笑，然後將兩手貼在她那豐滿的雙峰上。

「你會吃驚也是無可厚非，不過這就是真相，諾艾爾·修特廉，我正是你這位英雄的『母親』喔。」

歷經短暫的沉默，我扯開嗓門大笑說：

「啊哈哈哈哈哈哈！妳說我是妳的兒子？難道妳腦袋生瘡嗎？我可不記得自己是被妳這種噁心女人兩腿開開生到這個世上！」

「我同樣不記得自己有產下你啦，但我確實是你這位英雄的生母。記得你十分擅長察言觀色吧？應該能看出我沒在撒謊不是嗎？」

蕾仙她……的確沒有撒謊。突然之間，我感到全身寒毛直豎。

「話說回來，你這位英雄是如何誕生的？」

「……妳想說什麼？」

「你明明擁有被評為最弱職能的【話術士】，卻不惜削減壽命也要登上探索者頂點的契機，就是你最敬愛的外祖父死於非命。當年因為有莫大的魔素逆流回城鎮，就此形成深淵，才導致殺死你外祖父的惡魔降臨到這個世上。」

沒錯，於是我——

「你曾在外祖父臨終時發誓，說自己必定會成為最強的探索者。這就是你的原點。要是沒有這段過去的話，你就不可能有現在這番成就。」

「妳……」

「聰明如你，肯定已經聽明白了吧？造成那場意外的始作俑者就是我。」

「妳這個混帳——!!」

滔天怒意淹沒了我的思緒——以及我與外公之間的回憶，於是我毫不猶豫地扣下魔槍的扳機。擺脫槍口的靈髓彈，就這麼命中蕾仙的眉心。

可是竟然沒有引發最重要的魔力爆炸，而且後仰露出白皙下巴的蕾仙，慢慢挺直腰感恢復原先的站姿，然後露出一抹淺笑，從嘴裡吐出那顆並未引爆的靈髓彈。

「還沒向你自我介紹對吧。我叫做罪惡囊，全名為渾沌之罪惡囊——也是冥獄十王之中負責掌管世間渾沌（命運）的存在。」

國家圖書館出版品預行編目資料

最狂輔助職業【話術士】世界最強戰團聽我號令 / jaki 作；御門幻流譯. -- 1版. -- [臺北市]：城邦文化事業股份有限公司尖端出版：英屬蓋曼群島商家庭傳媒股份有限公司城邦分公司發行, 2023.1-
冊； 公分
譯自：最凶の支援職【話術士】である俺は世界最強クランを従える
ISBN 978-626-338-802-4（第4冊：平裝）

861.57　　111017192

浮文字

最狂輔助職業【話術士】世界最強戰團聽我號令4

（原名：最凶の支援職【話術士】である俺は世界最強クランを従える4）

著者／jaki　繪者／fame　譯者／御門幻流
執行長／陳君平　美術總監／沙雲佩　國際版權／黃令歡、梁名儀
榮譽發行人／黃鎮隆　美術編輯／陳聖義　文字校對／施亞蒨
協理／洪琇菁　執行編輯／曾鈺淳　內文排版／謝青秀
總編輯／呂尚燁

出版／城邦文化事業股份有限公司 尖端出版
台北市中山區民生東路二段一四一號十樓
電話：（〇二）二五〇〇－七六〇〇
傳真：（〇二）二五〇〇－二六八三
E-mail: 7novels@mail2.spp.com.tw

發行／英屬蓋曼群島商家庭傳媒股份有限公司城邦分公司 尖端出版
台北市中山區民生東路二段一四一號十樓
電話：（〇二）二五〇〇－七六〇〇（代表號）
傳真：（〇二）二五〇〇－一九七九

中彰投以北經銷／楨彥有限公司（含宜花東）
電話：（〇二）八九一九－三三六九
傳真：（〇二）八九一四－五五二四

雲嘉以南／智豐圖書有限公司
（嘉義公司）電話：（〇五）二三三－三八五二
傳真：（〇五）二三三－三八六三
（高雄公司）電話：（〇七）三七三－〇〇七九
傳真：（〇七）三七三－〇〇八七

香港經銷／一代匯集
香港九龍旺角塘尾道六十四號龍駒企業大廈十樓B&D室
電話：（八五二）二七八三－八一〇二
傳真：（八五二）二七八二－一五二九

新馬經銷／城邦（馬新）出版集團 Cite（M）Sdn. Bhd.
E-mail: cite@cite.com.my

法律顧問／王子文律師 元禾法律事務所
台北市羅斯福路三段三十七號十五樓

二〇二三年一月一版一刷

■中文版■

郵購注意事項：
1.填妥劃撥單資料：帳號：50003021戶名：英屬蓋曼群島商家庭傳媒(股)公司城邦分公司。2.通信欄內註明訂購書名與冊數。3.劃撥金額低於500元，請加附掛號郵資50元。如劃撥日起 10～14日，仍未收到書時，請洽劃撥組。劃撥專線TEL：(03)312-4212 ・ FAX：(03)322-4621。E-mail：marketing@spp.com.tw

最狂
輔助職業【話術士】
世界最強戰團聽我號令

The most notorious "TALKER", run the world's greatest clan.

最狂輔助職業〈話術士〉世界最強戰團聽我號令

The most notorious "TALKER", run the world's greatest clan.